QUASE EXEMPLAR

Kaique Brito

QUASE EXEMPLAR

Rio de Janeiro, 2024

Copyright © 2024 por Kaique Brito

Todos os direitos desta publicação são reservados à Casa dos Livros Editora LTDA. Nenhuma parte desta obra pode ser apropriada e estocada em sistema de banco de dados ou processo similar, em qualquer forma ou meio, seja eletrônico, de fotocópia, gravação etc., sem a permissão dos detentores do copyright.

HarperCollins Brasil é uma marca licenciada à Casa dos Livros Editora LTDA.

Editoras: *Julia Barreto e Chiara Provenza*
Assistência editorial: *Isabel Couceiro*
Copidesque: *Angélica Andrade*
Revisão: *Cê Oliveira*
Capa: *Isadora Zeferino e Maria Cecília Lobo*
Projeto gráfico de miolo e diagramação: *Abreu's System*

Publisher: *Samuel Coto*
Editora-executiva: *Alice Mello*

Contatos: Rua da Quitanda, 86, sala 601A – Centro – Rio de Janeiro, RJ – CEP 20091-005
Tel.: (21) 3175-1030
www.harpercollins.com.br

CIP-Brasil. Catalogação na Publicação
Sindicato Nacional dos Editores de Livros, RJ

B875q

Brito, Kaique
    Quase exemplar / Kaique Brito. – 1. ed. – Rio de Janeiro : HarperCollins Brasil, 2024.
    320 p. ; 21 cm.

    ISBN 978-65-6005-188-1

    1. Romance brasileiro. I. Título.

24-88938   CDD: 869.3
           CDU: 82-31(81)

Meri Gleice Rodrigues de Souza – Bibliotecária – CRB-7/6439

Todos os personagens neste livro são fictícios. Qualquer semelhança com pessoas vivas ou mortas é mera coincidência.

PRÓLOGO
O ~~QUASE~~ BEIJO

Em um cenário perfeito, tenho completo controle da minha vida e as pessoas aplaudem todos os meus acertos. Sério.

Quando paro para pensar, percebo que desenvolvi uma versão minha para cada grupo com que convivo: com minhas amigas, sou aquele menino extrovertido que topa qualquer rolê; com os professores, apesar de não tirar as melhores notas, sou o aluno que não dá trabalho; com os garotos pelos quais me interesso, me esforço para parecer familiarizado com o flerte…

Acho que, pela primeira vez, essa estratégia de bancar o gostosão está dando certo.

Estamos de férias e, como sempre, minha mãe decidiu que a gente tinha que passar o Ano-Novo em Ilhéus, só nós dois, num apartamento alugado. São cerca de oito horas de viagem de Salvador até aqui, porém admito que vale a pena. É sempre muito legal emendar a primeira semana do ano em uma cidade tão linda e ficar curtindo sol e mar todo dia — além de que, desta vez, o apartamento é ainda melhor do que os outros em que já nos hospedamos.

Graças a seu esforço, no ano passado, minha mãe conseguiu sair de assistente de dentista para dentista na clínica onde trabalha. Isso significa que nossa vida financeira deu uma folgada e podemos viajar tendo uns luxos agora. Que delícia.

Mais cedo, fomos almoçar em uma barraca de praia um pouco mais cara do que estamos acostumados, por exemplo.

Além de me sentir muito chique, percebi que a sorte estava do meu lado no momento em que fomos atendidos: um menino — lindo e que parece ter minha idade — estava quebrando um galho para o pai, substituindo-o durante o horário de almoço. Enquanto anotava os nossos pedidos, ele lançava olhares para mim que pareciam esconder *certas intenções*.

E que olhares.

Ele tem um semblante leve, o que lhe dá a impressão de estar sempre com um sorriso que, diga-se de passagem, é digno de propaganda de pasta de dente. Além de tudo, sua pele retinta parece brilhar contra o sol.

Do ponto de vista de qualquer hétero, aquela interação não teve nada de mais. Sei disso porque minha mãe não desviou a atenção das opções deliciosas de frutos do mar no cardápio por um segundo. Não deve nem ter pensado na possibilidade de estar rolando um flerte velado bem na frente dela. Eu, por outro lado, captei a mensagem, tomei coragem e correspondi com mais olhares, também carregados de *certas intenções*.

Aqui, escondido atrás de um carrinho de caldo de cana, a alguns metros de distância da barraca, com o garoto simpático e lindinho que ajuda o pai — agora sei que se chama Luís Gustavo —, posso confirmar que meus instintos estavam certos.

E que meu coração está batendo mais rápido do que o normal.

Pelo visto, fingir estar acostumado com uma situação quando você *não* está na situação é bem diferente de fingir estar acostumado com uma situação quando você *está* na situação.

Complicado.

— Pera — falo para ele, que olha fixamente para minha boca e está com as mãos na minha cintura. — Não sei se eu tô pronto.

— Eu percebi que você tá tenso...

Ele sobe as mãos até meus ombros e dá apertadinhas, como uma espécie de massagem.

— Relaxa. Se você não quiser, a gente não precisa...

— Eu quero! — respondo rápido, antes que ele desista de me beijar.

Sinceramente, levei muito tempo para ir contra o que me disseram e finalmente admitir para mim mesmo que só gosto de meninos. Foram quinze anos até eu parar de forçar romances com meninas, que, na verdade, eram só tentativas falhas de viver meus filmes clichês preferidos. Ou de corresponder ao que todo mundo a minha volta espera de um garoto da minha idade.

Namoradas.

Preciso estar pronto para dar meu primeiro beijo num garoto. Preciso acabar com isso de uma vez.

Então tomo iniciativa e me aproximo um pouco mais.

Coloco as mãos na nuca dele e chego ainda mais perto de sua boca, ligando o modo câmera lenta que sempre rola na televisão.

Respiro fundo, fecho os olhos, passo a língua nos lábios e tento processar que estou realizando uma vontade que mora dentro de mim há eternidades.

— Pedro?

Alguém nos interrompe antes mesmo de encostarmos as bocas.

Sinto uma pontada no peito, pois sei exatamente de quem é a voz.

— Mãe? — digo, pensando alto, quando olho para ela e, ao mesmo tempo, me afasto de Luís Gustavo o mais rápido possível.

Ela está parada, estática, olhando para mim.

Considero a possibilidade de lançar um "Não é o que você está pensando!" e inventar qualquer desculpa para estarmos escondidos atrás de um carrinho de caldo de cana e naquela posição, mas, só de recapitular esses fatos, sei que não tem para onde correr. É exatamente o que ela está pensando.

Minha mãe está testemunhando meu primeiro beijo com um menino.

Ou melhor: quase-beijo.

Não sei o que ela veio fazer aqui. Talvez também tenha decidido comprar um caldo de cana e terminou nos encontrando nessa situação inoportuna.

Ela tira o cabelo alisado da frente dos olhos que estão arregalados, e repousa as mãos na cintura sobre sua saída de praia, que cobre o biquíni e a pele escura queimada do sol.

Após alguns segundos de completo choque, ela dá meia-volta.

Minha cabeça vai a mil.

Por mais que eu tenha pensado inúmeras vezes no meu primeiro beijo com um garoto e no dia em que minha família ficaria sabendo que sou gay, nunca imaginei que os dois aconteceriam *simultaneamente*.

A versão filho perfeito que eu mantinha para minha mãe foi brutalmente assassinada. E não faço ideia de como minha vida vai ser daqui para a frente.

1. A DECISÃO

Não acredito que estou dizendo isso, mas... *a viagem finalmente está acabando.*

A semana que deveria servir como um período de descanso e tranquilidade se tornou um verdadeiro pesadelo. Que ideia estúpida achar que eu poderia viver um daqueles romances de verão em viagem de família.

Burro. Burro. Burro.

Desde meu quase-beijo com Luís Gustavo, as interações com minha mãe são praticamente nulas, e a rotina baseada em praia, conversas, televisão e mais praia que tínhamos em Ilhéus acabou. A viagem perdeu toda a magia.

Os últimos dias por aqui têm sido ridiculamente monótonos.

Acordo, faço um sanduíche de café da manhã, levo para o quarto e como sozinho. Nesse meio-tempo, é possível que eu cruze com minha mãe e troque poucas palavras, tipo numa conversa de elevador. Ela me dá bom-dia, eu retribuo, fingimos que está tudo bem, e seguimos em frente.

No início, ela até tentou me convidar para ir à praia, mas recusei todos os convites sem pensar duas vezes. Imagina se esbarramos com Luís Gustavo? Ou o climão que ficaria se eu dissesse que queria um caldo de cana...

No fim, acho que minha mãe se contentou em aproveitar a paisagem sozinha, e eu apenas me acostumei a sofrer enfurnado no quarto.

Todos os dias.
Até hoje.

— Não sei como você tá se aguentando! — diz Bela, minha melhor amiga.

Estamos fazendo uma chamada de vídeo pelo celular.

— É... sei lá, também. — Dou de ombros. — Só quero ir pra casa.

— Por que você só não desce sozinho para a praia, véi? É literalmente tortura ficar de frente pra um prédio feio desses aí.

Lanço um olhar rápido para a vista da janela que aparece ao fundo na chamada.

— Não sei se minha mãe ia gostar que eu fosse sozinho. E de desgosto ela já tá cheia, né? Eu vou ter que me controlar daqui pra frente.

Engulo em seco.

— Mas, amigo, quem te garante que agora ela acha você um desgosto? Rose parece ser tão de boa com essas coisas...

— Ela é! Mas com os outros. Não sei se comigo tem essa tranquilidade toda, não. — Sinto um frio na barriga só de pensar na decepção que causei. — Esses dias, pra me provocar, ela estava insinuando que eu gosto de você. Nunca rolou uma brincadeira dessas sobre nenhum colega nosso. Você acha que isso é coincidência?

Bela faz uma cara de decepcionada.

— E tranquila já não tá sendo, também — prossigo. — Se fosse de boa, não ficaria esse climão de enterro entre a gente.

— De climão de enterro eu entendo… Aqui em casa tá igualzinho.

Bela brigou com a família esses dias. Não acontece com frequência, então fico um pouco preocupado. Mas confesso que não prestei muita atenção quando ela tentou explicar mais cedo. Estou com muita coisa na cabeça.

— Queria estar aí em Salvador pra gente sofrer junto, amiga — digo, e solto um suspiro.

— Queria que você estivesse em Salvador pra gente sofrer junto, amigo — repete ela, tentando me imitar, até no suspiro.

Isso nos faz rir um pouco.

É incrível como Bela consegue me arrancar risadas até quando estou no fundo do poço.

— A gente poderia sofrer junto por muito mais tempo se você não quisesse me abandonar… — comenta ela, após um momento de silêncio.

Sinto uma pontada de culpa me invadir.

Passar esses dias enfurnado no quarto me fez refletir e desenvolver estratégias para fazer com que minha mãe consiga me perdoar por não ser o filho que imaginou. Eu sei que ela, assim como todo mundo, queria que eu fosse hétero. Entendo hoje que me colocar na aula de futsal quando criança — junto de todos os menininhos hétero —

ou incentivar tanto minha proximidade com Bela foram tentativas de que eu me encaixasse nessa gaveta.

Certamente, minha mãe percebeu dias atrás que tentar me colocar nessa gaveta só me enfiou num armário muito maior. Eu não sou esse garoto convencional.

Cheguei à conclusão de que mudando de escola e sendo um aluno melhor, há chances de que ela pare de me enxergar apenas como uma decepção.

— Eu não quero abandonar você. Só acho que minha mãe vai gostar muito se eu for pro Sotero. Você sabe que ela sempre quis que eu me matriculasse lá.

— Mas é o que *você* quer?

É a *milésima* vez que Bela faz essa pergunta.

Na verdade, deve ser só a segunda. Mas a primeira está ecoando há um bom tempo na minha cabeça.

É uma decisão e tanto.

O Sotero é uma escola cara, de gente rica e, muito provavelmente, chata. Quando era mais jovem, minha mãe sonhava em estudar lá. Agora quer que *eu* realize esse sonho.

Desde quando foi promovida no trabalho, ela insiste que eu vá estudar lá. Diz que a educação mudou a vida dela e quer o mesmo para mim. Que, estudando numa escola melhor, vou ter mais chances de entrar numa faculdade pública.

Se ela conseguiu melhorar de vida sem todas essas regalias, eu sou basicamente obrigado a ser bem-sucedido também, certo?

Até pouco tempo, eu discordaria.

Sabia que o Souza Marquês não extraía meu melhor como aluno, mas o carinho que sinto por Bela e pelas minhas amigas sempre foi grande demais para eu conseguir me distanciar assim, fácil. Além de que sou do Cabula e o Sotero fica em Piatã, do outro lado da cidade. Não achava a melhor das ideias fazer essa troca logo na minha mudança do fundamental para o ensino médio.

A questão é que situações desesperadoras exigem decisões desesperadas. E adotar essa minha versão de filho único estudioso e futuramente bem-sucedido me parece uma boa resposta.

— É o que quero, sim — falo, quase que para mim mesmo, na tentativa de me convencer. — Mas eu vou ficar com muita saudade de você.

— Promete nunca me esquecer?

Ela levanta o mindinho e aponta para a câmera do celular.

— Impossível.

— Então promete.

— Prometo. Ninguém vai ser tão legal quanto você.

Aponto o dedinho para a câmera também.

— Se você achar outra menina bonita pra chamar de amiga, eu te mato. — Ela mexe nos cachos milimetricamente definidos, se achando. — Brincadeira.

Por sorte, minha mãe comprou as passagens do ônibus para viajarmos de madrugada. Ela está com sono demais para se alimentar da nossa torta de climão.

São duas da manhã e o ônibus faz uma parada em uma cidade que eu nem sei o nome.

— Bora? — chama ela no meu ouvido quando o ônibus estaciona, mas então percebe que eu já estava acordado.

— Aham.

É a única coisa que consigo falar, pois tenho plena noção de que estou prestes a comunicar uma decisão muito importante.

Por isso nem dormi.

Ela se levanta e vai na frente. Tento segui-la sem desmaiar de nervosismo.

Lá dentro, vemos que há umas opções de lanche e decidimos pegar alguma coisinha. Durante todo o percurso de escolher o salgado, pegar a bebida e ir até alguma mesa, penso e repenso se realmente faz sentido o que estou prestes a fazer.

Infelizmente, não chego a uma resposta definitiva. Mas tento confiar na minha intuição.

Minha mãe se senta de frente para mim, dá um gole no suco de laranja e uma mordida no enroladinho de presunto e queijo. Mas eu não encosto em nada que peguei, tentando respirar fundo e organizar os pensamentos.

Spoiler: não funciona.

Ela olha para mim, para meu prato, para o copo, para meu pé batendo freneticamente no chão e faz uma cara de desconfiada.

— Filho, você tá bem?

— Eu quero ir pro Sotero — falo depressa, quase que a interrompendo.

— Hã?

Minha mãe se engasga de leve com o suco. Eu deveria ter falado depois que ela engolisse.

— Como assim? — Ela segue incrédula.

— É. Eu pesquisei e vi um monte de coisa legal que tem lá. Me convenci.

— Mas... Como assim? Quando? Onde? Como? — pergunta, mais alto, soando maravilhada.

— Você tá sempre me falando do Sotero, então eu resolvi dar uma chance e pesquisar um pouco — digo com um tom sereno, como quem não está falando nada de mais.

Ela não disfarça o sorriso de ponta a ponta.

— E decidiu que vai?

— É.

Forço um sorriso que não chega a ter metade do tamanho do dela.

Minha mãe se levanta e me dá um abraço por cima da mesa.

— Que incrível, filho! Você não sabe como estou feliz!

— Eu imagino...

— Pera aí! E Bela? E Bruna? E Jaqueline?

Ela me solta e volta a se sentar propriamente.

— Já sabem. Estão tranquilas com isso.

Mentira.

Só quem sabe até agora é Bela, e quando eu contar para o resto das minhas amigas da escola, provavelmente vão mudar o nome do nosso grupo para "R.I.P Pedro" ou algo do tipo.

Acontece.

— Não acredito que isso vai acontecer mesmo. Estudar lá é um sonho, Pedro! Um sonho!

Sinto uma vontade imensa de responder com um "Sonho pra quem?", mas me seguro. Apenas solto um arzinho pelo nariz acompanhado do sorriso amarelo e tento me convencer de que estou fazendo a coisa certa.

No final das contas, ela está superfeliz com a notícia e era exatamente essa minha intenção... certo?

Vou estudar naquela escola, vou dar meu melhor para ser um aluno de destaque e tirar, de uma vez por todas, este peso que estou carregando das costas. Sacrificar meu ensino médio vai valer a pena se for para deixar minha mãe orgulhosa.

Foi realmente muito bom ter sonhado em viver um romance de verão, foi bom ter sido um garoto um tanto quanto irresponsável até agora. Mas Luís Gustavo ficou para trás, o velho Pedro ficou para trás, e não vou deixar que coisas supérfluas me atrapalhem daqui para a frente.

Vou para uma nova escola, com novas pessoas, e vou criar um novo eu. Pedro Costa Oliveira vai ser o aluno mais exemplar do Sotero.

2. INÍCIO DE ALGO NOVO

Existem momentos em que tudo se torna uma grande correntinha cheia de nós. Tenho me sentido assim desde que decidi que vou estudar no Sotero.

Por outro lado, minha mãe nunca esteve tão empolgada quanto agora.

Como trabalha em Piatã, perto do famigerado colégio, ela se prontificou a me matricular assim que voltamos de Ilhéus — me tirando, inclusive, a oportunidade de visitar a escola antes do primeiro dia de aula. Segundo ela, meu primeiro dia precisa ser impactante.

Já eu estava desesperado, enfurnado em casa, angustiadíssimo, tentando criar uma lista de tarefas pela primeira vez, a conselho de um vlog sobre organização que encontrei na internet. Literalmente pesquisei "como se organizar" no navegador.

Bela fez uma ligação de vídeo comigo e me ajudou a pensar nos tópicos, que anotei cuidadosamente em um caderno:

- ☐ *Lembrar minha mãe de comprar a farda da escola pra eu não ficar parecendo um estranho no meio do povo*
- ☐ *Stalkear os professores novos*
- ☐ *Ensaiar meu pedido da cantina pra não empatar a fila*
- ☐ *Cortar o cabelo pra chegar bem alinhadinho*
- ☐ *Bolar um plano pra minha mãe não tocar <u>naquele</u> assunto no caminho até lá*

Tudo isso, e também comprar meus queridos materiais escolares — que sempre foi um dos meus momentos preferidos do ano. A única diferença é que agora eu planejo usá-los de verdade.

No momento, os ajeito por uma última vez na mochila, que está apoiada nos meus pés dentro do carro. Sim, peguei a chave antes de minha mãe e a espero aqui dentro.

— Ô, Pedro! Eu que nem louca procurando a chave do carro pela casa toda — reclama minha mãe —, e você aqui esse tempo todo?

Ela termina a frase numa tentativa de transformar tudo em piada, mas não dá muito certo.

Aposto que ainda se lembra do constrangimento do ocorrido na praia. Sei que eu lembro, bastante.

Assim como estou arrumado para ir à escola, ela está um luxo para ir ao trabalho. De maquiagem, cabelo pranchado, uma camisa elegante de botão e uma calça jeans escura. Admiro seu empenho para sempre passar uma boa impressão na clínica.

— Eu falei que tava vindo pro carro, mas você não deve ter ouvido. Só anda nesse vício, né? Assim fica difícil!

Aponto para o celular dela e forço uma risada sorrateira.

Assim, consigo evitar uma conversa potencialmente embaraçosa. Obrigado, senso de humor.

Nós dois rimos, e ela dá partida.

Está acontecendo. Estamos indo para o Sotero, minha escola nova. Repito a informação em minha cabeça incansavelmente para ver se me acostumo com a ideia. Nada acontece.

Estou tremendo. Checo se o ar-condicionado está ligado, mas a verdade é que é puro nervosismo mesmo.

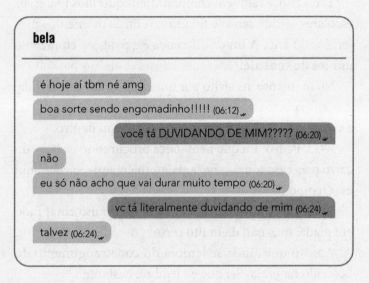

— Eu não acho que seja viciada no celular...

Minha mãe parece tentar calcular de cabeça todo o tempo que passa com a cara grudada na tela. Eu poderia avisar que existe uma função para isso no próprio aparelho, mas é muito mais divertido vê-la tentando desvendar o mistério.

Ainda mais porque ela, de fato, não é viciada no celular.

Admito que zoar com a cara de minha mãe ainda é um dos meus hobbies preferidos. É nesses momentos que percebo o impacto das últimas semanas em mim. Conversamos muito pouco.

Não sei se é apenas pela conveniência de trabalhar perto ou pelo ânimo de me convencer a estudar no colégio dos sonhos dela, mas minha mãe nem pensou duas vezes em me confirmar que vai me dar uma carona para lá todos os dias. Fico mais tranquilo ao pensar que esses trajetos vão, definitivamente, compensar o tempo que passamos distantes um do outro nessas férias. Só não posso deixar que sejam usados do jeito errado.

Quer dizer, quero que sejam só brincadeiras bobas como essa, não que ela tente começar algum papo profundo no meio do rolê. *Aquele papo.* Seria típico dela. Não me pergunte como, mas parece que, quando toca num volante, seu modo psicóloga-sem-formação é automaticamente ativado.

Foi pensando nisso que eu e Bela bolamos a melhor estratégia anticlimão enquanto fazíamos aquela lista: música. O plano é sempre acordar mais cedo para chegar no carro antes, conectar o celular nos alto-falantes e, assim, selecionar umas seis músicas de sua época e torcer para que ela goste de ouvir.

E está dando certo! Agora está tocando algumas músicas da trilha sonora de Grease, então ela não para nem um segundinho para falar. Fica apenas cantarolando. É simplesmente a distração perfeita.

Só não sei se estou conseguindo disfarçar minha cara de preocupação.

Talvez isso de mudar de escola voluntariamente tenha sido... arriscado demais?

Aqui no carro, com a mochila e os materiais escolares que exalam cheiro de recém-comprados, pegando um caminho completamente diferente do qual estou acostumado, meu coração bate mais rápido a cada minuto. Tenho a lista de tudo o que preciso para o dia de hoje, mas, pensando bem, isso não impede coisas ruins de acontecerem. É um sentimento de impotência terrível.

— Consegue ver ali? — pergunta minha mãe, após cantarolar o refrão de "Hopelessly Devoted to You". — É o Sotero, filho! Gigante, né?

Meu queixo cai. Gigante é pouco.

Posso ter passado por aqui algumas vezes, e é possível que ela tenha falado exatamente a mesma frase. Mas nunca liguei.

Hoje, sabendo que é lá que vou estudar, tomo proporção de verdade da coisa.

Em termos objetivos: precisei adicionar mais duas músicas na fila para dar conta de chegarmos até a entrada. Sei que o engarrafamento entra na equação, mas mesmo assim é impressionante.

A fachada do colégio é muito chique. São dois prédios não muito altos, porém imensos para os lados. Se tento olhar para a parte de trás, posso terminar quebrando o pescoço e, ainda assim, falharia na missão. Eles são de cor cinza — num tom meio cimento queimado — e têm formatos bem quadradões. O mínimo de dinamismo que consigo ver nos prédios deste ângulo são as janelas das salas e o grande letreiro escrito "Colégio Sotero" presente na construção da frente. Ele é azul, brilhante e chamativo. Chique.

Quando paramos no recuo onde os carros deixam os estudantes, só consigo reparar na aparência caríssima de todos os veículos. Fora que é muita gente! Pouquíssimas pessoas aqui devem vir de transporte público, pois só a quantidade de alunos nessa chegada de carros deve ser capaz de lotar a escola inteira.

No Souza Marquês, a maioria dos meus colegas simplesmente morava perto e ia andando. Aposto que quem pegava ônibus era por pura preguiça de caminhar.

— Filho, antes de você sair…

Minha mãe segura meu ombro.

Espero que me pergunte algo como "É realmente isso que você quer?", ou diga "Você pode voltar a estudar no Souza Marquês se não se adaptar a aqui". Estou aceitando qualquer coisa que alivie o peso que sinto agora.

— Só quero dizer que estou muito feliz que esteja mesmo abraçando tudo isso. E aceitando tão bem, também.

Ela sorri.

— Tudo isso o quê?

Me faço de desentendido, como se não fosse nada de mais mudar completamente de vida a esta altura do campeonato.

— Isso. — Ela aponta para fora do carro. — Essa escola, essa distância de casa… Tudo pelo seu futuro. Você é *tão jovem* e sabe *tão bem* o que é bom para si mesmo… Estou muito feliz.

Não sei se fico contente por conseguir agradá-la ou desapontado com o fato de ela não perceber que não estou no melhor dos humores.

Mas a escolha foi minha. Vou encarar e dar tudo de mim. Ser o exemplo que tanto quero ser.

— Oxe, que papos são esses logo agora? — Tento, mais uma vez, fingir que estou pleníssimo, inclusive para mim mesmo. — Óbvio que eu sou perfeito, fia! Não erro nunca.

— Ih! Cuidado com ele, Brasil!

Ela entra na brincadeira. Eu dou risada, abro a porta do carro e saio.

— Mas, sério, boa sorte hoje — diz por fim e acena com a cabeça.

— Ninguém precisa de sorte pra estudar no Elite Way de Salvador, mãe! — falo pela janela, depois de bater a porta.

Quando sigo em direção à entrada da escola, fico na dúvida de qual prédio entro. Minha turma fica em qual dos dois?

Parado analisando as possibilidades, sinto o cheirinho e a textura da farda que vou usar durante os próximos anos. O cheiro é bom, a textura também... e a aparência me entedia de tão certinha que é.

Estou calçando um sapato baixo e branco, que só uso em ocasiões especiais como esta, acompanhado por meias bem discretas. Como é regra de qualquer escola daqui, uso uma calça jeans — talvez o fato de ser jogger não combine muito com minha nova versão, mas é a única que tenho — e, por fim, a camisa de farda do Sotero, que não poderia ser mais engomadinha: uma polo que abotoei até em cima, com detalhes em azul e amarelo na gola e nas mangas, além do nome "Colégio Sotero" escrito com letras garrafais abaixo da logo, que é posicionada na área do peito. Eu me sinto, definitivamente, um garoto de cabelo lambido igual a todo esse pessoal que anda na minha frente.

E agora faz sentido. É só olhar para o caminho dos mauricinhos que parecem mais velhos. Com mais cara de ensino médio. Estão todos indo para o prédio da frente. Problema resolvido.

Tenho chances de passar por este dia sem ser um completo desastre.

— Pedro, o dinheiro do lanche! — grita minha mãe, de dentro do carro, enquanto procura a carteira.

— Anos-luz na sua frente!

Tiro vinte reais do bolso e mostro.

— Oxe, onde você arranjou isso?

— Na sua carteira.

Dou risada e então me viro em direção ao Sotero, dando um tchauzinho para ela.

Ao entrar, não consigo evitar deixar o queixo cair novamente. Sabia que o colégio era grande por fora, mas parece ainda maior por dentro. Frequentar a mesma escola durante toda a minha vida me colocou numa bolha mesmo.

Só de passar pela catraca, me perco na multidão e, já que tenho tempo, não vejo problema em dar uma explorada no espaço.

A primeira coisa que vejo é uma sala de música, mas a porta está fechada. Então tudo o que consigo enxergar é a porta fechada. Será que tem instrumentos lá dentro, ou os próprios alunos precisam trazer? Nunca vou saber. Por mais que pareça divertido, aprender a tocar algum instrumento definitivamente não faz parte dos meus planos.

Continuo perambulando e percebo que onde eu estava era só a parte de trás de um ginásio imenso. Não me aguento e vou até a entrada para bisbilhotar um pouquinho. Como imaginei, tem uma arquibancada bem grande dos dois lados da quadra, e penso na quantidade de pessoas que vão ficar sentadas ali durante as aulas de Educação Física.

Alguns meninos bem estilo "hétero top" estão ao meu lado, conversando com o funcionário que deve supervisionar a quadra, e memórias de guerra me fazem querer dar o fora daqui o mais rápido possível. Eles até podem ser legais — pareciam simpáticos falando com o funcionário, pelo menos —, mas quero gente assim longe de mim.

A parte boa é que recupero meu foco.

Preciso lembrar que o único roteiro que me interessa tem que ser baseado nos espaços acadêmicos e nada além disso. Volto para o prédio principal.

Eu me lembro de minha mãe falando sobre as dezesseis turmas só de primeiro ano que o Sotero tem e... Socorro! Faz todo o sentido! Nunca vi um mar tão grande de adolescentes usando a mesma roupa.

Avisto um funcionário no canto, com um rádio comunicador preso na cintura, então me aproximo e pergunto:

— Oi, bom dia! Tudo bem? Você sabe me dizer onde fica o primeiro ano L?

— É só subir as escadas para o primeiro andar e ir até o final do corredor. É a última sala à esquerda.

— Certo! Valeu!

Faço um "legal" com a mão, como forma de agradecimento.

No caminho para a sala, fico surpreso com a presença de armários nos corredores. Como assim esta escola tem *armários*?! A-r-m-á-r-i-o-s. Tipo em *Todo mundo odeia o Chris*. Ou *iCarly*.

Bem que podiam deixar os alunos customizarem, como em *Brilhante Victória*.

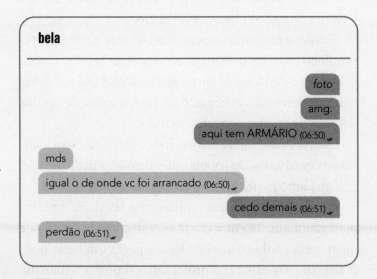

Essa grandiosidade toda me assusta para caramba.

Se há um mês alguém me dissesse que eu cometeria a loucura de estudar do outro lado da cidade, eu provavelmente daria um tapa na pessoa de tão absurda que acharia a afirmação.

Eu e Bela tínhamos planos para o ensino médio. Queríamos apresentar as coreografias de todos os nossos musicais preferidos até o terceirão, além de outras mil coisas.

Mas é isso. Quero dar orgulho para minha mãe, compensar a decepção por não ser o filho que ela esperava, e Bela entende isso. Espero.

Quando chego na porta do primeiro ano L, checo se meu nome está na lista dos alunos da turma mesmo. E está.

É real. É oficial. Estou estudando aqui. Que. Loucura.

Devo estar adiantado, pois a escola continua barulhenta e tomada de alunos pelos corredores.

Dou uma espiadinha pela janela da porta da minha sala e só tem uns gatos pingados lá dentro.

O espaço é como eu esperava, mas, ainda assim, me impressiono com o fato de todas as paredes serem *tão brancas*. O quadro é de vidro, as cortinas nas janelas são persianas que parecem caríssimas, e as cadeiras são azuis, da cor dos detalhes da camisa que estou usando.

De resto: tudo muito branco. E estranhamente sem manchas, nem rabiscos. Do jeitinho que quero ser a partir de hoje.

Um aluno perfeito, sem manchas no processo.

Para ser sincero, lembrar disso me faz decidir muito mais rapidamente entre ouvir as conversas e gritarias de quem nem conheço aqui de fora, e pegar um lugar bom lá dentro para esperar a professora calminho. Vou é me adiantar para a aula.

Fecho os olhos, coloco a mão na maçaneta, respiro bem fundo e abro a porta.

3. QUÊ?

Como esperado em todo primeiro dia de aula, terminamos fazendo um círculo com as carteiras, e o lugar estratégico em que eu já tinha pensado para não chamar atenção terminou nem existindo. Do jeito que estamos organizados, todo mundo consegue se ver facilmente.

Não precisei que a professora de Português e Redação se apresentasse, pois pesquisei o nome dela na internet e terminei caindo num site com absolutamente tudo sobre sua experiência e formação acadêmica.

Minhas habilidades de stalker nunca foram tão úteis.

Ela se chama Linda e tem umas três formações diferentes, além de mestrado e doutorado. Não sei exatamente o que isso significa, mas planejo ser o queridinho dela. Os queridinhos das professoras no fundamental sempre se davam bem.

— Então vamos começar a nos apresentar? — disse a professora Linda, começando aquela famigerada dinâmica clichê de quebrar o gelo.

Eu não teria problema nenhum em ser o primeiro a falar, porém iria contra meu objetivo aqui. Preciso passar despercebido entre meus colegas. Não quero ser próximo de nada nem ninguém, além dos estudos e dos professores.

Acho que vou esperar uma galera falar antes de dizer qualquer coisa.

— Quero saber tudo de vocês: nome, idade, de onde vieram, para onde querem ir, matérias preferidas, matérias que odeiam, artistas que gostam, artistas que não curtem, interesses, vontades, ambições...

A esta altura, já acho que a professora só está jogando palavras aleatórias e seus sinônimos no ventilador.

Quando ela finalmente termina de estimar as categorias que vamos tocar nessa dinâmica, olha para todos da turma e um silêncio ensurdecedor domina o espaço.

Alguns só observam o chão, outros sentem vontade de rir, umas duplas se olham um tanto quanto pensativas... mas todos continuam calados. Acho que está todo mundo um pouco... nervoso?

Pela explicação prévia da professora, entendi que, mesmo que essa escola também tenha ensino fundamental (ou seja, vários aqui se conhecem de outros anos), o fato de ficarmos em prédios diferentes muda tudo. É um ambiente com o qual ninguém está acostumado. Tem muitíssimos alunos novos, as antigas turmas foram completamente misturadas e fomos distribuídos entre as salas, que vão do A ao P. Na minha, o pessoal que se conhece deve ser minoria.

Agora, se *eles* estão assim, imagina eu.

— Linda, desculpe interromper. — Alguém abre a porta da sala, salvando todos os tímidos presentes. — A gente pode dar um recado rapidinho?

— Claro, Alex!

Um garoto e uma garota, claramente mais velhos, entram na sala de aula. Param em frente à lousa, olhando para nós.

— Então... Meu nome é Alex, como Linda já deu o spoiler — brinca o garoto.

— E eu sou Liz.

Eles falam um após o outro. Estão claramente bem ensaiadinhos.

Alex é interessante. Ao contrário da maioria das pessoas, veio preparado para o frio insuportável das salas de aula com um casaco colorido, que quebra a monotonia das paredes brancas. Das mangas ao capuz, cada parte do moletom tem uma cor diferente, e todas em tons vibrantes — mas sem parecer exagerado. Além disso, usa um All Star que, mesmo sendo preto, também acompanha a linha colorida do casaco, pois está infestado de desenhos provavelmente feitos por ele mesmo. Ele é branco e tem um cabelo liso e castanho, com um corte de mullet que sempre quis fazer, mas nunca tive coragem de pedir ao barbeiro. E funciona bem nele, assim como as duas argolinhas prateadas que usa em cada orelha.

Liz também tem muita personalidade. Ela é parda de pele clara e, por cima da camisa de farda, usa um corta-vento preto bem estiloso, com mangas e outros detalhes na cor branca. Os óculos que está usando são daqueles de armação transparente, estão meio tortos no seu rosto e tem uma corrente presa nas duas extremidades. Isso automaticamente me faz concluir que ela os deixa cair inúmeras vezes ao dia. De tudo, o que mais me impressiona é o fato de ela ter um piercing na boca. Muitas amigas minhas já quiseram um, mas e a coragem?

— Eu sou do segundo ano, e ela do terceiro — explica Alex.

Ok. Terceirão. Faz sentido que ela tenha um piercing na boca.

— Nós fazemos parte do grêmio estudantil aqui do Sotero e queremos fazer um convite pra vocês! — continua ele, animado.

Esse Alex fala de um jeito que não me soa nem um pouco tímido. Deve estar acostumado a falar em público, pois discursar assim de frente para uma turma cheia de gente que não conhece não é para qualquer um.

E calma... ele disse "grêmio"? Esse negócio existe mesmo? Serve para quê? Será que eu deveria entrar? Como é que faz para se inscrever? Muitas perguntas. Vou prestar atenção.

— É. Alex já estuda aqui no Sotero há um tempo, né? — A professora fica entusiasmada ao ver carinhas conhecidas. — E, por serem integrantes do grêmio, os dois estão à disposição de vocês também, tá? Não conseguiu falar comigo? É só procurar eles pelos cantos aqui da escola que fica tudo resolvido.

— Sei disso não, viu, professora? — brinca Alex. — Mas enfim, a gente tá aqui porque o primeiro dia de aula é quando a gente começa a panfletar o CRI, Clube de Relações Internacionais do colégio.

Clube? Em escola brasileira? Relações Internacionais? Eu morri e fui parar em uma série estadunidense?

— É onde nós conseguimos aprofundar nosso interesse por Geografia, História, Sociologia, Geopolítica... — Alex aproxima a mão da boca, como se estivesse bloqueando a visão da professora. — Mas eu, na real, faço mesmo porque acho divertido.

— Tem como vocês se inscreverem como delegados, que representam um país em específico, ou assessores de comunicação, que é basicamente a imprensa do rolê — explica Liz.

A garota está encostada na parede e parece despreocupada com como os outros a enxergam. Gosto disso. Queria ser assim.

— Qual dos dois é o mais importante? — pergunto, levantando a mão enquanto falo. Esse negócio pode ser um bom jeito de agradar minha mãe com os estudos.

— Boa pergunta! — Alex aponta o dedo para mim, sorrindo. — Como é seu nome?

— Pedro.

— Então, Pedro, não tem isso de mais importante, menos importante...

— Mas todo mundo quer ser delegado — interrompe Liz. — E ano passado até compraram troféu pra eles. Quem foi imprensa teve que se contentar com a menção honrosa e é isso.

Alex dá um empurrãozinho no braço de Liz, resmungando.

— A verdade é que todo mundo acha que os delegados são mais importantes por causa dos discursos. No clube nós fazemos simulações de debates sobre um monte de assuntos. Os delegados são os que falam, e os assessores são os que reportam o que foi discutido para a imprensa. Enfim... — diz ele, entredentes —, é bem mais complexo do que isso, são funções e trabalhos bem diferentes, então quem tiver interesse, fala comigo, que eu explico direitinho, certo?

— É... Comigo não, porque não sou nem do CRI. Eu sou das artes. Só estou aqui para fazer companhia — completa Liz, e toda a turma dá risada.

Dou risada junto, mas também fixo o olhar em Alex, pensativo.

Quando planejei ser um aluno destaque nesta escola, não sabia exatamente quais passos teria que dar. Sabia que aqui era o melhor lugar para isso, mas ainda era meio que um tiro no escuro.

Até agora.

Pelo visto, a resposta está exatamente na minha frente.

Esse Alex é meio que a personificação da minha ideia: membro do grêmio estudantil, participa do Clube de Relações Internacionais, tem uma boa relação com os professores... e tenho que admitir que é bem bonito. Bonito e estiloso. Preciso adicionar "Ficar longe de tentações" à minha lista de precauções para o ano letivo.

A duplinha do grêmio vai embora.

Ver a leveza com que os dois levam o ensino médio me tranquilizou profundamente. Por alguns minutos, até esqueço o motivo terrível que me trouxe para esta escola.

Eu, provavelmente, deveria prestar atenção no que os outros alunos estão falando sobre si neste momento, mas acho mais proveitoso ficar pensando em Alex. Alguma coisa sobre a presença dele me fascinou.

Ele parece alguém ocupado, que não deve parar por um segundo, mas que ainda mantém um semblante tranquilo e calmo. Quando falou sobre o grêmio e os outros detalhes chiques de sua participação ativa na escola, também não me soou esnobe. Foi só muito natural. E o entusiasmo que usou para descrever o Clube de Relações Internacionais me convenceu a ir falar com ele para me inscrever. É definitivamente o que vou fazer mais tarde.

— Ariana Grande. Ela é minha cantora preferida — fala alguma outra pessoa na rodinha, e volto para a Terra.

Mencionou minha fav, me conquistou na hora.

— Socorro, a minha também!

Merda, não era para eu falar agora.

— Massa! Já estamos achando coisas em comum entre vocês. Essa dinâmica aqui é pra isso mesmo — comenta a professora Linda. — Por que você não aproveita e se apresenta?

— Eu?

— Aham.

— Tá bom...

Tento disfarçar o nervosismo, controlando a voz que quer sair meio falha.

Todo mundo olha para mim, esperando que eu comece a falar, e só consigo pensar em como mostrar minha versão modelo para a sala inteira.

Alguns segundos se passam, o silêncio vai ficando mais ensurdecedor, e, mesmo sem uma resposta perfeita, sinto a necessidade de falar alguma coisa o mais rápido possível. Então decido improvisar com o que meu coração manda.

— Eu sou o Pedro, tenho 15 anos, estudava no Cabula até o ano passado, mas dei a louca de vir pro outro lado da cidade pra fazer o ensino médio.

Meus colegas riem. Não sei se amo a atenção ou se fico desesperado exatamente por isso.

— Tô bem chocado com tudo que tem nessa escola, não vou mentir. — Ok. Me empolgo quando percebo as pessoas interessadas no que estou falando. — Inclusive, fiquei todo perdido com as salas e com o que Alex estava falando.

A professora Linda sorri para mim.

— Normal. Aqui é cheio de coisa mesmo, mas já, já você se acostuma — afirma ela, para me confortar um pouco. E eu a agradeço mentalmente por me interromper e não deixar que eu continuasse falando. Me conhecendo, poderia discursar por minutos sem parar. — Eu posso até falar com Alex pra fazer uma tour com você por aqui. Acho que vocês vão se dar bem.

Essa professora é perfeita. Fico animado na hora e a agradeço mentalmente mais uma vez, pela ideia da tour e pela pessoa que vai me guiar.

Espero ansiosamente todos terminarem de se apresentar. Se minhas contas estão certas, foram umas trinta e cinco pessoas — e parece que deve chegar mais gente depois do Carnaval, o que, convenhamos, é bem comum no meu país Salvador.

A única interação que tive fora da dinâmica até agora foi perguntar para um menino aleatório qual era a senha do Wi-Fi, e ele foi bem útil em tê-la anotada: "Sotero1234".

Acho que não dava mesmo para esperar criatividade de uma escola que usa um pedaço de vidro no lugar de um quadro normal. Com Wi-Fi no celular, quero aproveitar este momento meio largado que a professora está nos proporcionando para usar além do aplicativo de mensagens e ficar um tempinho nas outras redes sociais. Talvez seja uma das poucas oportunidades que terei de fazer isso aqui no colégio. É a magia do primeiro dia de aula.

Quando me decepciono um pouco com a velocidade que a internet daqui funciona, olho ao redor para ter alguma ideia da turma com que vou lidar pelo próximo ano e me distrair. A única conclusão que consigo chegar é que são... *diferentes*.

Vejo uma menina com um iPhone de última geração na mão, apontando a câmera com flash para outra, a qual acredito que tenha conhecido hoje e que fica visivelmente desconfortável com a situação; alguns meninos reunidos provavelmente falando sobre futebol ou algo do tipo; e outras pessoas como eu, deslocadas, apenas existindo em seus cantinhos.

O que nos separa é a timidez. Elas parecem angustiadas por serem tímidas demais para se enturmar, ao passo que minha angústia é por ficar segurando o impulso de ir conversar com alguém.

Olho no relógio, percebo que o terceiro horário está se aproximando e fico aliviado. Está passando mais rápido do que eu imaginava. Além de que o dia está correndo muito bem. Fico feliz.

Dito e certo: não demora muito para tocar o sinal. E que sinal horripilante.

Talvez a tensão das primeiras horas tenha me distraído, fazendo o som passar despercebido. Mas agora eu ouço bem. Até demais. É alto e escandaloso, como o choro de um bebê recém-nascido.

Em sincronia com o som mais irritante que ouvi na vida, vejo a porta ser aberta mais uma vez.

Espero que seja Alex com outro aviso sobre extracurriculares chiques. Estou disposto a me enfiar em tudo que ele indicar, e nem é porque eu o acho muito lindo. É porque, a este ponto, ele já é meu maior exemplo de aluno perfeito.

Mas não é Alex que abre a porta. É um menino alto, com cabelo médio e cacheado, tom de pele escuro parecido com o meu e... EU NÃO ACREDITO NISSO!

É WILLIAM?

4. OBCECADO

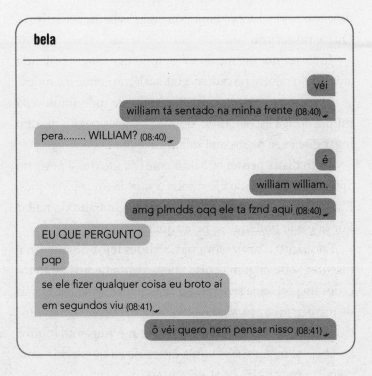

Ótimo momento para uma praga dessas reaparecer na minha vida.

Ele está numa das cadeiras da frente — com certeza por serem as únicas que sobraram —, o que é a coisa mais louca que já vi na vida, uma vez que só o encontrava no fundão da sala quando estudávamos juntos. Mas o fato de ele ter chegado atrasadíssimo é supercoerente com sua personalidade.

Igualzinho a antes, ele faz um panorama do recinto e congela por uns bons segundos quando me vê.

Parafraseando Mariah Carey: *Por que você é tão obcecado por mim?*

A diferença é que hoje ele está muito mais sério e quieto do que o normal. Com uma expressão fechada, pensativa... Quase misterioso.

Toda vez que ele me observa, finjo que estou prestando atenção no celular, no caderno, ou, sei lá, no ar que me rodeia.

Apenas não consigo acreditar que, de todo mundo da minha antiga escola, tinha que ser *ele* a vir para o mesmo lugar que eu, e na mesma sala! Não é possível!

Além disso, pensei que tinha me livrado dessa peste no ano passado, quando ele resolveu sair do Souza Marquês. Eu fui tão feliz... Então por que ressurgir assim do nada? Por que não poderia ser Bela aqui em vez disso?

Enquanto a professora passa slides feios no quadro e discursa sobre alguma coisa, meus pensamentos estão focados no problema sentado à minha frente. Quantas formas de me perturbar passam pela cabeça dele neste momento? Como posso me prevenir? Como vou me vingar no futuro?

O sinal insuportável toca antes de eu conseguir uma resposta para todas essas perguntas.

Só sei que, agora, preciso que cada movimento meu seja friamente calculado para estar a uma distância segura de William. Se o conheço bem, ele tem pachorra o suficiente para vir de cara lavada falar comigo como se nada tivesse acontecido. E o recreio é sua maior oportunidade para isso. Preciso correr.

Assim que saio do transe, ignoro qualquer necessidade de organizar os materiais jogados na minha carteira e corro em direção à porta. Não conheço nada da escola, mas sigo andando para o mais longe possível de William.

No meio da correria, percebo que estou com muita fome. Preciso de um salgado imediatamente, ou não vou conseguir chegar até o fim do dia vivo.

Socorro. Cadê a cantina?

Só vejo portas para outras turmas, os famigerados armários, sala dos professores e uns corredores que não me parecem levar a algum lugar com comida.

Talvez se eu seguir alguém disfarçadamente eu chegue lá.

Vejo Liz, a menina do terceiro ano, descendo as escadas. Ela não está com nenhum biscoito nem salgadinho na mão, logo há chances de que também esteja precisando de um lanche.

Então começo a andar atrás dela como quem não quer nada.

E fui certeiro, porque chegamos à cantina.

E que cantina!

Deve ser comum aos olhos de qualquer um, mas é muito maior que a do Souza Marquês. Dá para ver a área da cozinha atrás do balcão, e ela é imensa. Só o fato de ter mais de duas pessoas cozinhando é impressionante para mim.

A fila está grande e, nos minutos que fico aguardando, além de admirar os salgados da vitrine, imploro mentalmente que William não passe por aqui.

Por sorte, chega a minha vez de pedir e nenhum sinal dele.

— Oi! Uma esfirra de frango e um suco de laranja, por favor — digo as palavras que repassei mil vezes em casa para não errar.

— Certo. Mas aqui você compra a ficha de um salgado simples e um suco, tá? O sabor específico você diz ali, na hora de pegar — corrige a mulher atrás do balcão, gentilmente.

Errei. E, ainda por cima, só tem esfirra de carne e duas opções de suco: manga e goiaba. Laranja ficou de fora.

A cantina não é tudo isso no final das contas. Só tem tamanho.

Pego o lanche e saio em uma jornada para encontrar o lugar mais escondido desta escola. Apenas subo todas as escadas que vejo pela frente e chego no terceiro andar, que é igual aos outros, porém com pouquíssimos alunos. Tem um grupinho jogando baralho, alguns alunos sozinhos lendo livros, e um casal que se beija em momentos estratégicos para o monitor não os pegar no flagra. Eu me sento no chão e me concentro na comida.

Mas então vejo um pontinho colorido andando pelo corredor.

Socorro, é Alex, aquele lindinho! Ele está chegando perto de mim! O que eu faço? Será que dá tempo de mandar mensagem para Bela perguntando?

— Oiê, Pedro!

Ele agacha do meu lado.

— E aí? — falo de boca cheia.

Talvez tenha sido falta de educação, mas acho que seria muito pior se eu esperasse mastigar tudo e aí sim respondesse. É complicado.

— Tá perdido, véi? Aqui é o corredor da galera do terceirão. E tem cadeira lá embaixo, você não precisa sentar no chão.

— Digamos que eu esteja fugindo de alguém...

— Eita! — Ele parece preocupado. — Tem alguém incomodando você?

— Ah, não! Tem, não — minto. Alex semicerra os olhos, desconfiado. — Ok, na real, tem, sim. É uma longa história.

— A gente tem... — Ele para e olha para o celular. — Dez minutos, pô.

— Ai, prefiro nem pensar nesse menino, sabe? Tô na minha era estudioso. Só isso aqui me importa.

Gesticulo ao redor. Sinto vontade de apontar para ele também. Mas preciso fugir das tentações.

— Hmmm... Então estamos falando sobre um ex ...?

Reparo em como ele considerou a possibilidade de eu gostar de meninos — e não levou isso para um lado negativo. Raro.

— Ex-problema, né? Só se for. William é o menino mais hétero do mundo. Tem nada a ver.

Faço questão de que minha resposta confirme indiretamente que gosto de meninos.

Enquanto dou minha nota de repúdio, Alex parece desconcentrar um pouco do que falo. Será que sou dramático demais e isso tudo é só muito patético?

— Oi — diz alguém atrás de mim.

Viro para trás e...

NÃO! É! POSSÍVEL!

É WILLIAM, VÉI! INTERROMPENDO MINHA CONVERSA, MEU LANCHE E MEU DESABAFO!

Será que ouviu o que eu estava falando? Espero que sim, na real. Não disse nada que ele já não saiba.

— Pedro, pivete! Não sabia que você vinha estudar aqui — começa William, puxando assunto como se fôssemos íntimos.

Comendo estava, comendo continuarei.

— Enfim, é com você que falo para me inscrever no CRI? — pergunta ele, se virando para Alex, já usando a sigla do Clube de Relações Internacionais.

Como assim, gente?! Que tipo de realidade alternativa é esta? Tenho certeza de que tudo isso é só para me pirraçar. Não vou deixar essa palhaçada ir para frente.

— Isso. Qual é seu nome e sua turma? Vou anotar aqui na lista.

Alex age em prontidão. Ele parece genuinamente feliz quando demonstram interesse nas atividades de que faz parte.

— Piada. Ele não vai querer isso coisa nenhuma. — Poupo o tempo de Alex. — Quem quer sou eu, na real. Pode colocar: Pedro Costa Oliveira, primeiro ano L, delegado.

— Você acha que é quem, pivete? Pode colocar meu nome aí, sim: William dos Santos Paixão, primeiro ano L, delegado também.

— Calma, galera. Me perdi um pouco aqui. — Alex dá uma risadinha simpática na tentativa de diminuir o clima pesado que se instaurou. — Os dois vão se inscrever, é isso?

— Eu que vou me inscrever.

— Eu que vou me inscrever.

Eu e William falamos ao mesmo tempo. Toco na cor verde do moletom de Alex e sussurro um "verde, a sorte é minha" para garantir o azar do babaca, mas sem ser tirado de infantil. Talvez Alex tenha ouvido, concluindo pela carinha de interrogação que esboça.

— Então é isso. Não tenho muito o poder de tomar partido nessas situações, gente. Desculpa.

— Tudo bem. Ele vai dropar o negócio na primeira semana de qualquer jeito — digo, jogando farpas em William.

Se antes eu ficava calado, agora ele não vai ter esse gostinho de sair das situações por cima.

— E é, é? — desdenha ele.

— É, sim. — Eu me levanto com o coração aceleradíssimo, pois qualquer tipo de embate me deixa meio nervosinho. — Valeu, Alex. Tô esperando a nossa tour que a pró me prometeu.

— Eu já tô sabendo! Combinado, então.

— Fechou.

Tento dar um sorriso e me encaminhar para sair.

— Mas você já vai? Nem terminou de contar a fofoca! — Ele olha de mim para William. — Se bem que acho que nem precisa.

E se eu achava que a manhã já tinha sido estressante o bastante, estava errado. Ainda podia piorar, pois a aula termina e todas as informações sobre como voltar para casa se misturam na minha cabeça.

Ao longo da semana, minha mãe fez questão de dizer que a carona da vinda é com ela, mas que só vou voltar de carro quando ela trabalhar meio turno — o que acontece com pouca frequência. Então me explicou direitinho qual ônibus pegar, de que lado esperar, em que estação de metrô descer... mas não consigo lembrar de nada direito.

Ela me falou para pegar o Barra 1, 2 ou 3? Esses ônibus existem mesmo, ou são criação da minha cabeça? O metrô, eu pego para que sentido?

Isso tudo é culpa de William. Se eu tivesse tido paz hoje, com certeza minha cabeça assimilaria essas informações melhor e eu me lembraria de tudo facinho.

Mas agora é isso. Estou perdido, com os materiais jogados sobre a carteira, tentando decidir se mando mensagem para minha mãe ou se dou um jeito sozinho mesmo. Nem o nome do aplicativo para pesquisar o trajeto eu sei.

Normalmente, eu pediria ajuda a ela, mas não quero piorar minha imagem arriscando parecer incapaz ou irresponsável.

Tudo isso enquanto o nojento sai da sala todo *cavalo do cão*, com fones de ouvido e a mochila suja nas costas. Que ódio. Ele está tão despreocupado e age de forma tão natural que tenho certeza de que sabe o caminho de casa e...

É isso! Ele mora muito perto de mim! É literalmente o mesmo caminho!

Se só serviu para me estressar até agora, alguma utilidade William pode ter. O babaca vai me guiar pelo transporte público mesmo sem saber disso. Se está de fone, andando tão casualmente, não deve ser difícil segui-lo, né? Além de que provavelmente vai ter mais gente fazendo o mesmo caminho e não vai ser a primeira vez que sigo alguém hoje. Estou craque nisso.

Jogo os materiais dentro da mochila imediatamente e corro para acompanhar cada passo que ele dá. Vamos em direção à saída, onde ficam os pontos de ônibus e é fácil enxergá-lo, visto que somos mais altos que a maioria das pessoas.

Atravessamos, e logo anoto: é o ponto do outro lado da avenida. Sim, ativamente uso um lápis e pedaço de papel para escrever qual trajeto estou tomando para nunca mais depender dele.

São tantas pessoas com roupa branca por aqui que nem me esforço para passar despercebido. Só fico de olho em qual ônibus vamos subir.

E é o Barra 3. Seria minha terceira opção, vai. Não ia errar por tanto.

Um mar de alunos sobe no mesmo ônibus, que nos leva até a estação de metrô, onde muitos desembarcam. William escolhe uma das escadas rolantes para descer, e eu anoto o sentido da linha que a placa indica. Mas agora não dá mais para disfarçar. Ou entro no mesmo vagão que ele ou vou perdê-lo de vista.

Aqui dentro, é William de um lado, e eu de outro. Finjo estar olhando um pouco o celular, mas não tenho sinal. Então fico só fazendo movimentos sem sentido com os dedos. A minha atenção mesmo é em qual estação ele vai descer.

Passa a primeira, a segunda, a terceira... e nada. Sei que o metrô é rápido, mas hoje parece que leva uma eternidade.

Chegando na estação Pernambués, ele se posiciona em frente à porta. E eu faço o mesmo. Ele sai. E eu faço o mesmo. Ele dá meia-volta, olha para mim e ri, entrando novamente. E fico incrédulo com o que acaba de acontecer, mas o sigo mesmo assim. Afinal como vou voltar para casa?

Ele me enganou só para me fazer de besta. E eu caí. Nunca odiei tanto alguém na vida como odeio William agora.

bela

é oficial

ele não mudou nada (12:48)

5. BIBLIOTECA

Acredito muito na ideia de que tudo tem um equilíbrio. Isso me conforta porque tenho certeza de que, ao reaparecer um desgosto como William na minha vida, alguém legal surgiria também. E essa pessoa está sendo Alex.

Hoje é o dia da nossa tour pela escola. Demorou, mas chegou!

Combinamos de fazer isso só na sexta, pois, segundo ele, teríamos um pouco mais de tempo no intervalo.

Até onde entendi, vai rolar uma dinâmica de chamada para as oficinas de dança, música e teatro, e isso pega alguns minutos da próxima aula — o que é ótimo, porque são dois horários seguidos de física, e bancar o estudioso das exatas já está se transformando num desafio.

— Aí, ó. Eles afastam as mesas da cantina, colocam um microfone, instrumentos, caixas de som e deixam o povo chegar lá pra apresentar alguma coisa.

Alex me mostra a visão do rolê do corredor de cima.

Ridículo pensar que fiquei procurando a cantina igual uma barata tonta no primeiro dia, quando era só olhar lá para baixo. E eu passei bem por ali para chegar na minha sala, mas estava avoado demais para prestar atenção.

— Que massa! Aí o povo só chega lá e canta o que quiser?

Fico levemente entusiasmado com a ideia. Sou viciado em fazer karaoke com minhas amigas.

— Hm... não exatamente. Tem uma lista de músicas permitidas que os professores selecionam e colocam na parede. No final das contas, só termina rolando umas de mil novecentos e bolinhas.

— Puts! Então a gente não perde muita coisa se não assistir, né?

— Na real, a gente só ganha!

Alex ri e me puxa pelo braço, continuando a desbravar a escola.

Ele me leva para a Central do Aluno, que fica no andar dos estudantes de primeiro ano. É para onde os problemáticos vão quando rola uma treta ou algo do tipo. Preciso me lembrar de respirar bem fundo e pensar duas vezes antes de qualquer embate com meu "querido" William. Não quero vir parar aqui de jeito nenhum.

— Essa é, basicamente, a única coisa diferentinha aqui do seu andar — fala ele, meio desanimado. — Vamos lá pra cima? É onde tem meu lugar e minhas pessoas preferidas da escola.

— Você que manda.

Sigo em direção às escadas, mas sou interrompido antes de pisar no primeiro degrau.

— Pedro, vamos por aqui. É mais legal! — diz Alex me puxando pela mão, e não pelo braço.

Tento controlar o coração e pensar que isso não significa nada.

Provavelmente não significa nada mesmo.

Quando chegamos ao lugar que ele queria me mostrar, me decepciono um pouco.

Do jeito que essa escola é, esperei que ele estivesse me levando para um elevador panorâmico muito revolucionário com vista para o bairro inteiro... mas é só uma rampa.

— Construíram com fins de acessibilidade, óbvio, mas um monte de gente usa pra se pegar escondido — explica Alex, dando risadinhas.

— Coragem... — comento. Depois daquele fatídico momento na praia durante as férias, essa me parece uma ideia horrível. — Imagina estar beijando horrores e dar de cara com algum funcionário quando abrir o olho? Trauma para o resto da vida.

Alex solta uma gargalhada.

— Você é um ícone, Pedro.

Quando chegamos no segundo andar, Alex acelera o passo e para em frente a uma porta, analisando pela janelinha se tem alguém lá dentro. Ele sorri. Não sei exatamente o que essa reação quer dizer.

Mas aí ele abre a porta e fica meio óbvio. Tem algumas carinhas com a mesma vibe dele por aqui. Uma delas é Liz, a quem sou muito grato por me mostrar o caminho da cantina no outro dia.

— Ícone, seja bem-vindo ao melhor lugar do Sotero: a sala de arte!

Ele gesticula como se estivesse num filme, e as meninas o cumprimentam em uníssono com um "Oi, lindona!". Deve ser alguma piada interna.

— Oi, meus amores! — diz Alex.

Uma das garotas tem uma folha de gramatura alta, vários pincéis chanfrados e um copinho com água à sua frente — provavelmente se preparando para uma pintura em aquarela —, outra faz uma peça de crochê que, por enquanto, não consigo identificar, e Liz finaliza um quadro pequeno do Bob Esponja projetando um arco-íris.

Fico parado atrás de Alex. Desvio um pouco o olhar de vez em quando, na intenção de não parecer um enxerido.

— Alguém sabe se meu quadro já secou? Faz uns três dias... — pergunta Alex, chateado.

— Secou não, amigo. Foi querer dar uma de diferentão, agora vai ter que esperar até segunda, viu? — comenta Liz, na brincadeira.

— Aff, odeio você.

— Eu sei que você me ama.

— Amo nada. — Ele faz muxoxo, desdenhando da amiga. — Amo, sim — sussurra no meu ouvido, e solto uma risada.

As meninas se esforçam um pouco para me enxergar, levantando o tronco ou semicerrando os olhos. Uma delas limpa a garganta, claramente como um sinal para que ele me apresente.

— Ah, esse aqui é Pedro.

Ele me segura pelos ombros e me posiciona ao seu lado para que possam me ver. Elas respondem com variações de "Oi" acompanhadas de sorrisos.

— Eu lembro de você! — diz Liz, animada. — Se inscreveu para o CRI?

— Aham. Como delegado, porque você disse que é o que todo mundo quer, né? — respondo olhando para ela e para Alex, tentando adivinhar pela cara deles se fiz a escolha certa.

— É o que todo mundo quer, mas você não precisa querer também... — fala ela, cautelosamente.

— Ah, mas eu vou amar receber o troféu.

Arranco umas risadas da galera.

— Antes disso você precisa terminar de conhecer a escola, né? — diz Alex, rindo.

Caio na real depois de me imaginar ganhando o prêmio que ainda nem sei do que se trata.

— Verdade...

— Eu tô fazendo uma tour aqui pelo Sotero com Pedro — explica ele para as meninas e passa o braço pelo meu ombro. — Acho que a gente tem que continuar logo, senão o intervalo vai acabar.

— Que fofinho... Um date no Sotero! — exclama Liz, afinando um pouco a voz para zoar.

— Para, véi! Vai assustar o menino — repreende Alex, e tira o braço do meu ombro.

Liz solta uma risada. Evito demonstrar qualquer expressão. Fico nervoso só com a possibilidade de ele enxergar nossa tour dessa forma.

— Tchau, viu?

Alex vira de costas, abre a porta, e eu o acompanho. Quando ele a fecha, ouvimos risadinhas e sussurros das meninas.

— Desculpa por isso, viu? — fala ele, olhando para mim e fazendo uma expressão de reprovação enquanto prende uma risada.

— Relaxa.

Tento esconder que fiquei um pouco incomodado.

Por mais que tenha achado Alex um lindinho, não quero que seja essa a impressão que passo. Preciso estudar. Preciso ser um bom aluno. Não posso ser desses que se escondem na rampa para beijar.

Achei que minha camisa abotoada até em cima deixasse claro que não estou aqui para brincadeira.

— E onde que fica a biblioteca daqui, hein? É nesse andar? — pergunto, tentando voltar para o assunto da tour.

— Calma, apressado. É pra lá que a gente tá indo mesmo.

Atravessamos uma miniponte que liga uma parte do prédio a outra. Vá entender os arquitetos... Mas este lugar rendeu a luz mais linda do mundo, pois é repleto de janelas de vidro azul. Deve dar para tirar umas fotos lindas. Pediria esse favor a Alex, porém lembro que preciso fingir que só quero chegar na biblioteca.

Inferno de foco.

— Aqui, apressadinho. Chegamos — diz ele, enquanto entramos.

Assim como o restante da escola, a biblioteca é absurdamente organizada. E grande. E branca. E meio chata. De colorido por aqui, só a capa dos livros.

— Agora a gente só vai ter que falar muito baixinho, porque é onde a galera estuda, lê e tal... — explica ele.

— Eu sei como uma biblioteca funciona, lindona — brinco, já me sentindo parte da piada interna que nem sei o que significa.

Alex solta uma gargalhada demorada.

— Que raiva! Como você pegou isso tão rápido?

— *Shhhhhh*! Que isso, Alex? Silêncio! — repreende a bibliotecária, que parou o que estava fazendo para chamar nossa atenção.

— Desculpa, desculpa...

Ele murcha, mas ainda mantém um sorrisinho de canto.

Gosto de fazer as pessoas rirem. Fico me sentindo adorável.

Bom, então voltamos àquele papo de equilíbrio: para todo momento legal, uma inconveniência. William está sentado numa das mesas da biblioteca, com um livro na mão. O que é que esse garoto quer *na biblioteca* com *um livro na mão*? Volta pra quadra, inferno!

— Já deu pra ver bastante aqui, né? Vamos voltar? — sugiro a Alex.

— Oxe, ela não morde não, Pedro. Eu mereci a bronca.

— Não é disso que eu tô falando...

— Calma, só preciso devolver esse livro, porque senão eu começo a pagar uma multa de dois reais por dia.

Ele revira os olhos.

— Vish, eu não sabia que era assim.

— Aaah, mas não era você que sabia de tudo sobre bibliotecas? — debocha ele.

— Eu nunca disse isso! — retruco, levantando o dedo indicador.

Entramos na fila e eu fico completamente de costas para William, rezando para que ele não chegue perto e venha com aquele papinho de "nem fala mais comigo".

O primeiro que sai da fila está com um livro na mão que nunca vi na vida.

Alex percebe minha expressão confusa quando tento ler o título.

— É de geopolítica. Ele também tá no CRI, e é do terceirão. Tática ousada essa de pegar livro teórico assim pra estudar... a cada dez palavras, eu entendo uma.

— Ousadia é comigo mesmo! — William nos assusta, entrando na conversa como se fizesse parte desde o princípio. Previsível, mas, ainda assim, me dá um sustinho. — Qual o nome? Também quero um.

Calado estava, calado continuarei. E é impossível não revirar os olhos com tamanha breguice e inconveniência. Talvez eu tenha cruzado os braços como uma criança birrenta também. Mas estou no meu direito.

— Relaxa. A gente ainda nem teve nossa primeira reunião — responde Alex, continuando a conversa como se William realmente fizesse parte dela.

Odiei.

— Você sabe quando vai ser? — pergunto para Alex, ainda de costas para o babaca.

Espero que ele entenda o recado.

— Ah, acho que já começa semana que vem! Não tem tanta gente ainda, mas a professora gosta de ir fazendo enquanto a galera vai se inscrevendo.

— Saquei. — William quer mesmo interagir com a gente. — E já deu tempo de você conhecer a escola, Pedro? Eu lembro que ano passado foi barril para eu entender onde ficava os negócios.

Hum. Realmente imaginei que ele já estudava aqui, dada sua familiaridade com o lugar e naturalidade no caminho para casa... mas odeio perceber que não cheguei primeiro.

Se alguém tivesse me avisado sobre isso, eu pensaria algumas várias vezes antes de escolher o Sotero.

Sério, eu jogaria tudo no fogo para não estar perto dele. Não me conformo que Bela não sabia dessa fofoca.

Mais uma vez, deixo-o no vácuo.

— É... é grande mesmo. — Alex procura palavras para preencher o constrangimento que se instaurou. — Mas eu tô ajudando ele com isso. Inclusive, estamos no meio da nossa tour agora.

— Sério?! Eu posso pegar daqui, então — sugere William. — Vamos, Pedro? Vou mostrar a sala de arte pra você. Você gosta dessas coisas, né?

Eu, hein... Cavalo de Troia isso aí. Vou nem ferrando.

Antes que eu pense em abrir a boca para responder esse ser desprezível, Alex interfere:

— Não precisa. Tá sendo ótimo passar esse tempo com o ícone.

Espera. Ele me... defendeu? Obviamente entendeu que eu odiaria cada segundo de uma tour com William e cortou a ideia em segundos.

Fofo.

— Tem certeza, Pedro? — insiste o chato.

A habilidade desse garoto de tirar minha paciência é surreal. Me sinto na obrigação de dirigir a palavra a ele, para ver se entende de uma vez por todas.

— Tenho, William. Não vou querer ir com você, não.

— Então vai ser assim, é?

Ainda de braços cruzados, levanto as sobrancelhas, fazendo cara de desdém.

— Pô, pivete... esperava mais de você. — Ele fecha a cara. — Deixe estar...

Odeio como ele é a única pessoa que eu conheço que me chama de pivete. Odeio muito mesmo.

— A fila tá demorando demais, né? — Alex muda de assunto. — Acho que vou deixar pra devolver o livro depois da aula, senão a gente não consegue ver os...

— Perfeito. Vamos — respondo antes de ele terminar a frase.

Desta vez, sou eu que o puxo pelo braço. Aproveito para sussurrar um "Obrigado" enquanto andamos em direção à porta.

Ele ri baixinho.

6. VERGONHA ALHEIA

— Alex, eu sei que a gente simpatizou muito um com o outro, mas... eu não tô disponível. E não digo isso porque tô namorando ou gostando de outra pessoa. É só uma decisão minha de não me envolver com ninguém por um bom tempo, sério. Me desculpa. São questões pessoais e eu espero que você entenda.

Na tela do celular, Bela solta a maior gargalhada que já ouvi em toda a minha vida.

Eu queria que esse monólogo fosse para valer, mas é só um treino do que vou falar para Alex quando o final de semana passar.

Por enquanto, preciso me contentar com o espelho do armário para treinar meu discurso tão zoado por Bela, que assiste a tudo do celular apoiado numa das prateleiras.

Mesmo estando em Salvador, pedi para que eu e ela não nos vejamos presencialmente por enquanto. Não quero que minha mãe me veja indo para a casa dela e pense que comecei o ano letivo "em farra" ou sendo "desleixado", como dizia vez ou outra durante meu ensino fundamental. Por ser minha amiga, Bela entendeu.

Ela ainda está rindo da minha cara, tanto que até diminuo um pouco o volume.

— Para, amiga! — digo, quase sussurrando para que minha mãe, que está na sala vendo televisão, não escute. — É coisa séria, de verdade.

— Só tá meio patético, amigo. Eu não posso deixar que você chegue na cara dele e fale uma coisa dessas sem nem ter certeza de que ele tá a fim de você. Um story com uma música de Ariana Grande não significa que ele tá apaixonado. Significa que ele gosta muito daquela música de Ariana Grande.

— Amiga, eu tô trabalhando com fatos. Primeiro a tour comigo, depois puxar assunto na DM, e agora postar esse story? Tá na cara! Só não vê quem não quer.

— Que assunto ele puxou?

— Me encaminhou um vídeo muito engraçado — respondo. Bela parece indiferente. — São sinais, amiga, entenda! Sinais!

— Você nem é convencido, né? Quero saber qual que é a ligação entre essas coisas.

— É que você não tava lá, véi! A tour ontem foi uma experiência de conexão, sabe? Tá ligada quando dois atores precisam passar um tempo juntos pra interpretar bem o papel de namorados? Igualzinho. Foram quarenta minutos, mas quarenta minutos intensos. Eu falei que sou fã de pop, então o story é indireta pra mim, com certeza. Agora ele tá só esperando eu postar alguma MPB, porque é esse o gênero preferido dele. É desse jeito que gays flertam.

— Se você diz...

Ela parece estar me julgando muito.

— Amiga... A gente passou cada segundo daquele intervalo conversando sobre a vida, nos conhecendo, lanchando, ele me apresentou pras amigas... e isso tudo andando pela escola toda. A escola é grande!

— Todo mundo já entendeu que a escola é gigante, Pedro. Não precisa humilhar.

— Bela, me escuta! — Fico irritado. — Ele pegou na minha mão umas três vezes diferentes, me ofereceu lanche, me defendeu de William... Além de que fui o único aluno novo que ele aceitou apresentar a escola. Ele me disse isso.

— Óbvio! Você é todo atiradinho, flerteiro, bonito... Qualquer um agarraria a oportunidade. Eu agarraria se fosse ele. E se você gostasse de mulher.

Finalmente dou uma risadinha.

— Iludida. Você acha que eu sou assim por lá, é? — falo, enquanto pego o celular e levo até a cama comigo. — Eu não estava brincando quando disse que ia ser todo certinho esse ano...

— Vish...

— Pois é... Tá um pouco difícil, mas eu tô indo até bem. Em uma semana, meus professores passaram mais atividade que o ano passado inteiro, mas eu ainda não deixei faltar nenhuma — conto, orgulhoso. — Então essa sua teoria aí de que foi o meu "jeito flerteiro" que conquistou ele caiu por terra.

— O contrário, então! O tipo dele é menininho tímido, nerd, fofo — conclui ela, usando uma voz debochada extremamente irritante. — Ele deve ser bem assim, inclusive. Igual todo mundo dessa escola de burguês.

— Duvido — penso alto, deitado na cama. — Ele é diferente do resto do povo de lá. Realmente, a galera é bem certinha, direitinha, arrumadinha... Mas Alex vai todo dia com um moletom colorido e a farda manchada de tinta. A calça dele parece que nunca viu um ferro de passar na vida.

— Que horror.

— Não acho — continuo, pensando alto. — É bem descolado, sabe?

— Sei... e por que você vai dar fora nele mesmo?

Essa pergunta me faz voltar à realidade.

Enquanto penso numa resposta mais elaborada para ver se Bela me entende de uma vez por todas, meu celular vibra com uma notificação.

> **mãe**
> Filho
> Vamos assistir um filme legal e pedir açaí?

E está aí a resposta.

— Amiga, minha mãe tá me chamando pra assistir alguma coisa. Acho que vou lá porque tá valendo um açaí.

— Vai lá, amigo. Irrecusável.

— Beijo. Ligo mais tarde de novo.

— Beijo. E quero foto desse feio.

Ela desliga a chamada.

* * *

Cá estamos. Eu e minha mãe, lado a lado.

Isso anda acontecendo bastante devido às caronas que ela me dá até o Sotero, mas ainda não me acostumei com a estranheza que se instaurou entre nós depois das férias.

O plano de colocar músicas antigas está funcionando bem, mas em alguns momentos não dá para fugir do diálogo. Conversas acontecem, e eu tento ao máximo mantê-las num nível impessoal.

Por exemplo: se minha mãe pergunta sobre minhas amizades no Sotero, respondo que meus colegas são todos muito legais. Se me pergunta a respeito do grau de dificuldade das matérias, digo que os professores são ótimos.

Ela não precisa saber que estou matando minha vida social para dar conta do ensino médio. Talvez eu conte depois de conquistar um daqueles troféus que Alex e Liz falaram. Por enquanto, ficamos na superficialidade.

Nada muito profundo sobre a escola e, primordialmente, nada sobre as férias em Ilhéus.

Porém o tempo no carro é limitado, e em casa não. Não sei qual assunto ela pode puxar enquanto estamos aqui na sala. E não saber me dá medo. Sinto um frio na barriga.

A única atitude que tomo quando sento no sofá é enfiar a cara no celular e esperar que ela quebre o gelo, pois, se depender de mim, só respiramos um ao lado do outro e chamamos isso de tempo de qualidade.

— E aí, tem alguma ideia do que a gente pode assistir? — pergunta minha mãe.

— Pior que não. Você me pegou de surpresa — respondo, enquanto termino de mandar uma mensagem para Bela sobre o climão que reina nesta casa. — Vou olhar aqui o que tem no catálogo.

Largo o celular, pego o controle da televisão e começo a navegar entre as diferentes categorias e serviços de *streaming*. Tento me apressar para achar algo o mais rápido possível e quebrar este silêncio ensurdecedor.

— Ah! Lembrei que tinha pedido umas sugestões para uma colega do trabalho.

Ela pega o celular para caçar as mensagens.

— Que dedicação — brinco.

Ela se demora com o celular, como sempre, mas finalmente acha o chat com a tal colega do trabalho e abre a foto de perfil.

É uma imagem da mulher com quem parecem ser o marido e o filho. Os três sorriem para a câmera na selfie tirada pelo garoto.

— O filho dela lembra muito você, Pê.

Minha mãe aponta da tela para mim.

— Mas mãe... eles são... brancos... — comento, dando risada e expressando minha confusão.

— Ah... não de aparência, sabe? — Ela não ri da minha piada. — De jeito mesmo. Os gostos, interesses...

Puts.

Consigo sentir de longe que ela está tentando criar algum cenário aqui. Não gosto nada disso.

— Hum, entendi — respondo, seco. — E que filmes que ela sugeriu?

— *Moonlight, Hoje eu quero voltar sozinho, Me chame pelo seu nome...*

Só filmes de meninos que gostam de meninos. Nada suspeito.

Ela nem sabe, mas eu já vi todos.

Não sei onde enfiar a cara agora. Ela se deu o trabalho de falar com uma colega que tem um filho do vale para pedir sugestões de filmes do vale? É isso mesmo?

Essa tentativa de tocar no assunto não está nada sutil, mãe.

Acho que não entendeu que, quando não falo sobre o assunto, significa que não quero ter essa conversa. Ou que, mesmo querendo, ainda não tenho certeza de como fazer isso sem morrer de vergonha.

Eu *sei* que ela preferiria ter um filho que gosta de meninas. Sempre que fala sobre minha vida adulta, há uma esposa incluída. Sempre que brinca sobre minha vida amorosa, é insinuando que gosto de alguma amiga.

Agora, então, sabendo que gosto de garotos, ela vem com essa de assistir a esses filmes? Sinceramente, me parece apenas uma tentativa fajuta de fingir que está tranquila comigo sendo gay, mas sei que está decepcionada. Que seus sonhos para mim foram derrubados.

Além de que é quase uma invasão de privacidade. São personagens com vidas muito diferentes, mas com os quais me identifico demais. Seria muito constrangedor ver minha mãe aprendendo tão profundamente sobre essa parte de mim.

Entrei no Sotero exatamente para mostrar que posso ser muito mais que isso. Que posso realizar alguns desses sonhos dela.

Pensei que já tivéssemos passado por constrangimentos o bastante.

Por instinto, eu me afasto alguns centímetros dela no sofá e penso na primeira forma de tratar isso como se não fosse nada: terceirizar a culpa.

— Vish... Meus amigos não falaram muito bem de nenhum desses aí.

— Sério? Que chato...

— Pois é... Olha! Eu já ouvi todas as músicas desse aqui. Com você essa semana, inclusive. Só não cheguei a assistir. — Seleciono *Grease* na televisão. — Vamo?

— Aaah, que saudade! Eu via esse todo santo final de semana com sua tia! Bora ver! — diz ela, com o maior entusiasmo.

E é claro que eu já sabia disso. Não sou bobo, nem inocente.

Um a zero para mim.

Romance de verão; grupinho dos meninos e grupinho das meninas; garotos tidos como másculos que vestem jaquetas de couro e flertam com as colegas.

É este um dos filmes favoritos de minha mãe.

Claro que é divertido, cheio de cores e têm diversas músicas cantadas pelo elenco de Glee. Eu gosto bastante enquanto assisto.

Mas quando termina, é impossível não analisar o filme um pouco mais e perceber que todas as obras a que minha mãe cresceu assistindo se parecem com isso. E como eu nunca chegarei nem perto desse ideal.

Quando descem os créditos, levanto rapidamente do sofá, pego nossos copos de açaí vazios em cima da mesa de centro e vou até a cozinha para jogá-los no lixo. É a primeira coisa que achei para fazer. Ficar ali parado só deixaria meu coração ainda mais apertado.

— A gente tem que ver o *Grease 2* outro dia! É muito bom também — fala minha mãe.

Seu inglês tem bastante sotaque brasileiro. A minha pronúncia é um pouco mais similar à estadunidense, uma vez que consumo muita coisa da cultura pop de lá.

Eu não preciso dar nenhuma resposta à fala de minha mãe, uma vez que seus olhos seguem vidrados na televisão. Ela assiste aos créditos maravilhada, como se entendesse os nomes das funções em inglês.

Meu coração segue apertado.

Nunca pensei que assistir a *Grease* com minha mãe fosse me deixar dessa forma. Se duvidar, era mais fácil termos visto *Me chame pelo seu nome*.

Levantar para jogar nossos copos no lixo não me relaxa nem um pouco, então decido não voltar. Apenas cato meu celular que deixei no braço do sofá e adianto o passo para dentro do meu quarto.

Deitado na cama e olhando para o teto, penso em como queria ser Danny Zuco, o protagonista do filme. Ele age contra as regras o tempo todo — está sempre fumando, não faz questão de ser bom aluno... —, mas continua sendo querido por todos apenas por ser quem é. Sei que é um personagem fictício, porém sinto muita inveja. Uma inveja genuína. Uma inveja que me faz querer gritar contra o travesseiro. Extravasar de alguma forma.

Mas minha mãe está em casa.

Então resolvo fazer algo que não tenho o mínimo costume, mas cairia bem: descer para o condomínio. Não é como se eu fosse gritar e extravasar lá embaixo, porém vou, pelo menos, poder ter um tempo sozinho.

Visto uma camisa, junto meus materiais escolares dentro da mochila e me encaminho para descer.

— Oxe, vai pra onde? — pergunta minha mãe.

— Estudar lá embaixo.

— Num sábado? — Ela até se endireita no sofá. — E por que não estuda aqui em cima?

Pensa numa boa resposta. Pensa numa boa resposta.

— Dia de sábado a salinha de estudos lá embaixo fica vazia. E eu adoro estudar lá.

Torço para ter conseguido esconder o nervosismo da minha voz.

— Então tá... — diz ela, ainda desconfiada.

Assim que ouço sua confirmação, abro a porta e chamo o elevador. Faço tudo o mais rápido que posso.

Chego ao térreo.

— Boa noite, Marcus! Tudo bom? — cumprimento o porteiro com a voz ainda um pouco abalada. Ele me cumprimenta de volta. — A sala de estudos tá vazia?

— Tá — responde ele, com uma expressão confusa. — Você quer a chave?

— Aham.

— Agora?

— Aham.

Ele se vira para o painel de chaves com sua cadeira giratória e procura a da sala de estudos.

Eu espero ansiosamente pelo momento em que poderei ficar sozinho lá dentro.

— Os meninos precisam seguir seus passos — diz Marcus.

Ele aponta para trás, onde fica a quadra de futebol. Os outros garotos do condomínio estão jogando bola.

Eu dou uma leve risadinha, como se realmente fosse passar a noite estudando, e pego a chave em sua mão.

— Valeu.

Ando em direção à sala de estudos e... reparo na piscina à minha esquerda no meio do caminho. Ela é uma ótima piscina. Tem um bom tamanho, profundidade de um metro e quarenta, e fica num canto relativamente escondido do condomínio, por causa da academia na frente.

Mesmo sendo final de semana, há pouquíssimas pessoas nela no momento, e parece um sinal para eu entrar. Extravasar dando umas braçadas realmente seria melhor do que ficar sentado numa sala sozinho.

Nosso apartamento fica virado para o lado oposto da piscina. De onde minha mãe está, ela não me veria. Mas chegar lá em cima molhado após dizer que iria estudar seria assinar um atestado de mentiroso. E não posso correr o risco de ela ir até a janela do espaço do elevador para checar. Ou até descer me procurando. Depois das férias, nunca se sabe.

O porteiro deve estar me olhando completamente confuso pelas câmeras. Eu disse que iria para a sala de estudos, mas estou como um estúpido parado de frente para a piscina.

Então volto para meu caminho.

Destranco a porta, entro na sala — que me parece caber três pessoas, no máximo — e me jogo na cadeira giratória.

Não vou estudar. Apenas ficar sozinho por um tempo.

7. DIPLOMATA

— Itália! — grita uma colega, como se não houvesse amanhã, do lado oposto de onde estou. — Eu quero a Itália!

Acho que todas as pessoas presentes no terceiro andar devem estar ouvindo os berros dela aqui de dentro da sala.

Na verdade, chamar onde estamos de "sala" é um caso grave de eufemismo. É um laboratório — também todo branco, como a maioria esmagadora das salas desta escola — que possui várias mesas organizadas em fileiras, cada uma com seu computador chique, para que nós, diplomatas aplicados e interessados em temas relevantes do mundo, possamos trabalhar.

Dito isso, não tenho ideia dos temas dos nossos trabalhos.

Estou, basicamente, tentando desaparecer na multidão até entender o que vamos fazer nessas reuniões semanais do Clube de Relações Internacionais.

Embora muitíssimo confuso, me sinto superior aos meus colegas do primeiro ano, uma vez que o restante da turma só vai ter acesso a esses laboratórios incríveis a partir do ano que vem, nas matérias regulares.

No caminho para cá, Alex me contou que o novo professor de Matemática dele passou uma espécie de atividade que envolvia Minecraft, então o laboratório ficou parecendo um verdadeiro festival de games. Invejei muito, pois amo Minecraft.

Bom, estou sem jogo, mas pelo menos tenho um computador chique, o que é um mimo para valer o esforço de ficar o dia inteiro na escola. Isso tudo tem mesmo que valer a pena, pois, a uma hora dessas, eu já estaria de banho tomado, com roupinhas confortáveis, resolvendo as atividades que os professores passaram de manhã.

(*Socorro o que estou me tornando?*)

A menina grita desesperadamente que "quer Itália", pois Rebeca, nossa professora de Sociologia e coordenadora do projeto, acaba de perguntar em qual país temos interesse o bastante para representar na simulação da ONU — o evento para o qual passaremos vários meses nos preparando.

Mas, por enquanto, essa pergunta é apenas para nos conhecer melhor.

E a menina grita como se fosse para valer.

— Que entusiasmo! — comenta a professora. — Gostei. Qual o seu nome?

— É Lívia, professora.

Certeza que essa daí tem ascendência italiana, assim como outras cinquenta mil pessoas do Sotero. Se o sobrenome dela não for algo parecido com Mancini, Lombardi, Colombo ou Romano, abro mão do Minecraft o ano todo, juro.

— Eu quero o Qatar, professora! — fala William, o sr. Previsível.

— Você não dá uma dentro, né? — comento, lançando um olhar irritado para ele, por motivos óbvios.

— Que foi? O povo na Copa de lá foi resenha demais.

A esta altura, não sinto tanto receio de dirigir a palavra ao babaca. Ignorar não vai fazer esse garoto sumir, mas botar a raiva para fora é relativamente terapêutico.

Imagina ser alienado a ponto de lembrar só do futebol e desconsiderar toda aquela homofobia? Típico comportamento desse insuportável.

— Vamos com calma, galera — repreende Rebeca, o que entendo como uma indireta para dar uma segurada.

Eu me encolho na cadeira, acuado, uma vez que preciso que ela goste de mim.

— Sei que isso é uma dinâmica para nos conhecermos, mas é importante entender que, lá na frente, quando vocês forem delegados de um país, precisarão representá-lo e defendê-lo independente de seus posicionamentos pessoais — conclui ela.

William olha para mim, faz uma cara feia de orgulhoso e dá dois murrinhos no próprio peito.

Muito mais fácil defender um posicionamento babaca quando se é um.

Alex, em contrapartida, é muito legal e está sentado na cadeira ao meu lado. Ele nota que me incomodo com a situação, me dá um toquinho no braço e faz movimentos com a boca. Deve estar achando que eu sou bom de leitura labial, o coitado.

Semicerro os olhos para focar melhor e peço para que repita umas duas vezes, mas ainda assim não entendo.

Ele se inclina para alcançar o mouse e teclado do meu computador, abre o bloco de notas e digita "deixa o qatar com ele!!!!! é bom que sobra os melhores pra gente!!".

Faz sentido, mas... como ele esperava que eu entendesse tudo isso por leitura labial? Caio na gargalhada. Imagina entender toda essa Bíblia apenas por mímica.

A minha risada puxa a dele e parecemos dois idiotas rindo do nada no meio dos alunos falando nomes de países aleatórios. Quando ele toma jeito e lembra que estamos numa sala de aula, respira fundo para se concentrar e me induz a fazer o mesmo.

Espero que a professora não tenha percebido, pois a esse ponto eu já estaria causando a pior das impressões.

Sei que só se passou um final de semana, mas, desde a tour, tenho sentido uma proximidade maior entre a gente. Aquele vídeo engraçado que ele me encaminhou foi só o início de uma grande troca de mais conteúdos legais.

Sei que deveria fugir de qualquer conversinha com pessoas daqui, mas também não quero ser nenhum mal--educado.

Isso é, então, o mais próximo que tenho de uma amizade nesta escola.

Depois de ouvir toda a explicação sobre a simulação da reunião das Nações Unidas, não vou mentir que fico um pouco impressionado com a complexidade do assunto.

Pelo que entendi, vai ser tipo um teatro de improviso, mas sem nada de engraçado. Durante dois dias, vamos representar um país em específico — a ser definido —, a fim de vivenciar algo similar ao que acontece numa reunião da ONU. Para que a gente dê conta de representar e defender os países, vamos precisar estudar tudo sobre o lugar: cultura, língua, religião, costumes, com quais países podemos nos aliar e quais estão fora de cogitação...

Ou seja, coisa *demais*.

A professora diz que isso nos ajuda tanto no âmbito pessoal quanto profissional e faz com que a gente desenvolva habilidades como oratória, além de abrir portas para outras oportunidades e interesses.

Eu só quero o troféu.

Mas sei que vai ser muito difícil.

Enquanto via os outros alunos anotarem o que a professora falava no computador, estava ocupado pesquisando as mil palavras que nunca tinha ouvido na vida. Por exemplo: que história é essa de ABNT? Como assim tem um padrão que eu preciso seguir para "formatar os documentos"? Não é só escolher as fontes bonitinhas? O que raios é política externa?

Saio do laboratório, uma vez que a professora especificou que poderíamos nos retirar para beber água e ir ao banheiro sem pedir permissão.

Ela não precisa saber que vim apenas para respirar um pouquinho depois da chuva de termos difíceis.

— Pedro? Tá tudo bem? — pergunta Alex, casualmente, ao me ver encostado ao lado do bebedouro.

Talvez eu estivesse naqueles momentos em que olho muito para um ponto específico e fico pensando na vida, porque é a mão dele se mexendo na minha frente que me faz acordar.

— Tô. — Sinto minha voz meio rouca e limpo a garganta. — Tô, sim... Eu tava viajando, né?

— Um pouco. Eu também faço isso — diz ele, e solta uma risadinha.

Forço uma risada para não ficar muito na cara que estou surtando por dentro.

Ele se encosta ao meu lado e ficamos um tempo em silêncio, reparando na calmaria que ecoa pelo terceiro andar durante o horário de aula. Os funcionários não reclamam, pois provavelmente sabem da abordagem "universitária" da professora Rebeca em relação às saídas da sala. É óbvio que aproveitaríamos para dar uma escapadinha vez ou outra.

— Tá bem *mesmo*?

Alex fica de frente para mim.

— Tô.

Tento não transparecer nada, mas ele parece ler minha alma.

— É coisa pra caramba, né? — Ele tira as palavras da minha boca. — É comitê histórico, é comitê de direitos humanos, é documento de resolução, é um monte de assunto de geopolítica... Eu ficaria perdidão se fosse minha primeira vez.

— Eu fiquei perdido só de ouvir você falando aí agora.

— Hum... então digamos que não tá tudo *perfeitamente* bem, né?

Ele inclina a cabeça, chegando ainda mais perto.

Percebo que acabo de sair, por um segundo, da minha versão aluno aplicado e sem defeitos.

— É... — Calculo quais são as minhas possibilidades de fugir do assunto. — Mas quando que tá tudo *perfeitamente* bem, né?

— Aí você me pegou.

Ele volta para a posição de antes, com as costas apoiadas na parede, de lado para mim.

— Mas vai ser de boa, véi. — Me sinto na obrigação de deixá-lo despreocupado. — Eu pego as coisas rapidinho.

— É muito inteligente esse Pedro mesmo — diz ele, em tom de brincadeira, e eu rio, desta vez de verdade.

— Vamo voltar pra sala? — pergunto, e começo a andar em direção à porta.

— Pedro, rapidão — interrompe Alex, me parando antes que eu toque na maçaneta.

— Que foi?

— Acho que você nunca chegou a me passar seu número. — Ele tira o celular do bolso e me entrega. — A gente só fica interagindo nas outras redes, mas nunca conversa de verdade, tipo agora, né?

— É... verdade — respondo, surpreso com essa atitude inesperada, enquanto fico na dúvida sobre o que fazer com o aparelho.

Novamente, não quero ser mal-educado e deixá-lo no vácuo. Além de que ter o número de alguém do grêmio pode ser muito importante para minha vida acadêmica, certo?

Salvo meu contato e devolvo o celular dele.

— Aqui. Coloquei meu nome com letra minúscula porque acho mais bonitinho. Espero que não se importe.

— Fofo.

Ele abre um sorriso e põe o celular no bolso.

Viro de costas mais uma vez, agora abrindo a porta o mais rápido possível para que não haja tempo para outras distrações.

Cada segundo que perco do clube vai se converter em mais uma hora de surtos quando eu estiver tentando entender aquelas paradas lá em casa.

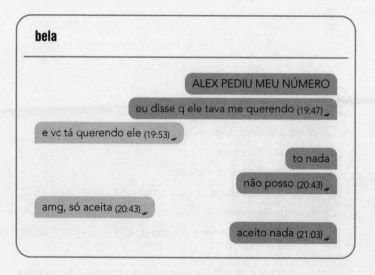

8. WORK

*E*studar para:

- ☐ Prova de Ciências Humanas
- ☐ Prova de Linguagens
- ☐ Prova de Ciências da Natureza
- ☐ Prova de Matemática
- ☐ Prova de Redação
- ☐ Não fazer feio na próxima reunião do CRI

Essa é a lista que está morando no meu computador desde que ficamos sabendo da semana de provas. Nenhum "check", nenhum ensaio de "check", nenhum rascunho de "check", nenhuma perspectiva de "check".

Isso não é para mim. Essa vida não é para mim.

O Sotero é maluco.

E eu também. Afinal, não foi por isso que entrei? Não foi pelas notas boas e pelos destaques acadêmicos? Cadê eu me esforçando mais?

Sinceramente, não sei como faço para prestar atenção em todas as aulas, fazer as atividades de casa e ainda ter tempo de estudar para essas provas de quarenta e cinco questões cada.

Quarenta e cinco questões cada.

Bem que falaram que seria difícil passar de ano no Sotero...

Agora imagina não só passar, como também tirar nota dez em tudo e ser destaque como delegado no Clube de Relações Internacionais?

A professora do CRI pediu para nos prepararmos para as minissimulações que faremos nas próximas reuniões, antes do debate oficial, que acontecerá no segundo semestre, mas não sei nem por onde começar. Ou se vai dar tempo de começar.

No fim de semana, minha mãe me chama de novo para ver mais "um filminho", mas vou ter que ficar aqui, enfurnado no quarto o dia inteiro. Quarto esse que parece ter sido colocado de cabeça para baixo por um furacão. Não dá para saber a cor ou o material do meu piso, pois há uma quantidade sem precedentes de roupas espalhadas pelo chão. O tanto de pratos e copos empilhados na minha escrivaninha — que nem é tão grande assim — me faz questionar como minha mãe está conseguindo se servir de algo lá na cozinha.

O bom é que já estou construindo a minha imagem de garotinho estudioso para ela antes mesmo de mostrar alguma nota:

"Filho, bora ali no mercado?"

"Não dá, mãe, tenho que estudar."

"Dia de lavar o carro, bora!"

"Não rola. Tenho que estudar."

Entendeu?

Quando é coisa chata, dá até um gostinho poder recusar para seguir o objetivo de ser o orgulho da família.

Minha mãe até reclamou que a gente não passa mais tanto tempo junto, mas é exatamente por ela que eu estou nessa.

Para provar que sou o filho perfeito e compensar o que viu nessas férias, vou precisar ficar um pouco distante.

Mas é aí que eu me complico.

Como vou ser o orgulho da família quando o colégio não para de me encher de atividades e assuntos difíceis? Eles acham mesmo que é humanamente possível se preparar para uma semana inteira de avaliações tão complexas? Nem o Enem deve ser tão puxado.

E quem tem atividades extracurriculares, como é que fica? A galera que faz dança, robótica, música, teatro e CRI merece respeito!

Como será que meus colegas de clube estão agora? Será mesmo que o pessoal que participa há alguns anos sempre consegue conciliar as pesquisas profundas sobre o posicionamento dos países e as equações de matemática?

Não é possível que eu seja o único nesta situação. Não é possível que William esteja tranquilo e eu ainda esteja tentando entender que conteúdos preciso estudar.

O navegador no meu notebook está cheio de abas abertas e eu nem sei mais o que estava pesquisando. Alguém, por favor, me diga por que abri cada uma delas! O Pedro do presente definitivamente não entende o Pedro do passado próximo.

Para piorar, os vizinhos não param de ouvir um pagodão nas alturas. Nem o fone mais potente ou com a tecnologia mais avançada de cancelamento de ruído conseguiria resolver isso.

— Filho, o almoço tá pronto! — grita minha mãe, da cozinha.

— Já vou!

Não dá para responder "Não dá, tô estudando" para comida, né?

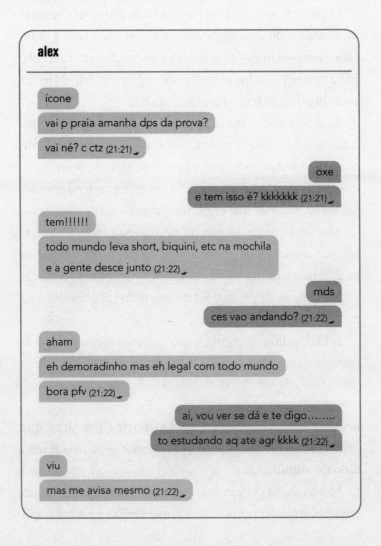

Sinceramente... que ideia besta é essa?

Quando eu terminar aquelas quarenta e cinco questões de Geografia, História, Filosofia e Sociologia, minha energia vai ter sido completamente sugada do corpo. Além disso, temos prova no dia seguinte, véi.

O povo desse colégio se garante tanto assim, é? Ou estou me envolvendo com gente que não quer nada com a vida? Não é possível que Alex seja desses que negligencia a escola. Ele é perfeito. Todos os professores gostam dele. Não faz sentido que não leve as matérias a sério.

Isso de colocar short e descer para a praia tem muito mais cara de William, na real. Ele, sim, parece estar fazendo o ensino médio no Sotero só por esse tipo de resenha — que eu nem sabia da existência até este exato momento, inclusive. Sinal de que estou no caminho certo.

Mas será que eu deveria ir? Não quero deixar Alex chateado, mas desagradar minha mãe agora me parece muito pior. E não sou maluco de chegar em casa cheio de areia numa semana de provas. Estragaria todo meu trabalho de reconstrução de imagem.

Está decidido. Amanhã, depois da prova, vou conversar com ele e recusar o convite. Alex vai entender.

Já estou na sala de aula, na minha carteira, mas acho que nem lembro do caminho até aqui. É como se eu tivesse feito tudo no automático.

Minha única certeza é de que estou tão nervoso quanto semanas atrás, no primeiro dia, o que desbloqueia umas mil inseguranças em mim. Será que eu trouxe mesmo todos os materiais? Dá tempo de checar mais uma vez se meu celular está desligado? Passei desodorante?

Enquanto professora Linda, que vai aplicar a avaliação de hoje, passa as regras que já li na capa deste caderno umas cinco vezes, me adianto e repasso todas as minhas dúvidas de novo, como um mantra — só deixo meu questionamento sobre o desodorante de lado porque pegaria mal checar no meio da sala de aula. Prefiro confiar no meu piloto automático.

Quando a professora ainda está na terceira regra da lista — "não é permitido trocar materiais com ninguém durante a prova" —, avisto William, que senta no fundão por conta do mapa de sala em ordem alfabética, pedindo uma borracha emprestado a uma das nossas colegas. Ela, trouxa, ainda dá. E pode ir dando tchau também, pois nunca mais vai ver aquela borracha na vida.

Se eu tivesse esquecido a borracha, seria pelo nervosismo. Ele, com toda a certeza, é por negligência. Isso me conforta. Ninguém pode ser tão péssimo quanto William.

— Podem começar, meus amorecos — diz a professora, e a avaliação começa.

Pedro Costa Oliveira.

Pelo menos escrever meu nome no cabeçalho eu consigo.

Sinceramente, depois de tantas videoaulas, tantos surtos e crises, não posso fazer muita coisa além de dar meu melhor.

E espero que a sala completamente branca consiga me livrar de distrações.

Agora seja o que o universo e os professores de humanas quiserem. E que eles queiram o meu bem. Por favor. Eu preciso.

Ufa. História já foi e Geografia também, agora faltam só as questões de Filosofia e Sociologia.

Não sei o que sentir sobre essa prova até aqui. Algumas questões foram simples demais — o que me deixou encucado, então com certeza vou ter que voltar nelas mais tarde para revisar. As outras foram difíceis, mas consegui eliminar uma quantidade considerável de alternativas.

Se o relógio na parede da sala estiver certo, tenho tempo o bastante para isso e… ué? Por que está todo mundo levantando?

9. DRAMA

— Eu não entendo ele mesmo, sabe? — fala Bela. É alguma coisa sobre seu pai, com quem tem tido problemas ultimamente. — Rolou a maior briga do mundo ontem, pra hoje ele querer chegar com papinho?

— É amiga... difícil mesmo.

Tento criar qualquer linha de raciocínio, mas minha cabeça está completamente em outro lugar agora. Não vai rolar.

Estamos daquele jeitinho de sempre: deitados nas nossas respectivas camas, dentro de nossas respectivas casas, numa ligação de vídeo que perde a essência a partir do momento em que ficamos nas redes sociais vendo o rosto um do outro no canto da tela.

Mas não dá para ser de outro jeito por enquanto. Ainda não podemos nos encontrar, e agora não é apenas para parecer estudioso para minha mãe: eu de fato não posso sair. Tenho negado nossos encontros presenciais por conta do tanto de coisas do colégio para fazer.

— Difícil é pouco, véi. Eu quero falar com ele sobre o que tá acontecendo, mas... — Ela suspira baixinho. — Ah, não sei.

Ficamos em silêncio, mas isso não é problema. Já estamos acostumados. O silêncio entre a gente é só... confortável. Sei que não é constrangimento ou falta de assunto. Das duas, uma: ou estamos muito entretidos com a *timeline* ou refletindo profundamente sobre alguma coisa. Em geral, é a primeira opção.

— Amiga... — falo, com pesar.

— É, eu sei. Tenho que ir com calma, e tal. — Ela segue discorrendo sobre seu assunto.

— Não. Não é isso...

Não sei se é porque sou uma pessoa expressiva, mas, diferente dos de Bela, os suspiros que solto agora são o suficiente para encher algumas bexigas.

— Ah... é o quê, então? — pergunta ela, preocupada.

E eu queria não saber a resposta. Ou não ter que dizê-la em voz alta.

Eu sou muito estúpido. Burro.

— Que pesadelo. — Fico irritado. É difícil segurar a raiva ao ver uma coisa dessas na tela do celular. — QUE PESADELO! QUE PESADELO!

— BORA, AMIGO! FALA LOGO! — Bela se altera junto comigo.

Eu sei que ela está curiosa para saber o que é, mas se processar as informações em minha cabeça está tão difícil, imagina explicá-las. Não sei falar, só sei sentir.

— Eu sabia, véi. Que ódio. Que ódio. Que ódio. Que ódio. Que ódio.

Até eu me irrito com meu próprio suspense.

— Se você não falar, eu vou desligar em três, dois, um...

— Melhor você ver.

Então tiro um print do story de Alex que estou vendo e envio para ela.

— Vish, amigo... — diz Bela.

— Pois é, amiga... — concordo.

É uma foto de Alex na praia com ninguém mais, ninguém menos que William. E eu sabia que isso ia acontecer. Não a foto exatamente, mas que os dois estariam no mesmo rolê.

— Por que Alex é o único de camisa na praia? Tá parecendo que tá no shopping — comenta Bela.

Lembro que ele mesmo me avisou sobre colocar roupas de banho antes de sair para a praia, então, se foi vestido com uma camisa larga (provavelmente muito quente) e um short tão grande (quase confundível com uma calça), foi por escolha própria.

Mas foco. Isso não vem ao caso agora.

— Eu sei lá, véi! A questão é que eles estão gravando dancinha juntos.

Hoje mais cedo, quando deu o tempo mínimo de prova, muitos dos meus colegas se levantaram. Eu estava na metade das questões e, ainda assim, vários deles tinham finalizado tudo. É como se fossem gênios superdotados, que conseguem não só ler as questões extremamente rápido, mas confiar que deram a resposta certa para todas as *quarenta e cinco*.

Quando percebi, estava todo mundo fechando o caderno de perguntas, levando-o para a professora e assinando a lista de presença.

Foram tantas pessoas saindo que a porta ficou aberta por um tempo. Tempo o bastante para eu ver Alex e um grupinho do lado de fora da sala. Ele e praticamente todos os nossos colegas do CRI.

Então William se levantou.

Estava com a prova na mão. Entregou para a professora, assinou seu nome com aquela letra dele que eu sei que é horrível e saiu. Só que, quando passou pela porta, se juntou ao grupinho do CRI.

Ao me lembrar disso, tudo passa a fazer sentido.

Depois da última troca de mensagens com Alex, não foi tão difícil ligar os pontos. Talvez os que saíram da sala mais cedo não fossem "gênios" ou "superdotados". Eles só tinham o mesmo destino em comum.

Praia.

Todo mundo estava indo à praia.

Menos eu.

Esse assunto tinha ficado no fundo da minha mente desde que Alex me convidou. Eu queria explicar para ele por que não iria, mas, no momento que comecei a resolver as questões, tudo que me importava era me sair bem na prova. E ele terminou tão rápido que não nos vimos depois que eu saí.

Para ser sincero, não acho que eu estava errado. Não valia a pena fazer a prova de qualquer jeito só para ir à praia com aquele bando de gente que eu nem conheço direito ainda. Se sei o nome de cinco alunos, é muito. Fora que isso me desviaria totalmente da minha personalidade estudiosa-
-sem-tempo-para-amigos.

Entretanto, sinto como se tivesse levado um tiro no coração ao ver os stories do dia na tela do meu celular.

O antigo Pedro faria de tudo para estar num rolê desses com uma pessoa por quem já desenvolveu muito carinho. Estar com ela no lugar de William, inclusive.

Desligo a chamada de vídeo com Bela e, além de ficar ansioso pensando na minha nota na prova, com medo da de amanhã, passo a noite pensando nos horrores que meu pior inimigo pode ter falado para meu melhor (e único) amigo da escola. Estou ferrado.

E lá vamos nós.

Prova de Linguagens feita e, sinceramente, achei mais fácil do que a primeira. Depois de quase surtar ontem à noite, pensei melhor ao ver meus colegas levando as avaliações tão de boa e percebi que meu esforço era mais que o suficiente. Quer dizer... Só vou saber quando os resultados chegarem, né?

Mas, ao contrário de quem está nesta mesa comigo, sei que estou dando o meu melhor até então — ainda estou com um pouco de raiva, então julgo mesmo.

Estou almoçando com meus colegas do CRI — que só não foram à praia hoje porque temos reunião à tarde — e queria muito sair correndo daqui. Só falam sobre ontem ter sido "incrível, perfeito, maravilhoso"... Tipo, vamos parar de me lembrar do que estou perdendo, por favor?

Não vejo ninguém falando sobre as questões de inglês da prova de hoje, por exemplo. Aposto que nem chegaram a ler.

Enquanto eles se divertem em horário de avaliação, eu tento me esforçar para dar orgulho à minha família. Tudo bem para meus colegas se forem medianos. Já é o bastante para ganharem uma festa de debutante ou, sei lá, um carro antes dos 18 anos.

— Por que você não foi, ícone?

Alex, que está sentado ao meu lado, apoia a mão no meu ombro.

— Ah, quando vi vocês indo eu ainda estava na metade da prova — digo, em tom de brincadeira, mas estou completamente ressentido.

Alex ri. Parece perceber como estou me sentindo por trás do tom de voz brincalhão e tenta suavizar as coisas. Gosto de como ele me trata.

Pensei que depois de ter dado um "bolo não oficial" nele ontem, Alex ficaria meio chateado. Só que está de boa. Talvez até demais. Admito que queria que ele sentisse um pouco mais minha falta. Eu, pelo menos, senti a dele ao ver as fotos e os vídeos que postaram ontem.

— Acontece — interrompe William, se enfiando na conversa. — Pelo menos você vai sair com um notão no final, né?

Não gosto do tom dele. O que quer dizer com isso? Está me xingando de nerd? Ou está sendo irônico e, na verdade, insinua que eu joguei esforço fora, pois devo ter ido mal na prova?

Tudo que sai pela boca desse infeliz me incomoda.

— Hoje a gente forma duplas, né? — pergunta Alex, mudando o assunto.

— Sério?! A gente que escolhe? — pergunto.

Espero que Alex sugira que façamos uma dupla. Meio que já tem sido assim, sentando um ao lado do outro em praticamente todas as reuniões até agora. Isso me faz pensar o quão próximos estaríamos se fôssemos da mesma turma. Ou se eu tivesse ido à praia.

— Infelizmente não. Quem decide é a professora.

Aff.

— Ouvi falar que é sorteio — comenta William. — Podia ser nós dois, né, *ícone*?

Agora ele está desdenhando do apelido que Alex me deu, tenho certeza. Eu realmente odeio esse menino. Muito.

— Não sei... não acho que ela gastaria todo esse tempo conhecendo a gente pra, no final, escolher de qualquer jeito — discorda Alex, sensato.

— Se for por proximidade, vai ser a gente, né? — brinco com Alex.

Mas quero saber se, depois de ontem, continuo sendo o "best" dele, ou se William já tomou meu lugar.

— Claro, Pê. A gente é uma ótima dupla já — responde ele.

Pê?!

Não sei se estou maluco, mas acho que Alex percebeu que William roubou o apelido que ele estava usando e pensou em outro na velocidade da luz.

Se for isso, eu adoro essa pessoa. Sério. Ele me entende demais.

— Bom... Pelo visto, a professora pensa outra coisa.

O babaca nos mostra o celular.

Rebeca Arnold Rossi

Boa tarde, turma!

Tudo bem?

Escolhi as duplas para o próximo trabalho (que vai nos ocupar durante as próximas semanas). Segue anexo.

Encontro vocês daqui a pouco!

Abraços,

Rebeca

E então ele abre o anexo na nossa frente.

De repente, quero vomitar. E não é culpa do feijão da escola.

Ou essa professora me odeia, ou, com algum plano muito maligno, William conseguiu esse feito tenebroso.

Mas enxergo de forma muito clara: "Pedro Costa Oliveira" e "William dos Santos Paixão". Um nome ao lado do outro.

Eu não poderia ser mais azarado.

10. UMA CHANCE

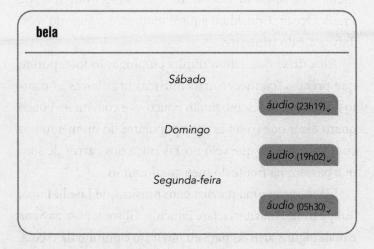

Queria muito que minha bestie aparecesse para me dar uma luz, mas está difícil conseguir a atenção dela.

Se não estou enganado, é época de projeto lá no Souza Marquês, então ela deve estar completamente imersa, tentando escolher qual cantora indie pop enfiar na apresentação da turma. É a cara de Bela montar uma coreografia para uma música animada de Billie Elish ou uma cena de terror com alguma de Melanie Martinez.

De qualquer forma, sei que essa ausência é pelo bem maior de manter nosso legado dos melhores projetos da escola.

Sinto muita falta da liberdade que a gente tinha de fazer o que dava na telha. No Sotero, é estudar, estudar e estudar, até dizer chega, sem espaço para criatividade.

De vez em quando, a galera das artes até faz umas apresentações com músicas legais, que eu curto, embora setenta por cento sejam com músicas clássicas — em que não tenho o mínimo interesse. Umas semanas atrás, por exemplo, uma menina de outra turma cantou "Thinking Bout You", de Frank Ocean. Considero aquele momento o auge do mês. Talvez até do trimestre.

Alex disse que achou minha empolgação fofa, porém que preciso "conhecer mais músicas brasileiras". Admito que realmente escuto muito pouco — e com muito pouco quero dizer que só sei as mais populares do momento por conta dos vídeos que vejo no TikTok e dos carros de som que passam na frente do meu condomínio.

Ele montou uma playlist com músicas de Luedji Luna, Tulipa Ruiz, Anavitória, Jão, Emicida, Gilsons, Marina Sena e mais alguns artistas para eu ouvir no caminho da escola. Eu explicaria que os momentos de carona com minha mãe são meio complicados, mas, para isso, precisaria contar sobre tudo que aconteceu. E não quero abordar esse assunto. De preferência nunca mais.

— Gosto dessa — comenta minha mãe, sobre a música que toca no carro.

Não presto muita atenção, pois a este ponto apenas confio no gosto da pessoa aleatória que criou a playlist temática de anos 1970 que coloquei para tocar.

— Parece até com as de Pabllo Vittar, né? Bem animadas e tal...

— Aham — respondo, ainda meio alheio.

Confesso que a ideia de formar uma dupla com William está me assombrando bastante. E não poder apenas colocar o fone para ouvir as músicas que Alex me recomendou torna as coisas ainda piores.

— É... Quem é muito fã dessa Pabllo é o filho de Marlene, minha colega que eu mostrei aquele dia, lembra?

Faça-me o favor. A última coisa que eu preciso agora é minha mãe querendo me colocar em mais uma armadilha para falar de sexualidade.

No dia em que ela veio me mostrando foto desse menino, eu, logicamente, fui stalkear o perfil dele no Instagram e não me surpreendi. Vídeos de transição de maquiagem com as cores do arco-íris, "arrume-se comigo" para a parada LGBTQIAPN+, *lipsync* de "Born This Way" de Lady Gaga... Parece que a personalidade dele é ser gay.

Eu me faço de desentendido:

— Lembro não.

— Ela contou que ele é todo diferentão. Gosta de umas músicas diferentes, veste umas roupas descoladas... me lembra muito você.

Ela não faz a mínima questão de disfarçar.

— Hum...

Isso é tudo que consigo comentar. *Hum.*

— Ele que indicou aqueles filmes no outro dia. Eu tinha pedido a Marlene coisas com essa temática e...

Meu coração está palpitando. Não consigo lidar com isso.

— Sabia que eu vou fazer dupla com um menino com quem eu estudava no Souza Marquês? — falo a primeira coisa que me vem à cabeça para cortar essa palhaçada.

— Sério?! Quem? — pergunta minha mãe, animada.

Acho que essa foi a jogada mais eficaz que já usei para fugir de um assunto.

— William.

Tento esconder o desgosto que sinto.

— Não sei se você vai lembrar, mas ele mora num conjunto que fica perto do nosso prédio, sabe? A gente pega os mesmos ônibus e tal...

— Oxe, e você nunca avisou pra eu dar carona? — Ela se vira para mim, tirando os olhos da pista por alguns segundos. — Que absurdo, Pedro!

E mais uma vez, eu morrendo pela língua. Não sei para que fui dar tantos detalhes.

— É que a gente não é muito próximo...

— Aproxima, ué!

— Eu acho que...

— Tá decidido — interrompe ela. — Hoje, depois da aula, eu pego vocês e levo lá pra casa pra fazerem esse trabalho aí.

Nunca ouvi uma ideia pior que essa na vida inteirinha. É a definição de "inferno" para mim, sem tirar nem pôr.

— Eu vou ver, mãe. Vou ver e te aviso.

Saio do carro assim que ela para no recuo.

Não tenho força nem para bater a porta direito depois dessa conversa.

— Certo. Fala com ele e me manda mensagem quando estiver no intervalo.

* * *

Chegou a hora do intervalo, e eu ainda não falei com ele.

Podem me chamar de procrastinador, enrolão, atrapalhado... porque estão certos. Meio que prestei atenção nas três primeiras aulas só para me distrair de qualquer problema e admito isso.

Além de que já estou sentado num banco com Alex, mais conhecido como minha companhia oficial dos intervalos. Seria rude deixá-lo para ir atrás do inominável.

Felizmente, essa história de William ir para minha casa vai ficar para outro dia. Ou para nunca.

— Essa é a coisa mais gostosa que eu já comi na minha vida! — exclamo, elogiando da forma mais hiperbólica possível o lanche que Alex me recomendou comprar na cantina. — Como eu nunca peguei essa *saltenga* antes?

— Pois é, Pê! Mas o nome é saltenha, não *saltenga* — corrige ele, rindo.

Mas não sinto vergonha.

— Só sei que é muito bom. — Dou de ombros, me importando apenas com a gostosura que estou comendo. — Se tava triste, nem lembro mais.

— Você tava triste? — pergunta ele, parecendo curioso de repente.

Sei que o conheço há pouco tempo, mas já entendi que Alex é o tipo de pessoa que nunca vai deixar um comentário desses passar. Mesmo num contexto de brincadeira, ele faz questão de se certificar que está tudo bem.

Admiro essa característica dele, mas também tenho medo dela. Essa sensibilidade misturada à minha impulsividade pode nos deixar mais próximos do que devemos.

Eu poderia evitar o drama e fingir de novo que estou tranquilo, mas Bela não me responde e preciso da opinião de alguém de fora para saber o que fazer, sabe? E se tem alguém aqui no colégio com quem posso contar para isso, é Alex.

Respiro fundo, me preparando para me abrir minimamente.

— Bom... não exatamente triste. Acho que mais pra desanimado mesmo.

— Discorra... — diz ele, do jeitinho que o boca de sacola que habita em mim gosta.

— Eu não sei se vou conseguir fazer o trabalho com William, sabe? Tipo... vou ter que ir de nunca falar com ele a organizar uma apresentação inteirinha em dupla?

— Ah, normal, pô. Muitas duplas boas começam assim.

— Mas e quando um odeia o outro, como é que faz?

— É... tem isso. Tudo bem se eu te perguntar o motivo de vocês se odiarem tanto? Você nunca me contou.

Fico em silêncio e ele se aproxima de mim. Se espera que isso vá me convencer a explicar tudo nos poucos minutos de intervalo que nos restam, está um pouquinho enganado.

— Não é nada — tento despistar. — Mas me deixa chateado que nada nessa escola é a gente que escolhe. Daqui a pouco só falta nos fazerem chegar mais cedo pra cantar o hino nacional.

Ele ri.

— Eles nunca fariam uma coisa dessas... — Alex semicerra os olhos, pensativo. — Ou será que fariam?

— *Nãaaaaao!* — simulo um grito.

Nós rimos.

— Mas sério, dá uma chance, Pê. No final das contas, você está fazendo isso por você, né? Não deixa ele atrapalhar. É só um trabalho.

Alex me olha, e eu retribuo o contato.

Se ele soubesse o real motivo para eu estar aqui, entenderia que não é só um trabalho. Cada nota que tiro e cada atividade que faço é uma forma de me provar.

Eu preciso ir bem em tudo.

Mas são tantas camadas de conflito, que prefiro apenas ceder.

— É.

Levanto para jogar o guardanapo no lixo, quebrando nosso contato visual.

— Vou ter que dar meu jeito, né? — falo rápido.

— Acho que sim — diz ele, assustado com meus movimentos bruscos. — Mas, se precisar de ajuda, é só falar comigo.

Preciso de ajuda.

Infelizmente, os únicos bons vinte minutos de hoje se foram algumas horas atrás, e agora tenho que enfrentar o elefante na sala: o assunto do qual estive fugindo durante toda a manhã.

O professor de Física está explicando a matéria e minha mão dói de tantas anotações, mas é salva pelo sinal estridente. Todo mundo se levanta.

Sinceramente, aceitava mais duas horas de aula para não ter que fazer esse inferno de trabalho com William.

Ainda não acredito que minha mãe quer que a gente se reúna lá em casa. E ainda quer dar carona para nós dois. Eu e ele. No mesmo carro. Com ela.

— William! — falo alto, em direção ao fundo da sala. — Vem aqui, eu preciso falar com você.

Ele se aproxima com uma expressão tão curiosa que parece estar fazendo cosplay daquele emoji intrigado com a sobrancelha arqueada.

— Ícone? É você mesmo?

Já estou me arrependendo de não ter argumentado com minha mãe que dava para fazer o trabalho por ligação de vídeo.

Quando percebo, meus olhos já estão revirados.

— É — respondo, extremamente seco. — Minha mãe se ofereceu pra levar a gente lá pra casa hoje, pra adiantar o trabalho do CRI. Você pode?

Torço para receber um "não" como resposta.

— Puts, man... — Ele leva uma das mãos para a testa e semicerra os olhos. — Que massa! Eu vou de carro pra casa, então?!

Início de um sonho... Deu tudo errado.

Juro que, por três segundinhos, me agarrei à possibilidade de ele não poder ir hoje. Mas a quem eu quero enganar? Ele é um desocupado mesmo.

Se eu sugerisse que fizéssemos a reunião na praia, ele iria (sim, ainda não superei aquele dia).

— É — respondo. — Bora, que ela deve tá esperando a gente lá fora já.

E está acontecendo o que ninguém esperava: eu e William andando juntos pelo corredor.

Por coincidência, passamos por Alex, que prende uma risadinha ao nos avistar, uma vez que estou claramente clamando por ajuda com os olhos arregalados.

11. NAMORADEIRO

Sempre que chego no estacionamento, fica evidente o grande contraste entre os carros dos meus colegas e o da minha mãe. Ela comprou o nosso quando eu ainda era pequeno, e ele serve até hoje. Não é desses enormes e supermodernos, cheios de tecnologias.

Como minha mãe melhorou de dinheiro depois de adulta, nosso estilo de vida é meio maluco. Ela tem dinheiro para pagar nosso aluguel num condomínio legal e a mensalidade de uma escola cara para mim, mas não temos os mesmos bens que nossos vizinhos ou a maioria de meus colegas.

De qualquer forma, ainda tenho a felicidade de, uma vez a cada duas semanas, voltar de carro nas tardes em que minha mãe pode me buscar.

E não acho que esse seja o caso de William.

Pelo jeito como olha em volta e analisa os detalhes de cada carro por aqui, é óbvio que não tem acesso a esses privilégios. Deve vir e voltar de ônibus todo santo dia. Sem exceção. Sem um respiro.

E sair neste sol quentíssimo de meio-dia para pegar um ônibus entupido de adolescentes talvez seja uma das piores experiências do mundo. Fico até impressionado com Alex, que se recusa a tirar aquele moletom colorido quando sai do colégio. Óbvio que ele fica lindo com essa roupa e até que entendo usar nas salas com ar-condicionado, mas vestir aquilo aqui fora é passar o triplo do calor apenas porque quer.

A única parte interessante de pegar ônibus de volta para casa é a fofoca. Acontece de tudo lá no ponto: gente se beijando, se xingando, saindo no tapa...

Pensando melhor, talvez William até prefira. Ele sempre foi da bagaceira mesmo.

Sinto que isso tudo seria mais interessante se eu pelo menos soubesse quem está brigando com quem; qual é o casal do momento... mas, se conheço pouquíssimas pessoas da minha turma, quem dirá das outras.

É, acho que prefiro mesmo quando minha mãe pode me dar esses mimos. Descobri que a vida do nerd não é fácil e merece um trajeto de menos de uma hora para casa.

— Meninos, aqui!

Minha mãe acena, chamando nossa atenção.

É só agora que minha mente processa que isto está mesmo acontecendo. Tipo, *de verdade*. Ela está ali, parada com o carro, esperando... *a gente*. Eu e William.

Estamos ambos indo para dentro do *mesmo carro* e vamos ser obrigados a ficar juntos por umas várias horas. Isso tudo com a companhia de minha mãe. Não acredito que vou ter que aguentar esse garoto. Não depois de tudo que ele fez, de tudo que falou... Não quero que, por isso, pense que eu o perdoo.

Alguém me tira daqui. Por favor.

— Pedro, não quer ir no banco de trás pra acompanhar seu amigo, não? — sugere minha mãe, ao abrirmos portas diferentes.

Amigo? Não sei se consigo engolir essa palavra.

— Não. Aqui tá de boa.

Coloco a mochila no chão do banco do carona e aperto o cinto.

— É bom que sobra mais espaço pra mim, tia! — exclama William, na brincadeira.

Pêeeeeen! Se ferrou, babaca.

Minha mãe odeia que a chamem de "tia". Absolutamente todas as vezes que alguém comete esse erro, ela corrige na hora.

Quando Bela foi lá em casa pela primeira vez e a cumprimentou chamando-a de "tia", minha mãe mandou um "Tia, não! Rose!" antes mesmo de deixá-la passar pela porta. Quando foi assistir à apresentação de um de meus projetos na escola e um colega usou a palavra proibida, minha mãe foi de um sorriso imenso para a maior cara feia possível. Juro, eu poderia dar mais uns mil exemplos.

Em geral, sempre me lembro de dar um aviso prévio a todo amigo que levo para ela conhecer. Mas William definitivamente *não é* meu amigo. Ele merece é um miniesporro mesmo.

Então fixo o olhar nela, esperando o fecho que vai dar no babaca e... ela ri? Só isso? Nem uma bronquinha, nem uma correção? Será que estou vivendo mesmo em um universo paralelo?

— Tá um calor da disgrama hoje, né? — pergunta ele.

William se abana com uma folha de papel que pegou na mochila. Está confortável demais para o meu gosto. E não duvido que isso que ele usa como leque seja algum trabalho muito importante.

— Eita, desculpa, querido! — exclama minha mãe. — Esqueci de ligar o ar.

É o quê?!

Se isso não for uma simulação, é porque minha mãe foi substituída.

Eu sei que ela não é mesquinha — até porque gasta horrores só com a mensalidade do Sotero —, mas, se tem uma coisa que sei que não posso pedir, é para que ligue o ar-condicionado no caminho para casa. Sempre que eu sugiro, ouço um sermão sobre como isso gasta muita gasolina e blá-blá-blá…

Então que história é essa de "desculpa, querido"? Que passadas de pano e tratamentos especiais são esses? Ela nem deve lembrar o nome dele! Nem conhece o menino direito! Se o viu em algum daqueles projetos do fundamental, foi muito.

Enfim, preciso lembrar do que Alex me disse hoje mais cedo e *dar uma chance*. No final das contas, é só ignorar tudo isso pelo bem do meu… quer dizer, nosso trabalho.

Começo a fingir que William não está espalhado pelo banco de trás — com certeza fissurado num daqueles jogos de tiro que passa todos os intervalos jogando — e me concentro no meu ritual de sempre: ligo o rádio, conecto no Bluetooth do celular e dou play em músicas que vão manter minha mãe cantarolando, sem engajar em nenhuma conversa de verdade.

— Ai, não tô muito pra música agora, não — diz ela, semicerrando os olhos, como se a guitarra tocando lhe causasse dor de cabeça. — Bora conversar! Vocês estudavam juntos, né? Não lembro seu nome porque eu estava trabalhando muito na época, me perdoa — fala, virando um pouco o rosto para William.

Em certos momentos, me sinto como se estivesse sendo testado por atores pagos, só para ver se vou surtar. Este é um deles. Era só o que me faltava, né? Minha mãe passando pano para William e implicando comigo sobre coisas que nunca foram problema.

— É William, mãe — digo, chateado, e desligo o rádio.
— Mas você conhece Bruna, que é ex dele.

Sinto vontade de vomitar só de lembrar que uma de minhas amigas do fundamental já teve algo com esse babaca. Até ela admite que foi uma loucura momentânea.

— *Hummmm*... esse daí é namoradeiro, então?

E veio aí: o pior dos assuntos.

— Ai, meu Deus... — falo baixinho, me virando para a janela.

Não consigo esconder o quão brega estou achando a situação.

— Sei, não, tia — responde William, dando uma risadinha sorrateira.

Sou automaticamente transportado para quando éramos mais novos. Ele sempre emitia o mesmíssimo som depois de contar uma "piada" sem graça no meio do grupinho dos insuportáveis. É como se se achasse o rei do carisma.

— Sabe, sim! Conte aí que eu tô precisando de uma fofoca — insiste minha mãe. — Pedro nunca me conta nada da escola, acredita? Nenhum amigo, nenhuma paquera, nada.

— Ah, agora mesmo eu tô dando um vácuo em Carol aqui. Não tô a fim de responder, não.

Para piorar, ele se acha o último biscoito do pacote. E nem biscoito é. Está mais para, no máximo, um farelinho.

A imagem que vejo quando olho para o banco de trás é o exemplo perfeito disso: seu cabelo cacheado está completamente bagunçado, a camisa da farda levemente encardida e o bigode que ele tenta deixar crescer não passa de uma sombrinha patética.

No geral, a aparência dele é bem normal. Comum. Mas William não se cuida nem um pouco. Então fica feio.

Homem cis hétero, né? Não dá para esperar muita coisa.

— E quem é Carol? Conte essa história direito.

Pelo jeito, minha mãe está engajadíssima.

— É minha ficante de lá do prédio. Ela desce todo dia com as amigas pra assistir nosso baba, e depois a gente vai pra algum cantinho só nós dois. Quase todo dia isso — fala ele, orgulhoso.

Esse relato me faz ter certeza de que grande parte da razão pela qual ele joga futebol é para chamar a atenção das meninas.

— Oxe, então por que você não responde ela?

A esta altura, estou apenas presenciando uma entrevista sobre o assunto mais desagradável do mundo.

— É que eu tô interessado em outra, tia. — Ele bloqueia a tela do celular e se imerge na conversa. — E essa, sim, é de lá da escola.

— Eita! — Minha mãe soa realmente entretida com o assunto. — E quem é essa? Pedro conhece?

Eu sei o que ela quer com isso. Está tentando me puxar para a conversa, mas não será dessa vez. Depois de jogar nossa rotina musical pela janela e ficar dando toda essa atenção para William, eu é que não quero papo.

— Deve conhecer, não. A gente é do primeiro L e ela é do primeiro P. Só sei que eu reagi a um story dela com foguinho, e ela respondeu com emoji de linguinha — conta William.

Minha mãe solta uma gargalhada exagerada.

— Eu não me dou! — exclama, rindo tanto que fico até com medo de ela se distrair da direção. — É assim que os jovens de hoje funcionam, é?

Reviro os olhos para a janela e seguro o impulso de explicar que o jovem *hétero* é assim.

Não que alguém não hétero não possa mandar emoji de foguinho e linguinha, mas demorou muito mais para eu chegar perto de mandar qualquer coisa assim para um garoto, sabe? Isso porque, enquanto os meninos da minha sala agiam igualzinho a William, se armando com as meninas, eu me forçava a seguir a mesma linha, mesmo já sabendo que não me interessava por garotas. A famosa heterossexualidade compulsória.

No final, ficava só na tentativa, torcendo para me passar de hétero e evitar a babaquice dos comentários alheios... como se isso tivesse feito alguma diferença.

Parece que, antes de eu mesmo me entender, todo mundo já sabia da minha sexualidade. Então eu mirava em ser mais um deles e acertava em virar piada para as colegas com quem eu tentava alguma coisa. Se eram eles mandando foguinho no Insta das meninas, era eu chamando-as para participar da minha apresentação de dança.

Piada.

Por essa e por outras que eu concluo que é muito fácil ser hétero. É muito fácil para William entreter qualquer adulto ao falar dos rolos dele com meninas, sem ter qualquer receio nem constrangimento. Assim como foi muito fácil para ele ficar encostado no fundão da sala sendo *homofóbico* comigo todos os dias, durante grande parte do tempo em que estudamos juntos no fundamental.

Eu odeio esse garoto, odeio o fato de minha mãe gostar dele, e tudo seria mais fácil se ele fosse o filho dela no meu lugar logo.

12. DIREITOS HUMANOS

> **alex**
>
> eai pê
>
> como tá indo o dia com william?
>
> digo, o "insuportável" (13:41)
>
> definitivamente um dia (13:41)
>
> ???????? (13:41)

Depois de suportar a longa conversa de minha mãe com William, que se prolongou até o almoço, estou aqui, ainda junto com o novo preferidinho dela.

Eu me sento de frente para a escrivaninha, onde apoio o notebook, o caderno e o estojo. Já o insuportável se espalha na cama à minha direita, desleixado como sempre. Sua mochila está aberta, jogada no chão.

Infelizmente, meu quarto é o oposto de espaçoso e precisamos lidar com a presença *próxima* um do outro.

Desta vez, pelo menos, ele deixou o joguinho do celular de lado e está prestando atenção no que tenho para falar. Fico surpreso com o fato de não ficar olhando para as pinturas das paredes ou para as molduras de Ariana Grande apoiadas na prateleira ao lado.

Às vezes penso se minha mãe, que pagou por essas molduras, também não fazia parte do grupo de pessoas que sabiam que sou gay antes de mim mesmo. Se isso for verdade, só torna tudo pior, uma vez que continuou com suas brincadeiras sobre minha "futura esposa" ou "namoradinhas da escola".

Mas foco. O objetivo agora é a contenção de danos sendo excepcional no colégio.

— É o seguinte: a gente vai falar sobre o Comitê de Direitos Humanos — explico. — Aqui tá escrito que precisamos apresentar o que é o comitê, quais os temas comuns e os posicionamentos gerais de alguns países...

E toda aquela atenção de William desaparece numa só bocejada. Ele abre o bocão enquanto se espreguiça por completo e emite os sons mais tenebrosos que já ouvi.

Sinceramente, isso é um *ataque pessoal*. Sei que nós somos humanos e é normal bater um soninho depois do almoço, mas precisamos nos esforçar, inferno!

Se bem que, pensando bem, acho que *ele* pode manguear e entregar as coisas de qualquer jeito, né? Se der alguma merda, é só agradar a professora fazendo uma gracinha, jogando um futebol, sei lá.

Mas isso não se aplica a mim! Não sou ele, não jogo futebol, não posso ser "namoradeiro" e já estou ficando por aqui com esse jeito desleixado dele.

— Quer saber? — Subo um pouco o tom de voz com a intenção de chamar a atenção de William novamente. — Vou mandar por mensagem o que você precisa pesquisar e quando terminar você me avisa. Deixa que os slides eu faço sozinho.

— Quê?

Ele pode até se fazer de desentendido, mas eu não vou me ferrar por sua causa.

Abro o notebook, digito agressivamente no nosso chat e envio uma só mensagem.

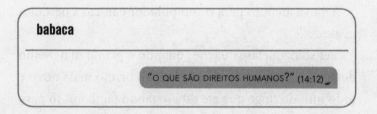

— Ué? Só isso? — Ele se endireita na cama. — Mas aí o trabalho vai ficar todo pra você!

E o que me irrita é que, realmente, vou ficar com todo o peso nas costas. A sobrecarga é uma certeza. Mas não posso arriscar entregar um trabalho dessa magnitude nas mãos de alguém em quem não confio e sei que não se importa com o colégio da mesma forma que eu. É botar todo o meu sacrifício desde o início do ano letivo a perder.

— É. Só isso. De nada.

Eu tento me controlar e sustento minha decisão.

Ele suspira.

A cara de sonso que faz não me engana. No fundo, William deve estar amando todas essas regalias de carona, almoço gostoso da minha mãe, pouco trabalho...

Mas eu queria era pular em cima desse babaca e enchê-lo de murro. Fazer o trabalho todo e tirar o nome dele. Me vingar de alguma forma.

Mas tenho noção de que odiaria ainda mais causar uma má impressão na professora. Odiaria ainda mais deixar essa minha falha exposta para Alex. E seria péssimo piorar a situação com minha mãe.

Assim, a meta é aguentar até o final do dia com um sorriso amarelo no rosto.

Volto a atenção para o computador e inicio a pesquisa *de verdade*.

Penso naquelas situações quando o primo mais velho desliga o controle de videogame do primo mais novo e todo mundo finge que ele está jogando também, só para não atrapalhar a partida.

Como o caso aqui é um trabalho escolar, acho melhor tratar William como esse primo mais novo.

— Oi, mozinho. — William destrói meus minutos seguidos de foco ao gravar um áudio para alguém. — Óbvio que eu vou pro baba hoje mais tarde.

É sério que ele está pensando em futebol num momento desses? Inacreditável.

— Mas fale pra Vitinho levar a bola boa, viu? Ontem o jogo foi um lixo com aquele negócio murcho... Se hoje for com uma direitinha, eu dedico dez gols só pra você — conclui ele.

Aposto dinheiro que essa é a menina de quem ele estava falando supermal lá no carro. Típico comportamento desse garoto. Nem me surpreende.

Mas confesso que a fofoca me deixa um pouco distraído — e curioso. Vou voltar para minha pesquisa... depois de contar a fofoca para Bela (já perdi o foco, então tudo bem prolongar por mais alguns minutinhos, né? Eu mereço a pausa).

Bela anda um pouco sumida, mas acho que, a este horário, já chegou da escola. É uma boa oportunidade para uma ligação.

Caminho até a cama do quarto de minha mãe, o cômodo mais afastado da casa, e começo uma chamada de vídeo. Bela atende em poucos segundos.

Está de cabelo preso, sem maquiagem, sentada no sofá de casa. A imagem da câmera está um pouco pixelada, como sempre.

— Amiga, que saudade! Como é que você tá?

— Tô bem... eu acho.

— Aqui não tá nada bem, amiga! — Aproximo o microfone do fone de ouvido da minha boca e passo a falar bem baixinho. — Tá simplesmente William deitado na minha cama nesse exato momento.

— Oxe, por quê?

— Véi, a pró escolheu a gente como dupla pra um trabalho do CRI, então a gente teve que se reunir aqui em casa pra fazer. O problema é que minha mãe tá toda simpática com ele.

— Mas você nunca contou pra ela sobre o que aconteceu, né? Ou contou e eu não tô lembrando? Enfim, não tem como ela adivinhar que ele é um babaca se você não falar nada, né, Pedro?

Não era isso que eu queria ouvir. Faço um muxoxo.

— Ai, amiga, você não entende... Tipo, ele chamou ela de "tia" e nem recebeu bronca, você acredita?!

— Não entendi. Como assim? Ela não gosta de ser chamada de "tia"?

— Você não lembra, não? — digo, inconformado. — Minha mãe te deu um fecho quando você chamou ela assim da primeira vez que veio aqui.

— Ai, sei lá... Minha memória deve estar toda bagunçada mesmo. Tô muito estressada esses dias.

— E quem não tá, né? — Eu me levanto da cama. — Amiga, vou aqui, viu? Se eu sumir por muito tempo, William vai achar que sou enrolão igual a ele. Depois a gente se fala direito.

— Tá, né...

— Beijo, te amo.

— Beij... — Desligo antes que ela termine a frase. Acontece.

Sinceramente, esse trabalho é uma das coisas mais chatas que eu já tive que fazer na vida. Não sei se é o tema, a minha dupla, ou tudo isso junto. Só sei que o CRI fica cada dia mais difícil e não sei se está valendo a pena...

A única parte legal é montar os slides. Estou me esforçando para ter *certeza* de que vão ser os mais bonitos de todas as apresentações da turma, como sempre.

E não que isso seja muito difícil de conseguir, também. Os outros alunos parecem não ter nenhum senso estético, sabe? Ou é uma coisa exageradamente formal, em Times New Roman, tamanho 12, ou algo superdecorado e cheio de fru-fru com Comic Sans. Eu deveria dar um workshop de como não queimar os olhos de todo mundo da sala ao apresentar um trabalho.

Mas é isso. Estou na metade do rolê e William já fez umas cinquenta pausas para olhar a vista da janela, que é literalmente só o condomínio da frente.

— Meninos, não tem nada por aqui pra lanchar. — Minha mãe aparece na porta. — Pedro, toma aqui dinheiro. Vai comprar alguma coisa pra vocês ali no mercadinho.

— Eu vou com ele! — exclama William, antes mesmo de eu processar o pedido de minha mãe.

Queria ter colhão para recusar, mas estou morrendo de fome e, pensando bem, não quero que minha mãe ache que estou de problema com William. Mesmo estando. E muito. Ela iria querer ter uma "conversa séria" comigo, e conversas sérias não estão nos meus planos próximos. Não vou dar nenhuma abertura para a gente falar daquele quase-beijo.

Nem pensar.

Eu me levanto e pego os cinquenta reais da mão dela, pensando em como queria receber esse tratamento especial todos os dias.

Não faço questão de guiar William, pois sei que está logo atrás de mim, me seguindo. Vou na frente, abro a porta de casa ligeiro e evito qualquer contato visual enquanto esperamos o elevador.

— Pedro — começa ele, ao passo que a porta do elevador fecha com a gente dentro. — Eu queria falar de uma coisa com você.

— O quê?

— É sobre antes, no fundamental...

Era só o que me faltava. Não bastava minha mãe querendo ter conversas, agora vou ter que aturar William com esse papo também?

Vou nada.

— Eu não quero falar sobre o fundamental — respondo, curto e grosso.

— É que...

Ele é interrompido pelo elevador, que anuncia com uma voz gravada quando chegamos ao térreo. O áudio é alto.

— Nem o elevador quer ouvir você, William.

Ele ri um pouco e logo se recompõe. E eu adianto o passo.

— Ô, véi, é sério! Eu só queria dizer que não sou...

— Eu não quero saber o que você é ou deixa de ser, William! — Desta vez sou eu que o interrompo, virando para trás e falando ainda mais alto que a locutora do elevador. — Bora só no mercadinho logo, por favor?

Ele suspira fundo e volta a andar ao meu lado, já que diminuo o ritmo.

Agora o clima está pior do que antes.

Odeio essa minha versão amarga. Eu não sou assim. Sou o Pedro engraçado e amigo de todo mundo. Mas desde que entrei nessa bendita escola e fui obrigado a lidar com William no dia a dia, mal me reconheço.

Só que, por outro lado, tenho meus motivos para agir assim com ele: basicamente os últimos anos em que estudamos juntos. Além disso, nem sempre é intencional. Quando estou com ele, meus impulsos falam mais alto e faço umas coisas quase que involuntárias, sabe? Não consigo me segurar. Tenho muito ressentimento guardado. Esse tempo foi difícil para mim. *Muito difícil*.

Lembro das palavras de Bela hoje mais cedo. A verdade é que ela está certa. William pode até ter me feito mal, mas se eu não falar nada, ninguém vai adivinhar como me sinto e pelo que estou passando.

Ao descer a ladeira, o remorso aumenta tanto que me faz tentar puxar assunto.

— Se você quer falar de alguma coisa, vamos conversar sobre o trabalho.

— Agora também não quero falar de nada, não.

Ele cruza os braços.

Droga. Acho que consegui piorar uma tarde que já estava bem ruim.

Damos mais alguns passos, calados.

São passos cuidadosos, uma vez que a calçada é meio estreita e tem um poste ou outro no meio do caminho.

Tento mais uma vez:

— Olha, a gente tá fazendo isso junto e vai ter que apresentar na semana que vem já. Meio que *precisamos* falar sobre o trabalho.

— Ok, você tem um ponto — admite ele. Isso parece quebrar um pouco o gelo. William continua: — Ai, eu tô achando muito de boa. Só não sei se aquele povo vai entender do que a gente tá falando...

— Como assim?

— É que, tipo... falar de assuntos tipo *racismo* para *aquela* turma...

— Não entendi. O que é que tem *aquela* turma?

Ele corre até ficar na minha frente e para no meio do caminho.

— Cê nunca percebeu que nós dois somos quase que os únicos negros no CRI?

Ok. Agora ele me pegou de surpresa.

— *Hmmm*... Não, não tinha percebido isso necessariamente — respondo, depois de refletir por um tempinho.

Mas faz sentido. Por isso tinha tanta certeza de que aquela Lívia obcecada pela Itália tinha ascendência italiana. A galera lá é toda assim mesmo.

— Por que você acha que a professora botou eu e você, e Christian e Fernando como duplas?

De novo, eu não esperava por essa. Não tenho resposta.

— Ai, véi, nada a ver! Coisa da sua cabeça.

Volto a andar, virando à direita, na rua do mercadinho. Um sentimento de apreensão toma conta de mim.

— Fique nessa... — ironiza ele.

Entramos na loja e compramos duas pizzas prontas de forno e um refrigerante. Acho que vai dar para nós três lá em casa.

* * *

Finalmente. Fim de tarde. Hora de dar tchau.

Deu a hora do baba de William e ele arruma a mochila na medida do possível, enquanto eu continuo aqui, enfurnado na frente do computador. Nossos pratos e copos com restos de pizza e refrigerante estão largados sobre minha mesa.

— Tchau.

Ele estende o punho, na intenção de fazer um toquinho de despedida.

— Tchau.

Encosto minimamente meu punho no dele e o deixo seguir o caminho da saída sozinho.

Daqui, consigo ouvi-lo se despedindo de minha mãe, uma vez que não fez questão de perguntar se eu preferiria a porta do quarto fechada quando saiu.

— Tia, tô indo, viu? Vai desculpando aí qualquer coisa.

— Oxe! E você vai como? Pera aí que eu levo você!

— Não, não precisa. Eu moro bem na frente do mercadinho que a gente comprou a pizza agora.

— Ah, verdade! Pedro me falou! E cadê ele que não veio te acompanhar até a porta?

Eu me odeio.

— Pois vamos ajeitar pra eu levar você pro Sotero todo dia também, então! Mande mensagem para Pedro e a gente combina!

— Fechou!

NÃAAAOOOOOO!

babaca

Ícone, tá aí a pesquisa do que ce me mandou e dos dois últimos tópicos da apresentação tbm (19:51)

CDH-CRI.pdf (19:52)

oxe vc pesquisou mais coisa foi? (19:55)

Claro né

Ce ia fica cheio de coisa fi

E relaxe q eu n vo de carro c vcs p Sotero n kkkkkkk

Eu vi q ce fico incomodado hj (19:59)

13. BRANCO

— Vocês estão de parabéns, viu? — diz a professora Rebeca. — Conseguiram passar por todos os pontos que eu especifiquei e explicaram direitinho como funciona o comitê. Queria dar um crédito especial a William, que foi além e trouxe exemplos de pautas importantes e as diversas discussões que geram na sociedade. Muito bem, William, você está de parabéns!

Ela bate palmas e toda a turma a acompanha.

Pois é. Por incrível que pareça, é exatamente isso que está acontecendo. William matou o trabalho, e não de forma negativa.

— Obrigado, professora! — responde ele.

Sei que eu deveria estar feliz e aliviado por William não ter sido medíocre na apresentação e pelo fato de que, no final das contas, aquele textão da pesquisa não tenha sido criado por uma inteligência artificial. Eu sei. Mas me dediquei mais do que ele, e a professora não parece reconhecer isso!

Tudo que eu queria agora era dar um gritão e sair correndo pela porta da sala. Os pensamentos intrusivos estão quase vencendo.

— Pró! Quer dizer, professora! — Chamo a atenção para mim novamente. — Queria saber, na verdade, se alguém aqui tem mais alguma dúvida sobre o CDH, antes de finalizar a apresentação.

Tento disfarçar as pernas tremendo.

— E aí, galera, alguém tem? A hora é agora. — Ela tenta passar o olhar pela sala, mas como está sentada e os computadores cobrem os rostos da maioria dos alunos, não consegue. Tudo bem, porque o silêncio que se segue dá conta do recado. — É... Pelo jeito, a apresentação foi bem esclarecedora. Obrigada, meninos!

Percebo que ela foca o olhar em William ao agradecer.

— Por nada! — diz ele, sorrindo, depois acena com a cabeça e vai em direção à sua carteira.

Tento fazer o mesmo. Só não sei se o sorriso está tão convincente quanto o dele, pois, se eu precisasse fazer uma seleção das piores situações da minha vida, este momento com certeza entraria na lista.

Não é inveja, não é muxoxo, não é ceninha. Eu só realmente me esforcei muito mais do que William e terminei virando o coadjuvante de um protagonista ovacionado. Queria subir numa mesa e gritar que fui *eu* que fiz os slides, *eu* que pesquisei a maior parte dos tópicos e *eu* que esquematizei a ordem das falas e *tudo* que nós explicaríamos. Mas isso não vai acontecer, então a professora e todo mundo da sala vão continuar achando que William comandou tudo. Ele, inclusive, pareceu outra pessoa quando estava de frente para a turma, fazendo seu discurso. Como se fosse alguém inteligente e responsável.

Mais cedo, enquanto eu logava minha conta no computador da professora para projetar os slides, William simplesmente introduziu e contextualizou o tema do trabalho para a turma! Não parecia o menino largado que passou a tarde na minha casa mais enrolando do que pesquisando alguma coisa de fato. E quando estava pesquisando, ficou procurando informações que não estavam nas exigências do trabalho. De novo fez a coisa "errada" e saiu ileso. Já eu me matei para fazer tudo certo e nem tive reconhecimento por isso.

— Boa, Pedro — sussurra William para mim enquanto eu fechava a apresentação no computador.

Agora está sentado do meu lado e segurando um sorriso convencido de que deu um belo show, o que, para piorar, é verdade.

Faço algo com a boca que não me sinto confiante o bastante para chamar de sorriso. Digamos que foi um miniesticar de lábios para a direita.

Nesses momentos, agradeço muito o jeito descolado que Rebeca tem de deixar os alunos saírem da sala sem precisar pedir permissão. É exatamente o que vou fazer.

Alex acabou de levantar e está lá em frente ao quadro, começando a apresentação dele, mas não vou conseguir ficar aqui para assistir. Não vai rolar. Depois peço para me contar como foi.

Com o coração acelerado, vou até a porta — que, inconvenientemente, fica na outra ponta de onde me sento — e saio da sala.

A sensação de alívio não chega como eu estava esperando, então solto os dois únicos botões da camisa enquanto ando sem rumo. Preciso do local *menos escolar possível*, mesmo que não possa apenas ir embora do nada, afinal não dá para correr o risco de minha mãe ficar sabendo que filei aula.

Eu não aguento mais isso.

Paro, olho ao redor e penso numa resposta: a sala de arte no segundo andar. Então respiro fundo e desço para lá, ansioso para ficar sozinho.

— Oiê!

Ouço a voz de Liz antes mesmo de abrir a porta por completo.

Ela está no que Alex diz ser seu habitat natural: sentada no sofazinho, com uma tela apoiada nos joelhos e um pincel na mão.

— Hm... Oi.

Olho em volta, procurando algum cantinho onde possa me sentar sem me sujar de tinta.

— Tem lugar aqui.

Ela se ajeita, liberando espaço no sofá.

— Tô de boa.

Me encosto, em pé mesmo, numa parte limpa da parede e cruzo os braços. Tento respirar fundo.

— Você não parece muito de boa.

Isso me ofende um pouco. Mas ela não está errada. Pela primeira vez em muito tempo escolho ser verdadeiro e só falar o que sinto.

— É... não tô muito mesmo, não. Acho que não aguento mais o ensino médio. De verdade — falo, do fundo do coração.

Liz solta uma risadinha.

— Você sabe que o ensino médio *acabou de começar* para você, né? — comenta ela, tirando uma risada de mim também.

Sinceramente, Liz é o tipo de pessoa com o qual eu mais simpatizo, mesmo que a gente não converse tanto. É aquele acenar de cabeças quando nos cruzamos nos corredores; aquela curtida recíproca quando postamos alguma foto; a reação sincera rindo de algum meme que o outro postou nos stories... Ela é sempre tranquila, autêntica, na dela. Eu me sinto confortável. É legal.

— Tá, mas falando sério, amigo, o que rolou?

— Ai, cara... — Ando até o espaço que ela liberou no sofá e me sento. — Sei lá, não sei se é essa escola, mas é tudo muito difícil, é muita responsabilidade, coisa demais para eu dar conta. E só tem gente chata também...

— Te entendo. Você acha que eu vivo aqui nessa sala por quê, hein? Depois de três anos, você se acostuma. E aí, se pica.

Consigo apenas soltar um arzinho pelo nariz. Sei que a intenção dela foi fazer outra piadinha para me alegrar, mas não vou mentir que só me deixou mais aflito.

— Não quero demorar três anos pra me acostumar. Na verdade, não sei nem o que eu quero mais... tô mal me reconhecendo.

— Já estive no seu lugar — fala ela, reflexiva. — O que eu posso fazer pra te ajudar, hein?

— Cara, acho que só de me ouvir você já ajudou. Eu meio que não falo sobre essas coisas com ninguém por aqui. Valeu, viu? Acho que agora só preciso é assistir algum videozinho pra tentar relaxar.

— Certo. Mas eu tô aqui, tá?

Ela volta a se concentrar na pintura de *Phineas e Ferb* à frente e eu pego o celular para ver alguma gameplay antiga de Minecraft que tenho baixada. Esses vídeos nunca falham.

— Liz, dá oi pra Alex — falo. Ela levanta a tela que pinta para mostrar para a câmera e sorri ao meu lado.

Envio o vídeo em formato de gif, e Alex logo me responde.

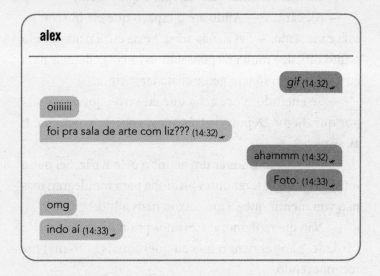

— Em que realidade eu tô?! — diz Alex ao abrir a porta. — Pedro por *aqui* e junto com *Liz*?! Acho que tô vivendo um sonho. Alguém me belisca.

— Meu sonho era que fosse William me pedindo pra beliscar ele, aí sim eu ia com gosto — falo, com água na boca só de imaginar a cena.

— Eita, que isso? Raiva ou tesão? — comenta Liz. Ela nota como fico zangado e contorna a situação: — Zoeira. Achei que o TazerCraft tinha deixado você mais relaxado.

— Ah, o vídeo me pegou por alguns segundos, mas nem isso tá funcionando hoje. Eu diria que preciso de férias, mas acho que só pioraria as coisas — falo, lembrando de como tudo isso começou com a gafe lá em Ilhéus.

— Oxe, como assim? — pergunta Liz.

Sinceramente, eu queria só contar tudo e tirar esse peso dos meus ombros. Falar com ela mais cedo tinha sido tão bom... Mas ainda não estou pronto para essa conversa.

— Ah, deixa quieto — dispenso o assunto.

— Chega pra lá. — Alex senta do outro lado de Liz no sofá. — Pedro, você nem ficou pra ver minha apresentação, pô. Vacilo.

— Ai, amigo, desculpa, mas eu não tava em condições de continuar naquela sala. Se eu ficasse lá era capaz de dar um grito.

— Mas o que aconteceu? Nada do que você tava me falando essa semana rolou. William não faltou com você, não gaguejou muito, não ficou lendo em papelzinho... Na verdade ele falou superbem, eu só vi vantagem.

— Exatamente por isso, véi! Ele não teve trabalho nenhum e ainda conseguiu roubar a cena.

Vejo Alex inclinar a cabeça, como se duvidasse um pouco do que falo.

— Ok. Ele fez o mínimo. Tudo bem. Mas se as pessoas soubessem...

— Soubessem o quê? — fala Liz, curiosa quando percebe que não termino a frase.

Ela até larga a pintura por um momento.

— Ih, nem adianta perguntar, que esse aí leva o segredo pro túmulo — diz Alex.

Penso em revelar as "brincadeiras" de mau gosto que William fazia comigo no fundamental. Me abrir poderia me fazer bem, mas me sinto um lixo toda vez que revivo esses momentos do passado.

Além disso, já estou chateado demais para um dia só.

— Ai, gente, é que é uma longa história, sabe? Enfim...

— "Enfim" nada — corta Alex. — Continue falando aí. Qual o problema?

— É que essa escola é muito chata, gente! — digo. É a saída que encontro. Afinal, também estou chateado por causa disso.

É um minidesabafo, mas também serve para fugir do real motivo.

Não estou pronto para falar de tudo que William fazia comigo, mas admito que sou muito corajoso para criticar o Sotero assim na presença de Alex, uma vez que ele é perdidamente apaixonado por este lugar: faz parte do grêmio, é amigo de todos os professores...

— *Chata* como, Pê? — pergunta ele, calmo e aberto à minha resposta.

— Cara, eu tô exausto. É muita atividade, muito prazo, muita apresentação, muito trabalho, as provas são imensas... Tá difícil demais, véi. — Sinto um nó em minha garganta e uma lágrima se formando, mas logo disfarço coçando o olho. — Não sei se vale a pena tudo isso só pra deixar minha mãe feliz, não.

— O que tem a sua mãe?

Alex me olha fixo.

— Ai, véi... Se não fosse pra agradar ela, eu não estaria nem aqui no Sotero, pra começo de conversa. — Agora uma lágrima desce rápido pelo meu rosto. Não dá para controlar, muito menos disfarçar. — Só de pensar que eu poderia estar muito mais feliz ensaiando pra algum projeto com Bela agora... Lá eu tinha muito mais espaço para ser criativo, ser eu mesmo. Aqui, sinto que preciso caber em uma caixinha perfeitamente branca e limpa. O mais perto que chego de criatividade aqui é copiar os desenhos do quadro na aula de Física. E não aguento mais Física também. Desculpa, Juvenal, professor lindo do meu coração, mas não aguento mais falar de aceleração e velocidade, gente.

— Você sabe que ele não tá aqui na sala, né? — comenta Alex, em tom de brincadeira.

— Eu sei.

Fecho a cara.

— Às vezes você só precisa relaxar um pouquinho, sabe? Extravasar — sugere Liz. — E eu não tô falando de ficar vendo vídeo de Minecraft pra fugir dos problemas.

— É — concorda Alex.

— Que relaxar, gente! — Levanto do sofá e começo a andar em círculos. — Essa escola nem deixa a gente relaxar. Os professores só falam de Enem, de simulado e de foco, força e fé. E ainda faltam dois anos pro vestibular! É tanto foco nesse lugar que é branco pra tudo que é lado. Vocês já repararam nisso? Eu não aguento mais!

— É... É bem elitista mesmo — diz Liz.

— Não! Quer dizer, sim! Isso também, mas não é só disso que eu tô falando. É *tudo* branco: as paredes, as cortinas, as fardas, os jalecos, os corredores, os armários... *tudo aqui é muito branco!*

— Meu Deus, é verdade. A sala de arte é o único lugar que eu vejo um verde, um amarelo, um rosa... — diz Liz.

— EXATO!

O sinal toca.

— Além de tudo, esse sinal é um lixo. — Aponto para cima. — Já faz meses que eu estudo aqui e sempre tomo um susto com essa merda desse barulho porque parece uma ambulância, sei lá — digo.

Tiro uma risada dos dois. Mas continuo chateado.

— Sinceramente, eu não aguento mais. E odeio ainda ver William tão bem adaptado aqui, enquanto eu tô todo ferrado.

A conversa perde o ritmo.

Continuo andando de um lado para o outro na frente dos dois, que seguem sentados. Liz volta a pintar seu quadro e Alex está completamente estático, agora olhando para algum ponto fixo no chão.

— Vamo adaptar o Sotero, então — fala ele, determinado.

Eu e Liz nos entreolhamos, completamente confusos, até que tomo um susto com algo que vem em minha direção.

Quando olho para baixo, há uma grande mancha de tinta ciano na minha farda. Olho para a frente e vejo Alex segurando um pincel e o recipiente.

Está escrito "Tinta de tecido" na embalagem.

Minha mãe vai ter um troço, mas a merda já está feita.

Fico incrédulo, quase sem respirar; Alex olha para a minha camisa de cima a baixo, surpreso com a própria ação; e Liz... só dá risada.

Acho que está rindo de choque, o que desencadeia uma grande gargalhada coletiva, a qual me motiva o bastante para pegar a primeira tinta que vejo na frente e fazer o mesmo.

Eu sujo Alex, que suja Liz, que logo depois me suja também.

Estamos numa guerra de tinta e, a cada pincelada, me sinto um pouco mais aliviado do que quando entrei nesta sala.

14. ROLÊ

Que calor do inferno. E que péssima noite de sono.
Estou deitado na cama e, pelo sol quente que bate diretamente no meu rosto, acho que são umas sete e pouco da manhã.

Normalmente, eu teria fechado a cortina e ligado o ventilador antes de dormir, mas ontem foi um *dia daqueles*.

Mesmo tendo me divertido muito com a guerra de tinta, ter revelado que não sou o mais exemplar dos alunos para Alex e Liz me fez não conseguir focar mais em nada. Foram muitas longas semanas criando, desenvolvendo e mantendo uma imagem de estudioso para destruí-la em menos de cinco minutos de conversa. *Agora eles sabem que sou uma farsa.*

Isso não sai da minha cabeça.

Até hoje fico com medo, pensando no que minha mãe acha de mim depois de eu ter sido arrancado do armário, e agora é como se eu tivesse saído de *outro armário* para os meus colegas. O frio na barriga, a angústia... Na hora eu tinha ficado aliviado, mas agora, tudo isso voltou, formando uma bola de neve de insegurança cada vez maior.

Até sonhei com a cara de Alex, Liz e todos os meus professores. Um sonho que, como na vida, se tornou um pesadelo.

Eu me levanto da cama para fugir da luz que queima meu rosto e puxo a cordinha para fechar a persiana. Ela está meio quebrada, com as conexões de cada parte meio soltas, mas ainda faz o trabalho de barrar um pouco do sol. Há anos que minha mãe diz que vai trocá-la, mas isso nunca acontece. E tudo bem. Entendo que é caro.

Ando até a escrivaninha, abro a porta do armário e vejo a camisa de farda toda manchada de tinta. E penso em como custou dinheiro. Por isso ainda não deixei minha mãe ver o estrago.

Mas não é isso que procuro agora. Vou para o banheiro e checo a pia. Não está lá. Na sala, enfio a mão por dentro do sofá e... sigo não encontrando meu celular de jeito nenhum. Fiquei assistindo a vídeos até tão tarde que peguei no sono e... é, faz sentido. Devo tê-lo derrubado da cama.

Dito e certo. Basta uma checada debaixo da cama para achá-lo. Por azar, a tela está virada para o chão.

Quando eu o resgato, não encontro apenas algumas rachaduras na película, como também mensagens de áudio de Alex.

Então coloco para tocar.

— Pê, bom dia. — Ele boceja. — *Como você tá? Melhor? Acabei de acordar, mas tava pensando aqui... O que você acha de a gente ir na Sorveteria da Ribeira hoje?*

Um som indica que o segundo áudio vai começar a tocar.

— *Falei com Liz aqui e ela topou. Bora nós três?*

Próximo áudio.

— *Se você quiser chamar alguém também... tá liberado. Se anima, gatinho.*

Esse convite chegou no dia errado.

Não vou mentir. Se eu recebesse uma mensagem de um menino lindo como Alex me chamando de "gatinho" e sugerindo tomarmos sorvete de frente para o mar num sábado ensolarado em qualquer outra época da minha vida, eu aceitaria sem pensar duas vezes. Só que, depois daquele vexame, não sei como o encarar. Se não estou preparado para vê-lo segunda-feira, imagina antecipar esse constrangimento para *hoje*?!

Crio coragem para respondê-lo.

— Bom dia, *amigo*. — Limpo a garganta ao notar a rouquidão da minha voz pronunciando as primeiras palavras do dia. — Véi, não sei não, tá? Acordei meio com dor de cabeça. E dormi pouco também. Tô morrendo de cansaço, mas bom rolê pra vocês aí. A gente se vê segunda.

Para minha surpresa, Alex começa a gravar mais uma mensagem quase imediatamente.

— *Mas o rolê é pra você, Pê! Eu sei que ontem você voltou pra casa meio chateado e tal... Acho que ver o sol um pouquinho te ajudaria.*

— Relaxe que de sol eu já tô cheio por aqui.

Abro uma fresta da persiana quebrada e mando uma foto do céu que vejo da minha janela.

— *Aff. Eu querendo te animar aqui e você me desdenhando...*

Ele solta uma risadinha.

— Ok, desculpa — respondo, rindo um pouquinho também. — Vou ver aqui com minha mãe e te aviso.

— *Ih, alá! Meteu um "vou ver e te aviso"!*

— Ó quem tá desdenhando agora!

Envio o último áudio acompanhado de uma figurinha de Gretchen discutindo com alguém.

Bloqueio a tela do celular e tomo coragem para encarar a fera.

Não que minha mãe seja uma fera — talvez eu esteja exagerando um pouquinho —, mas o contexto é uma fera, sim. Vai ser minha primeira vez pedindo para sair desde... Caramba, faz tanto tempo que não dou rolê que nem me lembro... Acho que é a primeira vez que peço para sair desde o que aconteceu nas férias em Ilhéus.

O que foi que eu me tornei?

Não sei o que minha mãe vai pensar disso.

Se quando falei que ia sair para comprar um caldo de cana, ela me encontrou quase beijando um menino, o que vai achar que vou fazer quando pedir para passar o dia na Ribeira?

Além de tudo, Bela não vai. Nem nenhuma das minhas amigas que minha mãe conhece. Ela vai querer saber com quem é, e há chances de tentar emendar um assunto no outro para falar do que tanto quero evitar.

Mas, realmente, preciso de um respiro. É isso, ou um burnout.

Entro na cozinha.

— Bom dia.

— Acordado cedo assim por quê? Eu estava ouvindo som de filme vindo do seu quarto umas duas da manhã!

Ela arregala os olhos. Mal sabe que fui até às quatro.

— Acostumei com o horário. E o sol tava batendo na minha cara.

— Ainda vou trocar essa persiana — diz ela. — Bom dia, então, mocinho.

Já que estamos aqui, abro a geladeira, pego margarina e mortadela e coloco em cima da mesa. Em seguida, começo a cortar um pão. Acho mais fácil conversar enquanto estou fazendo alguma coisa. Posso evitar contato visual sem ficar estranho.

— Me chamaram pra ir na Sorveteria da Ribeira hoje. — Jogo o verde. — Não sei se tô muito...

— Vá! — interrompe ela. — Você está precisando *mesmo* sair.

— Oxe, quê isso? — Viro, olhando para ela. — Do nada!

— Eu não queria falar, mas você só anda enfurnado nesse quarto, estudando... Vá relaxar um pouco, vá! Tomar um ar fresco para relaxar.

— E é, é?

— É. Vou te levar. Que horas vai ser?

— Já vejo. Deixa só eu fazer um achocolatado antes.

— E quem vai, hein? — Ela olha diretamente para mim. — Alguma amiga sua? Algum menino...

Antes que ela possa terminar, saio imediatamente da cozinha.

— Oxe, esqueceu o achocolatado?! — grita ela.

— Quero mais, não! — grito de volta, já entrando no quarto.

alex

> falei com minha mãe e ela tá quase me obrigando a ir
> disse q preciso sair do quarto um pouco kkkkk (07:39)

TUDO

tá certíssima (07:39)

> certíssima mas n entendi nd (07:40)

não questiona!!!!!

vamo dps do almoço? (07:40)

> 13h30 lá? (07:41)

massa (07:41)

Preciso comentar que achei a coisa mais bizarra do mundo minha mãe dando uma dessas de que "tenho que descansar".

Eu sempre a vejo focada, estudando ou trabalhando — talvez até os dois ao mesmo tempo. Se existe alguém que não descansa, é ela. Até lavando os pratos, é com um olho na bucha e o outro em alguma palestra sobre odontologia.

Pela primeira vez em muito tempo, estamos no carro sem destino ao Sotero. E, para ser honesto, não foi por falta de oportunidade.

Minha mãe está sempre me chamando para ir ao shopping, almoçar em algum restaurante, ou pior: aparecer num evento de família. Desses, em especial, eu me desdobro de todas as formas para fugir. Posso estar até em dia com a maioria das obrigações da escola, mas invento que tenho algum trabalho para fazer ou que preciso estudar para alguma prova.

Admito que me sinto um pouco mal por isso, já que os comentários de "sumido" ou "não liga mais pra gente" do pessoal no grupo da família são inevitáveis. Entretanto, seria muito pior lidar de frente com qualquer conversa sobre as férias. Ou sobre "as namoradinhas". Ou sobre a nova escola. Ou sobre a antiga escola.

A essa altura, qualquer tópico é sensível.

— Você não me respondeu. Quem vai pra esse rolé? — pergunta minha mãe, que obviamente não entendeu nenhum dos tópicos sensíveis.

— Pro *rolê*, você me pergunta? — corrijo a rolezeira dos anos 1990. Ela revira os olhos por um segundo, aproveitando que o trânsito está vazio e não precisa fazer nada além de acelerar. — Vai eu, Alex e Liz.

— E quem são esses? Você nunca falou deles, eu acho.

— São meus... — Fico em dúvida se os chamo de "amigos" — colegas do Sotero. Quer dizer... Não necessariamente colegas, né? Porque a gente não estuda junto.

— Oxe, como assim?

Ela olha para mim, encucada.

— Alex é do segundo ano, e Liz tá no terceirão. Ele é do CRI, e ela é amiga dele porque os dois são do grêmio.

— CRI, aquela aula com William, não é? Então por que ele não vai? — pergunta minha mãe.

Eu me irrito automaticamente.

Nas nossas caronas, quando não estamos calados ou cantarolando alguma música, o único assunto que deixo render é esse.

Sempre conto basicamente tudo o que acontece nas aulas e, em especial, no CRI. Explico tintim por tintim como funciona, como a simulação vai acontecer, o que temos que estudar, o que temos que escrever, como devemos nos vestir... tudo isso para virar "aquela aula com William".

É como se não fosse tão importante para ela quanto é para mim. Quando deveria ser até *mais*.

Eu estou fazendo tudo isso por minha mãe, mas ela não parece atenta a meu esforço.

Mais uma vez, as palavras de Bela ecoam na minha cabeça. Sobre eu ter que falar em voz alta o que sinto. Mas não sei. Não é assim que eu e minha mãe funcionamos.

— É — respondo, emburrado. — E William não vai porque não tem nada a ver.

Mais um pouquinho e estou quase resmungando.

— *Aaaaah*! Que maldade! — Ela exagera na sua demonstração de pena. — Ele é um querido.

Minha vontade é de responder da maneira mais grosseira possível, mas manifesto minha indignação com silêncio.

Pego o celular numa tentativa de mostrar que a conversa acaba por aqui, mas depois de alguns minutos, ela recomeça, séria:

— Olha, eu estou feliz que você está saindo com amigos da escola nova. Essa é uma parte muito importante dessa fase. Quero que aproveite, filho. É bom descansar também.

É tão inesperado que eu fico sem entender.

Nem sinto vontade de chorar, pois é a confusão que domina minha cabeça.

Amaria ouvir isso e acreditar, mas sei que garantir um futuro é muito mais importante do que ter amigos da escola. Ela fala isso da boca para fora, porque deve ter percebido que estou exausto. E eu odeio estar exausto. Tenho certeza de que, na época dela, minha mãe conseguia ser extraordinária e, ainda por cima, ter alguma vida social.

Infelizmente, não consigo fazer o mesmo. Nunca chegarei aos pés dela.

Para mim, é um ou outro.

Toda hora me pego deixando de responder Alex porque estou muito focado escrevendo uma redação. Toda vez que penso em falar com Bela, lembro que agora sou eu quem a ignoro e que ler todas as mensagens e ouvir os áudios acumulados demoraria o tempo de uma videoaula inteira.

Eu queria dar conta, mas não consigo.

Sinto uma lágrima escorrer pela bochecha.

Estou com saudade da minha antiga vida, do meu antigo eu. Aquele Pedro que vivia dançando e rindo com os amigos, que levava tudo com mais leveza. E ouvir isso da minha mãe só piora tudo. Me faz pensar se estou fazendo a coisa certa. E a possibilidade de estar errado dói tanto que prefiro nem cogitá-la.

Disfarço o choro da mesma forma que fiz ontem com meus colegas e abro a porta do carro quando chegamos.

— Pedro, o cartão!

Ela estende a mão para me entregar através da janela.

Preciso me voltar para o carro, com os olhos levemente úmidos, para pegar o que vai bancar meu rolê de hoje. Então ela nota.

Muito depressa, me viro novamente e tento me recompor. Não dou tempo de minha mãe perguntar nada.

Ouvindo o carro andar, fecho os olhos, inspiro o cheiro de praia à minha frente e me esforço para expirar toda a negatividade dentro de mim.

15. RIBEIRA

Quando abro os olhos novamente, as lágrimas se dispersam e consigo enxergar claramente. Dou de cara com os barcos que rodeiam o Terminal Marítimo da Ribeira.

As memórias de todas as vezes que vim aqui me atingem.

No fundamental, tivemos este lugar como destino de passeio de escola não apenas uma vez, como quase todo ano. Era uma época mais leve e simples. Eu me lembro de vir com Bela no ônibus nas últimas vezes, quando estávamos mais próximos do que nunca. A gente ouvia música, fazia piada com tudo, escondia a ficha de vale-sorvete dos nossos amigos até se desesperarem... Tenho saudade de poder mostrar meu lado abestalhado sem medo de ser julgado. E fico triste ao perceber que já fui mais próximo de Bela do que sou agora.

Assim como também já fui mais próximo de minha família, com quem tenho outras memórias incríveis por aqui. Um dos meus aniversários preferidos foi por esta área, com minha mãe, minhas tias, meu avô e meus primos vendo o pôr do sol ao meu lado.

É estranho demais vir aqui em outro contexto, com outras pessoas.

Só que preciso me acostumar.

Tenho que encarar minha nova vida de frente.

— Pedro! — chama Alex.

Ele levanta os braços acenando, sentado numa das mesas que ficam na frente da sorveteria, ao ar livre.

Seguro minha sacola mais forte, respiro fundo mais uma vez e atravesso a rua até ele.

Ele agora levanta da cadeira onde estava sentado e me abraça.

— Liz não chegou ainda? — pergunto quando nos soltamos.

— Ali ela pegando sorvete. — Ele aponta para dentro do local. — Tava esperando você pra gente pedir junto.

Ele abre um sorrisinho.

— Desculpa atrasar. Não vou mentir que ainda tava decidindo se vinha ou não.

— Por causa da apresentação de ontem?

— É... digamos que sim.

— Um sorvete ajuda? — pergunta Alex.

— Ajuda.

— Bora, então.

Ele se levanta da cadeira, segura minha mão e me puxa até o caixa. Isso me faz até esquecer dos problemas por alguns segundos.

Nós dois optamos por casquinhas com uma bola de sorvete cada.

Quando chega a hora de escolher o sabor, um grande banner atrás dos funcionários indica nossas opções. Sem brincadeira, deve ter para mais de cinquenta sabores de sorvete. Acho que ninguém nunca vai conseguir provar todos.

— Oi, moço, tudo bem? — Alex toma a iniciativa de fazer seu pedido primeiro. — Vou querer de menta com chocolate, por favor.

— Certo. E você?

O homem se direciona para mim.

— É... — Tento escolher em cima da hora, visto que ainda nem tinha lido todas as opções. — Maracujá.

Alex olha para mim com o mais julgador de todos os olhares. Rebato dando de ombros.

— Maracujá? Sério?! — sussurra ele.

— Azedo, como tô me sentindo. Vai julgar? — respondo, no mesmo tom.

— Vou julgar sim! Só Olivia Rodrigo tem o direito.

Nós rimos.

O homem nos dá nossas casquinhas e nos encaminhamos para a mesa novamente.

— Oi, Pedro! — Liz, que voltou ao seu lugar enquanto eu e Alex pegávamos os sorvetes, também se levanta para me cumprimentar. — Como você tá? Melhor?

— Oxe, gente, vocês falam como se eu tivesse morrido — comento, em tom de brincadeira.

— Mas você tava bem tristinho ontem, não tava? — argumenta ela.

— É.

— Não vai ficar mais — diz Alex, empolgado. — Eu bolei um plano, já esquematizei tudo...

— Calma aí! — intervém Liz. — Deixa eu tirar uma fotinha do nosso sorvete antes!

Ela abre a câmera, escolhe um filtro estiloso e posta nossas mãos segurando as casquinhas nos stories.

O perfil dela é supervibes arte e natureza. Sempre rola foto de uma pintura, uma montagem com o mar, árvores, flores...

— Terminou? — pergunta Alex, ansioso para falar o que está tramando.

Ela confirma com a cabeça.

— A gente vai colorir a escola! — anuncia ele bem alto, dando um tapão na mesa e chamando a atenção de quem está em volta.

— Oxe.
— Oxe.

Eu e Liz falamos ao mesmo tempo. Isso nos provoca uma risada coletiva.

— Como assim? — pergunto, confuso, quando consigo parar de rir.

— Prometem que não vão me interromper pra questionar nada enquanto eu falo?

— Tá bom.
— Tá bom.

Falamos em coral de novo, e rimos ainda mais em seguida.

— Desde ontem, eu não consegui parar de pensar no que Pê disse. Eu amo o Sotero, amo estudar naquela escola, mas você só falou verdades.

Ele coloca a mão na minha.

Não recuo, pois amo quando Alex me chama de "Pê".

— Sério? — pergunto.

— *Shhh*! Não me interrompe — lembra ele, sério, mas depois solta uma risadinha. — É, é sério. Eu entendo que tudo ali é muito branco, pô. As fardas, os corredores, as pessoas... É chatão mesmo. Ontem, eu parei para observar a diferença das pessoas quando estão dentro e fora da escola. Na saída, parece que todo mundo tá se livrando de uma prisão, sabe?

— Nossa, e nas sextas é pior — completa Liz.

Alex lança um olhar penetrante para ela por interrompê-lo.

— Desculpa.

— Obrigado. — Ele aproveita a quebra no fluxo de sua fala para salvar o sorvete que derrete com algumas lambidas. — Mas vocês entenderam o que eu tô querendo dizer, né? Enfim... a gente tem que mudar isso.

— Mas como? — pergunto. — Pintando as paredes? Acho bem difícil a diretoria deixar...

Alex solta um longo suspiro. Neste ponto, já desistiu de ter um monólogo épico de filme. Dá para ver em sua expressão.

— Pintando as fardas das pessoas! — declara ele.

Todo mundo que está ao redor olha para a gente novamente, visto que Alex fala ainda mais alto e bate na mesa com muito mais força.

Socorro, que vergonha. Eu me encolho na cadeira.

— Olha — retoma ele, abaixando o tom —, eu e Liz somos do grêmio, a gente tem contato fácil com a diretoria da escola, acho que daria pra conseguir o apoio de alguns professores também, até alguns pais...

— Mas como assim pintar as fardas, gente? Isso não demoraria tipo... muito tempo? Ou tipo... a gente só sairia jogando tinta nos outros? Ou tipo...

Estou tão confuso que não consigo formular uma pergunta direito.

— *Shhh*! Chega de tipo — interrompe Alex. — Pê, você com certeza não é a única pessoa que se sente assim sobre o Sotero. Pode ser a primeira que vejo colocando esse sentimento em palavras, mas é como eu disse: na hora da saída, todo mundo vai embora como se estivesse fugindo da cadeia! Se a gente convencer a diretoria, dá pra mobilizar todo mundo pra pintar as próprias fardas e...

— Feito — concorda Liz, terminando de tomar seu sorvete e guardando o celular na bolsa.

Eu e Alex olhamos um para o outro, confusos.

— Feito o quê? — pergunta ele.

Nossos celulares vibram.

🏆 **Grêmio do Sotero!** 🏆

liz

> Bom dia, família! Como estamos?

> Por aqui, parte do grêmio está na Sorveteria da Ribeira e tivemos uma ideia brilhante: **vamos customizar nossas fardas!**

> É isso mesmo. Vocês estão liberados para pegar tintas de tecido, hidrocor... o que preferirem, e customizar a camisa de farda de vocês.

> Temos certeza de que o Sotero vai ficar um pouco mais alegre com **nossas roupas cheias de cor e personalidade**.
> O que acham?

> Segue foto de como ficou a minha após uma breve sessão artística. <3

> foto (14:24)

♥13

— Perfeito! Perfeito! — exclama Alex. — Você é perfeita! Ele se levanta para beijar a bochecha da amiga.

No fundo, eu queria que fosse a minha.

— Gente, mas e a permissão da diretoria? E o apoio dos professores? Os adultos vão morrer quando virem — comento, uma vez que não depende só da gente.

— Que nada. — Liz faz muxoxo. — A gente até poderia pedir, mas nunca deixariam. Agora, se todo mundo fizer sem pedir permissão, eles não têm escolha além de aceitar. Não dá pra expulsar todo mundo.

Alex concorda com a cabeça intensamente, mas eu não sinto tanta firmeza nesse plano. Ano passado eu teria ficado superanimado com a ideia, seria o primeiro a pegar a tinta e o pincel, mas, hoje, pintar minha farda como um ato de rebeldia só me deixa mais aflito. Poderia destruir meus planos de ser um aluno exemplar, e todos os sacrifícios que fiz para chegar até aqui teriam sido em vão.

Começo a bater os pés no chão de forma acelerada. Alex não demora muito para perceber minha ansiedade e tenta me tranquilizar.

— Pê, relaxa. Não tem nada de seu nome ali no meio e nem vai ter. Se qualquer coisa acontecer, eu e Liz assumimos a culpa.

— E foi meio que ideia nossa mesmo... — completa Liz em tom de brincadeira.

Nós rimos.

— Mas foi genial — elogio.

Dou um sorriso pequeno, porém verdadeiro.

— O que foi genial? — diz alguém que não estava participando da conversa.

Não pode ser.

William praticamente brota do chão se enfiando ao lado de nossa mesa.

— Oxe! — Alex se assusta. — Como é que você veio parar aqui?!

— Eu tava jogando bola na praia aqui da frente e vi o story de Liz. — William nos mostra o celular. — Tá com localização e tudo!

Ele abre um sorriso para mim, e eu não sei onde enfiar a cara de tanta raiva.

16. CAFUNÉ

Se a aparição surpresa de William no rolê serviu de algo, foi para rachar a corrida de carro até a Ponta do Humaitá em quatro ao invés de três.

E admito que a tarde não foi das piores. De fato, Alex estava certo. O sol e o sorvete me animaram um pouco. E a ideia de pintar as fardas começou a crescer no meu conceito.

A região fica relativamente movimentada aos sábados. Há pessoas ao redor do farol, e nós somos dos muitos que se sentam na mureta, que dá vista para o mar azul. Uma grande quantidade de pedras se concentra abaixo de onde estamos.

— Eu amo esse lugar — comenta Liz, contemplando a paisagem.

— O pôr do sol daqui pisa no da Barra — completa Alex.

— Ei, ei, eeeeeei, calma aí! — intervenho. — Não ouse falar do lugar mais bonito do mundo na minha frente, tá?

— Eita, você gosta tanto da Barra assim, é? — Alex se surpreende. — Vamo lá algum dia, então.

Liz foca o olhar nele, sorrindo de forma maliciosa. William fica em silêncio olhando de Liz, para Alex e para mim. E eu me esforço ao máximo para fingir que não identifiquei nenhum subtom de flerte nessa frase.

— William, bora pegar uma água de coco comigo? — convida Liz. Admiro a habilidade dela de criar intimidade na velocidade da luz com absolutamente qualquer pessoa. — Bateu muita vontade aqui, do nada...

Se seu olhar de alguns segundos atrás já foi malicioso, o que ela nos lança agora, enquanto William se levanta, é cem vezes mais. Fico tenso com uma possível reação ruim de William, do jeito que era homofóbico comigo quando a gente era mais novo.

Não quero nem imaginar o comentário ridículo que ele pode fazer agora.

Um medo se manifesta em forma de frio na barriga, mas pelo menos ele foi para longe e estou aqui com Alex, que tem o poder de sempre me deixar confortável.

Dito e certo: ele dá uma risadinha e minha tensão se desfaz um pouco. Rio também.

Embora estejamos ouvindo muitas conversas paralelas em volta, o fim de nossa risada logo emenda num silêncio. E eu posso reparar nele com mais clareza.

Alex se apoia nos dois braços, fixados na ponta da mureta onde estamos sentados. O sol, no tom dourado de fim de tarde, cai como uma luva sobre o rosto dele. E o vento também funciona a seu favor, destacando o cabelo perfeito e hidratado. É engraçado vê-lo fora da escola, sem farda ou um dos casacos coloridos. Hoje, ele está usando uma camisa de botão branca com estampa florida, acompanhada de uma calça azul-turquesa de tecido leve. Como sempre, acho atípica sua escolha de roupa para o calor da Bahia. Camisa de botão e calça não é o que as pessoas geralmente usam para um rolê em frente à praia, porém acho fofo e estiloso. Como sempre.

Ele para de olhar para o horizonte quando percebe que estou encarando.

— Que foi? — pergunta, descontraído.

Sinto o maior dos frios na barriga.

— Nada... — respondo, esperando que soe convincente o bastante.

— Fala, Pê.

Ele se aproxima de mim, fazendo com que nossos pés, soltos no ar, se toquem.

Pensa. Pensa. Pensa. Pensa. Pensa.

É difícil achar uma saída com toda essa distração.

— Eu ouvi sua playlist — falo a primeira coisa que meu coração manda.

— Sério?!

Ele abre um sorriso de imediato.

— É... — confirmo, envergonhado. — Meio que ouvi todos os dias no ônibus e no metrô de volta pra casa.

Nós olhamos um para o outro como dois bobinhos.

Sei que não deveria entrar nesse climinha, mas é mais forte que eu. E estou cansado de me privar das coisas. Eu mereço me sentir feliz assim.

— Na verdade, tem uma música que acho que não entrou na nossa playlist. Eu queria ver sua reação ouvindo comigo, porque é minha preferida. — Ele pega o celular e o fone no bolso, enquanto sua voz falando "nossa playlist" ecoa na minha cabeça. — É "Dia a dia, lado a lado" o nome.

— Se for ruim, eu vou falar, tá? — brinco.

— Se você gostou das outras, vai gostar dessa também — confirma ele, enquanto se aproxima ainda mais de mim para colocar o fone no meu ouvido.

Então Alex dá play.

Agora, somado à vista linda do mar e à brisa gostosa que bate na gente, ouvimos Tulipa Ruiz e Marcelo Jeneci cantarem sobre não fugirmos do inevitável.

Olho para um ponto em específico, reflexivo.

Esse ponto é a boca de Alex, que se aproxima cada vez mais da minha.

E eu... desvio.

Desvio o corpo, olho para baixo, e balanço o pé no ar.

— Desculpa, eu achei que...

Ele fica claramente apreensivo.

— Não. Não é isso — interrompo. — Eu não sei se tô pronto — falo, após respirar fundo e pensar por alguns segundos.

— É seu primeiro beijo? — pergunta ele, com cuidado.

— Em homem, sim — respondo, envergonhado.

Alex parece surpreso.

— Tipo... no início do ano quase rolou, mas...

Faço uma pausa e respiro fundo.

— Pê. — Ele me abraça de lado. — Tá tudo bem. Não precisa me contar se não quiser.

Mas eu quero. E conto. Tudo.

Conto o que aconteceu nas últimas férias, de como fiquei animado por conseguir flertar com um menino sem me sentir mal ou esquisito pela primeira vez. Conto como tudo parecia perfeito e eu sentia que estava chegando na minha melhor fase.

— Era como se eu estivesse finalmente dando o primeiro passo para ser eu mesmo, viver todas aquelas coisas que vi nos filmes e sempre sonhei para mim. Só que da minha forma. Diferente da maioria dos filmes — falo, lembrando da expectativa, do desejo, de como tudo parecia perfeito.

Ele me observa com um sorrisinho de canto.

— Como era esse Luís Gustavo, hein? Do jeito que você tá falando, parece que tava vivendo um romance com Lil Nas X.

— Quase isso — falo com um subtom de risada, apertando as sobrancelhas e abrindo um pequeno sorriso. — Mas acho que pega mal falar sobre o ex com alguém que você gosta, né?

As palavras saem antes que eu consiga processar o que estou dizendo. Tento contornar a situação e ignorar o sorriso bobo que Alex abre para mim.

— Quer dizer, não que Luís Gustavo seja meu ex, *ex*, né? Mas é tipo isso. O mais próximo que cheguei de ter um.

Solto uma risada sem graça, não sei mais o que dizer.

Fixo meus pensamentos em como aquele beijo teria sido lindo, mas sinto uma pontada de felicidade por não ter acontecido, porque agora posso ter isso com Alex e pode ser ainda melhor. Conheço-o muito mais.

Mas ainda não chegou a hora. Ele continua me encarando e lembro que estamos em lugar público, então volto a tagarelar sobre a situação das férias.

Se antes Alex sabia migalhas sobre a minha relação com minha mãe, agora começa a entender a história toda. Conto sobre a hora que ela chegou do nada, no meio do meu quase-beijo com Luís Gustavo. Conto até do medo de decepcioná-la e de como quis entrar no Sotero para deixá-la orgulhosa.

— A verdade é que eu nunca quis estudar no Sotero. Nunca liguei muito para ser o aluno exemplar nota dez da escola. Só tô fazendo isso por minha mãe. O Sotero é um sonho dela, não meu — concluo.

Alex se aproxima ainda mais e apoia a cabeça no meu ombro. O cheiro do xampu dele me invade e é delicioso.

— E por que você acha que tem que realizar o sonho dela? — pergunta ele.

Isso me pega de surpresa. Tento pensar na resposta e demoro um tempo até chegar nela.

— Acho que é porque nunca vou poder realizar os outros sonhos da minha mãe. Desde que eu era pequeno, sempre ouvi como ela não via a hora de me ver casando na igreja, ajudar minha noiva a escolher o vestido, escolher o nome dos futuros netos. E tipo… desde aquela época eu já sabia que era gay, já sabia que aquilo nunca ia acontecer, mas minha mãe sempre deu duro para garantir que a gente tivesse uma vida boa, sabe? Me criou sozinha, ralou pra se formar como dentista e conseguir um salário bom. Eu nunca tive coragem de contar que esses sonhos não vão se tornar realidade, então preciso realizar o único que consigo.

— Caramba, Pê. Você acha que não é a pessoa mais inteligente do mundo, mas isso que você falou agora faz *tanto sentido…* Eu nunca pensei nas coisas desse jeito. — Alex desencosta a cabeça do meu ombro e vira de costas para mim. Sinto falta de seu toque. — Posso deitar no seu colo?

Fico vermelho na hora, com o elogio e o pedido. Faço que sim com a cabeça e um calor se expande pelo meu corpo. Não é só o calor de Salvador.

Alex deita e olha para cima.

— Pode me parar se eu estiver falando besteira, tá? Mas pelo que você falou, talvez seja uma boa conversar com sua mãe. Vocês podem sonhar coisas novas juntos, sabe?

Levo um tempo para assimilar as palavras de Alex — e a situação toda de ele deitado no meu colo —, entendo o que quer dizer, mas, como tudo que estou vivendo esse ano, sinto que ainda não estou pronto. Quer dizer, por muito pouco eu não me joguei no mar para fugir dessa conversa profunda com *ele*, que dirá uma com minha *mãe*.

Mas pelo menos, depois de hoje, acho que finalmente consigo admitir que *gosto mesmo de Alex*.

Principalmente pela postura dele, que é a melhor possível. Ele me ouve com atenção e me entende, fazendo piadinhas aqui e ali para quebrar o gelo.

Quando percebo, estou fazendo cafuné no cabelo dele e me perco na paisagem. É perfeito.

Volto à realidade quando meu celular vibra com uma ligação da minha mãe.

Rapidamente eu o faço levantar e distancio nossos corpos. Nunca se sabe quando ela vai brotar na minha frente, causando mais um trauma.

Atendo a ligação.

— Oi, mãe — falo.

Percebo a apreensão no rosto de Alex quando entende o que está acontecendo.

— Já posso ir buscar você?

Sinto um alívio no coração. Expresso isso por um suspiro tão fundo que Alex compreende imediatamente e também solta os ombros.

— Pode. E tô na Ponta do Humaitá agora. Sabe onde é, né?

— Claro! Chego em vinte minutos. Beijo.

— Beijo.

17. DEBATE

— **P**EDRO COSTA OLIVEIRA! — grita minha mãe, de algum lugar da casa, em plena tarde de domingo. — Que absurdo é esse aqui?

Arregalo os olhos e sinto um buraco no estômago. Será que ela viu alguma foto minha com Alex ou de algum jeito ouviu o áudio em que ele me chama de "gatinho"?

— Que foi?! — grito de volta, com um tom de desentendido.

Saio de frente da televisão na sala e ando rápido pelos cômodos, desesperado — porém mantendo a pose —, procurando por ela. Mil possibilidades se passam pela minha cabeça. Todas horripilantes.

— QUE MERDA É ESSA AQUI?

Ela mostra minha camisa de farda toda pintada.

Uma das possibilidades se concretiza. Uma quase tão horrível quanto ela ouvir o áudio de Alex.

— Eu... — Nem sei como começar a me justificar.

— Você acha que meu dinheiro cresce em árvore, Pedro? — interrompe minha mãe.

— Foi atividade da aula de artes — falo a primeira mentira que vem à minha mente para ver se cola. — Valia ponto. É Sério.

— Ah, é? Valia mesmo? Porque quando eu assinei sua matrícula não tinha nada falando sobre isso — provoca ela. Permaneço em silêncio, procurando uma forma de convencê-la. — Como eu sei que você não está mentindo? — termina, após desarmar um pouco sua postura de bronca.

Travo por alguns segundos. Meu coração quase *empedra* agora.

Tenho uma ideia.

— Não fui só eu que pintei a farda. Outras pessoas fizeram isso também.

— Só acredito vendo.

Vou até minha cama para pegar o celular.

Quando desbloqueio a tela e abro o grupo de comunicação do grêmio do Sotero para mostrar a foto da camisa de Liz, também encontro imagens de outras pessoas da escola customizando as roupas. Abro um sorriso quase involuntariamente.

— Bora! Cadê? — pergunta ela, apressada.

Mostro a foto da camisa de Liz e aproveito para rolar e mostrar as outras mídias enviadas no grupo.

— *Hum.* — Ela continua de cara fechada. — Até que ficou bonitinha — comenta, analisando minha camisa de perto.

A questão é que ela duvidou com razão. Eu menti sobre ser um trabalho de artes.

Mas não menti quando disse que outras pessoas também pintaram suas camisas.

— Valeu — respondo, mais sem graça ainda.

— Desculpa, eu não sabia do trabalho de artes.

Ela volta a limpar meu armário.

Eu sigo analisando as camisas customizadas da galera. Por mais que me sinta culpado pela mentira, um quentinho tenta acalmar meu coração enquanto vejo as fotos. Não pensei que as pessoas fossem aceitar a ideia tão facilmente. Logo os engomadinhos do Sotero.

Acho que até os lugares mais improváveis têm pessoas legais.

— Mas você não me conta nada, também... — continua minha mãe.

Sinto em seu tom um medo de falar isso. É como se tivesse passado o último minuto pensando se soltaria essa mesmo.

Mas logo penso nela descrevendo o CRI como "aquela aula com William".

Se quando conto não tem tanta importância, para que me dar o trabalho? Além de que há situações que é melhor que ela não faça ideia, ou ficará muito decepcionada. Tipo, olha a raiva que ficou quando viu minha farda pintada! Imagina se fica sabendo que quem jogou tinta foi o menino que gosto e a garota do terceirão que mal assiste uma aula?

Ela deveria ficar agradecida por eu ocultar alguns fatos. Deveria agradecer por eu só mostrar minha melhor parte para ela.

Então prefiro cortar a conversa por aqui. Finjo que presto tanta atenção no celular a ponto de não ouvir sua frase e volto para a sala.

Como se não bastasse a potencial discussão com minha mãe no final de semana, hoje vai ter algo similar na escola.

Para desenvolver nossas habilidades de argumentação, Rebeca, a professora do CRI, decidiu que está na hora de fazermos nosso primeiro debate sério.

Até então, tínhamos ensaiado apenas com alguns temas absurdamente aleatórios, como "Lobisomens *versus* Vampiros" ou "Filmes *versus* Séries", só para a gente se divertir e ver como é.

Agora, nos debates mais alinhados à proposta de Relações Internacionais, com temas mais sérios, que exigem mais estudo, a lógica se mantém: um grupo precisa defender o tema principal, enquanto o outro se opõe. Dessa forma, quando estivermos representando os países nas simulações finais, vamos conseguir focar mais em seus posicionamentos, e menos em nossas próprias opiniões.

Talvez eu seja louco, mas isso me parece a metáfora perfeita para minha vida.

Nos debates, é possível que eu dê o azar de precisar fingir que acredito em algo que discordo apenas para cumprir a tarefa. Em casa, finjo para minha mãe que estou amando sacrificar meu ensino médio para alcançar as expectativas dela.

Então levo esses debates como uma prova da vida real. Se for bem em um, também vou bem no outro.

Por isso, mesmo nervoso, vim preparado. O tema vai ser "casamento homoafetivo" — por mais que isso soe como um assunto jurássico para meus ouvidos, não me parece ter sido completamente superado pela galera conservadora.

Sei disso, pois passei algumas noites usando artigos e entrevistas de gente babaca na internet como objetos de pesquisa. Foi uma *tortura* entrar em contato com o preconceito disfarçado de opinião dessa galera.

E a tortura no momento é não saber em qual grupo cada um vai ficar. Ou que lado cada grupo representa. A professora diz que essa divisão acontece apenas minutos antes, pois precisamos estar prontos para qualquer um dos cenários.

O fato de não usarmos o laboratório de computadores usual para fazer essa dinâmica cria uma tensão a mais.

Estamos numa das salas normais, em que temos aula todos os dias, pois precisamos da possibilidade de arrastar as cadeiras e dividir a turma ao meio.

O frio na barriga é inevitável.

A professora está em frente ao quadro, onde a tela do computador dela está espelhada, e reforça que é essencial mantermos a calma durante o debate, visto que os últimos que fizemos, mesmo sobre temas bestas, quase terminaram em briga.

Não acho que todos estejam ouvindo o sermão tão atenciosamente. A turma ainda se senta em lugares aleatórios e não vê a hora que a divisão das equipes aconteça. Logo, acredito que muitos dos membros estão apenas olhando para a projeção no quadro, esperando que a professora faça logo o sorteio. Eu sou um deles.

E a hora chegou.

A professora abre um site, copia nossos nomes da lista de chamada, cola todos de vez no espaço indicado, configura o sorteio para dois grupos, clica para gerar resultado e...

Alex Miranda Pereira no Grupo 1.

William dos Santos Paixão no Grupo 1.

Pedro Costa Oliveira no Grupo 2.

Fico triste por não estar no grupo de Alex, mas feliz porque não vou ter que suportar o insuportável. Melhor sozinho na minha equipe do que mal acompanhado.

As cadeiras já estão arrumadas de forma que uma equipe fique de frente para a outra, e todos se encaminham para seus respectivos lados da sala, agora para valer.

Vou do canto esquerdo, onde estava sentado ao lado de Alex, para o lado oposto. Quando fico de pé e olho para ele, percebo William logo na cadeira de trás. Lanço um olhar chateado para Alex e um olhar de desdém para William, que sorri para mim. Mas é um sorriso estúpido. Tudo que ele faz é estúpido.

Estou dedicado a ganhar esse debate. Desculpa Alex, minha duplinha preferida, mas amizade é amizade e jogo é jogo.

Quando todos finalmente se posicionam, a professora pede silêncio.

— O Grupo 1 vai defender o casamento homoafetivo, e o Grupo 2 vai ter que argumentar contra o tema — diz ela.

— Merda! — penso alto demais e atraio olhares diversos para mim.

William ri do outro lado. De forma estúpida.

Morro de vergonha e me sinto na obrigação de mandar mensagem para Alex demonstrando mais da minha indignação, já que não tenho intimidade o bastante com nenhum dos colegas que estão do meu lado.

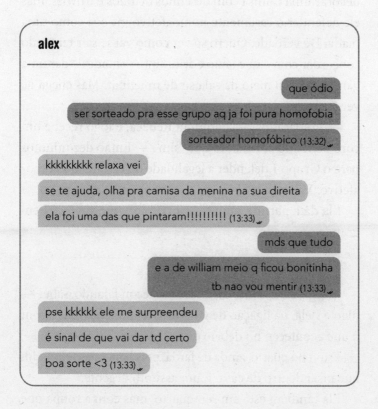

Admito que as mensagens de Alex, mesmo que simples, me confortam. *Principalmente o coraçãozinho de menor que três.*

E ele tem um ponto, mesmo. Vai dar tudo certo.

A menina de camisa pintada talvez seja um sinal de que estou num bom caminho. O Sotero também tem o que aprender comigo.

Sei o que dizer. Não ouvi toda aquela baboseira por dias seguidos à toa. E convenhamos que William pode saber decorar uma camisa com desenhos de raios e trovões, mas ele defender o casamento homoafetivo me soa como uma piada. De verdade. Quero só ver como vai se sair tentando concordar com o que tanto odeia. Sinto vontade de dar uma gargalhada no meio da sala só de imaginar. Mas chega de vergonha por hoje.

— Preparados? — pergunta Rebeca, e logo recebe um coro bem alto afirmando que "sim". — Então dez minutos para o Grupo 1 defender a legalidade do casamento homoafetivo. Valendo.

Ela dá a partida num temporizador, que aparece bem grande no quadro.

— Amiga, cara, como assim ele começou falando, sabe? — digo a Bela, na ligação de vídeo, extremamente bravo com o que aconteceu no debate de hoje à tarde.

Estou no quarto, ainda de farda, pois liguei para ela assim que pisei dentro de casa. É um assunto urgente.

Ela também está em seu quarto, mas com a roupa que usa para ficar em casa normalmente, pois não tem compromissos à tarde na escola como eu.

— Ué, era a atividade, né? Debater — responde Bela, sem entender a gravidade da situação.

— Não! Quer dizer... Era. Mas não... — Me embolo nas ideias.

Ela olha para mim com a maior cara de confusa. Tento de novo:

— Ok. Recapitulando. Era, sim, a atividade. Mas a equipe dele tinha quinze pessoas. *Como assim* ele se sentiu tão seguro pra já começar falando, quando o assunto era literalmente *casamento gay*?!

— Mas você não conseguiu rebater?

— Sim, consegui. Eu fui o primeiro a falar da minha equipe também, mas...

— Então! — interrompe ela. — Tudo resolvido!

— Não! Não tá resolvido. — Eu me chateio porque Bela parece não me entender. — É que ele falou tão bem, amiga... *Como pode William ter falado tão bem sobre casamento gay?*

Eu a vejo dar de ombros pela tela do celular. Ela não está em tela cheia, pois converso com Alex simultaneamente sobre o mesmo assunto.

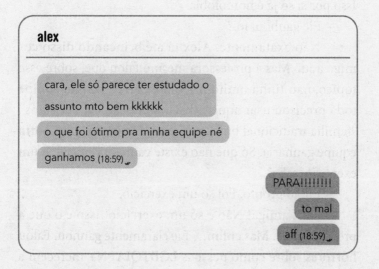

— Amigo? Oiiii? Tá aí?

Bela nota que está dividindo minha atenção com alguma outra coisa no meu celular. Mas ela precisa entender que estou indignado.

— Oi. Tô aqui. — Abro nossa chamada de vídeo em tela cheia novamente. Lembro que preciso continuar elaborando meu caso. — Cara, ele começou falando sobre como os direitos de pessoas LGBTQIAPN+ são direitos humanos… E falou a sigla certinho, inclusive! Fez até uma ligação com nossa apresentação de lá do início. — Reviro os olhos. — Depois falou até de leis e tudo. Os primeiros dez minutos de defesa foram quase todos dele falando. Tipo, que horas ele aprendeu essas coisas, amiga?

— Não sei, amigo. Vai ver ele mudou…

— Eu tenho certeza de que ele decorou certinho tudo que precisava falar só pra ganhar de mim no debate hoje. Isso por si só já é homofobia.

— Ele ganhou, foi?

— Não exatamente. Alex tá até brincando disso comigo aqui. Mas a professora mesmo falou que, sobre esse tópico, não tinha muito pra onde correr. Minha equipe toda precisou usar aquele discurso de "valores cristãos", "família tradicional brasileira" e tal. Era óbvio que a outra equipe ganharia. Só que não existe ganhador oficial. É um exercício, sabe?

— Então pronto. Foi só um exercício.

— Não, amiga! Não é só um exercício! Isso é o que a professora diz. Mas enfim… Ele claramente ganhou. Falou horrores sobre como pessoas LGBTQIAPN+ merecem a plena cidadania, como isso envolve ter o direito de casar com seu parceiro; usou até dados sobre como isso movimenta a economia, já que "atrai uma demanda maior para a produção de cerimônias no país". Os argumentos dele tão na minha cabeça desde que aquele debate acabou, pra você ter ideia.

Ela não fala nada, só faz uma cara de quem também está admirada com a performance de William: torce a boca, levanta as sobrancelhas e acena com a cabeça, formando uma expressão de "bom para ele!".

— Amiga, é horrível admitir isso, mas ele falou umas coisas que acho que eu nem pensaria se estivesse na posição de defender o tema.

— Ai, Pedro, com certeza você pensaria, sim. Tá todo inteligentão e falando difícil agora. Nem parece que ano passado tava dançando *Teen Beach Movie* comigo na escola.

— Ai, saudades. Nem me lembra disso, por favor.

— Ué! Por que não lembrar, se foi bom?

— Porque eu não tenho isso no Sotero — respondo rápido, chateado.

— Volta, então — sugere ela.

E eu só retribuo com uma risada.

18. ROSA/VINHO

Sinceramente, preciso ser mais grato pelas coisas incríveis que tenho na vida. Às vezes fico tão acostumado, que termino achando tudo só... normal.

Ser nordestino e ter o privilégio de comemorar o Dia de São João é uma dessas coisas absolutamente incríveis.

Em vez de "férias de julho", como existe em outros lugares, nosso recesso — que tem as melhores comidas do mundo — acontece em junho por onde moro. Ou seja, não faltam muitos dias!

É minha data comemorativa preferida e, ainda por cima, o Sotero vai fazer um arraial para declarar nossas miniférias. Acho que vai ser a melhor oportunidade de me divertir sem ter meus esforços acadêmicos questionados, afinal, é na escola.

Inclusive, não vejo a hora de as aulas darem mesmo uma pausa.

Sei que são só três semanas, mas me garanto que vão ser três semanas de completo descanso. Não vou querer saber de prova, de trabalho, de CRI... Não contem comigo para nada.

A cidade praticamente inteira para, então vou parar também.

Por enquanto, só vão me ver por aí usando lookinho quadriculado no Sotero! Quero comprar uma roupa que mantenha minha imagem de nerd, mas, ainda assim, entregando estilo. E sei exatamente quem pode me ajudar nessa missão.

Não tenho respondido as mensagens ultimamente e tenho consciência disso, mas ela deve me entender. Quando estiver no shopping opinando em roupa comigo — é das coisas que mais ama —, vai ficar tudo bem.

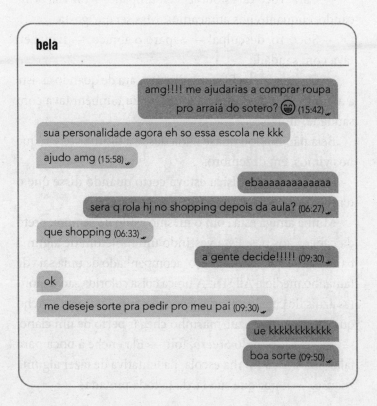

Não vou precisar de sorte para saber que vou sair daquele shopping com a roupa mais adequada para o arraial.

Combinamos de nos encontrar na entrada que fica de frente para a passarela do metrô — passarela essa que desço correndo desesperado, visto que Bela mandou mensagem quinze minutos atrás avisando que chegou.

Em minha defesa, meu trajeto até o Caminho das Árvores foi muito mais longo.

— Amigaaaaaa!

Corro para um abraço quando a vejo encostada na parede. Faz muito tempo que não nos vemos.

— Cara, você vai estourar meu tímpano — diz ela, brincando, enquanto nos abraçamos. Mas sei que gosta.

— Socorro, desculpa! — Separo o abraço. — É que eu tava com saudade.

— Ownnnnn. — Ela faz a mesma cara de quando assiste a algum vídeo de patinhos fofos. — Eu também tava com saudade, amigo.

Bela não mudou quase nada desde a última vez em que nos vimos, em dezembro.

O professor de Física estava certo quando disse que o tempo é relativo.

Minha amiga está com o mesmo estilo de sempre: preto da cabeça aos pés. Está vestindo um moletom de alguma banda indie que não conheço, acompanhado de uma saia de tamanho médio e All Star. A única coisa colorida são as pontas azuis do cabelo, que são retocadas religiosamente. Acho que nunca vi esse azul-marinho chegar perto de um ciano.

— Veio direto do *Sotero*, foi? — Ela enche a boca para falar o nome da minha escola, na tentativa de fazer alguma zoação. — E por que sua farda tá toda pintada?

— Trabalho de artes — minto, meio desanimado com a brincadeira.

Sei que no início Bela não foi muito com a ideia de eu trocar de escola, porém pensei que pararia de zoar minha decisão em algum momento. Entendo que ela acha engraçado o fator "engomadinho" e tal, mas não vou mentir que passou a me incomodar um pouco. De enfezado com o Sotero já basta eu.

— Entrou no Sotero e já desaprendeu até a pintar!

Reviro os olhos, dou uma risada para disfarçar e começo a andar em direção à entrada do shopping.

Como combinado, vamos almoçar por aqui para colocar o papo em dia.

Ela escolhe ir a um fast food para pegar um combo de hambúrguer, batata frita e refrigerante — dos que costumávamos comer quando vínhamos aqui —, e eu opto por um almoço um pouco mais saudável desta vez.

Segurando a bandeja que apoia minha massa ao molho de camarão e uma garrafinha de suco de morango, eu sinalizo com a cabeça para nos sentarmos numa mesa na extremidade da praça de alimentação.

— Tá ansioso pro São João? — pergunta ela, sentando-se à minha frente.

— Sempre — respondo, rindo. — Dizem que o Arraiá do Sotero nunca decepciona, inclusive.

— Hum. — Ela dá uma longa pausa em sua fala para terminar de mastigar um pedaço do hambúrguer. — Às vezes nem é isso tudo e ficam exagerando.

Mais uma vez, Bela querendo falar mal da minha escola... Tipo, eu posso reclamar porque estudo lá, mas ela, não.

— É, sim. Eu ouvi que o desse ano vai ser o maior de todos.

— E é, é? Por quê?

Desbloqueio a tela do celular, abro o cartaz de anúncio que fizeram para a festa e mostro para ela.

— "O mió arraiá de todos: ocê tá liberado pra chamá quem quisé!" — leio, provando meu ponto.

— Pode gente de fora da escola?

Ela coloca o hambúrguer na mesa, e eu acabo de perceber a merda que fiz.

Quer dizer, amo Bela com todas as forças, mas não acho que deixá-la conhecer as pessoas do Sotero seja uma boa ideia. Imagina se ela explana para Alex que tenho uma queda por ele desde o primeiro dia? Ou chega brigando com William falando sobre os BOs do fundamental, piorando ainda mais o climão entre a gente?

Não quero nem pensar na possibilidade de ela estragar minha reputação de nerd no Sotero.

E, para ser honesto, também não tenho certeza de como eu agiria no meio de todos eles. Qual versão minha eu deveria adotar? A espontânea e infantil do ano passado, ou a meio tímida, inteligente e relativamente centrada deste ano? Só tenho exercitado a segunda opção, mas sei que Bela me estranharia por completo, me zoaria ainda mais, e aí a confusão estragaria o que deveria ser pura resenha.

— Não sei...

Bloqueio a tela do celular e guardo no bolso.

— Tava literalmente escrito no negócio que pode gente de fora! — argumenta ela, confiante. — Pedro, eu vou!

— Ok...

Tento sorrir de volta e enrolo exageradamente o macarrão no garfo. Espero que não transpareça que estou muito desesperado.

— Você não quer que eu vá? — contesta ela.

Pelo visto, meu desespero transpareceu, sim.

— Oxe, claro que quero, só que agora vou ter que ser o *segundo* mais bonito da festa. Isso é injusto!

Cara, eu penso muito rápido.

— Não posso fazer nada! — diz ela, e ri de boca cheia.

Na segunda loja em que entramos para tentar achar algo legal, Bela corre direto para uma camisa quadriculada rosa-choque.

— Pedro, essa é perfeita pra você! — fala ela, empolgadíssima.

Sei que não estamos no século passado. A cor da camisa que eu uso não deveria nem ser uma questão. Mas também sei que não é bem assim que o mundo funciona.

— Amiga... — Ando em outra direção, analisando opções de camisa mais discretas. — Eu já disse que quero algo um pouco menos chamativo, sabe? Quero uma coisa mais normalzinha, deboinha...

— Mas aí não vai ter graça, Pedro! — Ela tira a camisa rosa-choque da arara de qualquer jeito. — Você quer chegar lá na festa e ficar, sei lá, igual a todo mundo?

— Eu quero ir bonito sem precisar chamar atenção. Apenas.

— Você já tá andando pra lá e pra cá com a farda toda pintada, fio.

— Mas isso é um negócio que outras pessoas também fazem — argumento. — Quantos outros meninos de quadriculada rosa-choque vão ter lá?

— Não importa. O que importa é que você vai estar um luxo — decreta ela, birrenta.

Mas é meio fofa também. Entendo o que minha amiga está tentando fazer.

Ela enxerga o Sotero da mesma forma que eu. Mas acontece que não está no meu lugar para entender que essa é uma luta que não vale a pena! Ter desabafado e saído em rolê com Alex e Liz — além do intruso do William — já foi demais. Preciso me recolocar no lugar de alguém que leva as coisas a sério. E eu não faço isso só pela aparência, só pelos meus colegas. É por mim. Pela minha mãe. Preciso me encaixar, pronto e acabou.

Foi legal que a gente tenha conseguido que nossos colegas pintassem as fardas, mas foi um movimento *geral*, sabe? Quando os professores descobriram, já tinham pelo menos três pessoas com as camisas daquele jeito em cada sala, por exemplo. E não importa se alguns ficaram chateados, uma vez que a diretoria precisou acatar o que a gente está fazendo.

Mas escolher uma roupa rosa-choque no meio de tantas outras opções diz demais sobre minha personalidade. Uma parte de mim que preciso deixar de lado, pelo menos pelos próximos dois anos e meio.

Talvez até antes disso. Quando eu estiver com o troféu de melhor delegado em mãos, talvez eu pense em usar rosa-choque. Por enquanto, fico na minha.

— Você acha que vou chegar lá em casa mostrando que comprei uma camisa dessas, Bela? — argumento.

— Ué! Sua mãe já não sabe que você é gay?

— Sabe — falo baixinho e checo rápido o perímetro em volta. — Mas você sabe que não é tão simples assim.

— Por quê? — Ela cruza os braços. Ainda segura o cabide com a camisa rosa-choque. — Por que não é tão simples assim?

— Porque não.

Ela fica com um semblante chateado. Não deve gostar de ver eu me limitando.

E eu também não gosto de me limitar. Mas é a vida.

Viro de costas e sigo analisando as camisas quadriculadas de cor cinza, azul-escuro, até que sinto Bela cutucando minhas costas.

— Segure.

Ela praticamente me obriga, então obedeço, sabendo que vou devolver à arara logo depois.

— Certo. Tô segurando pra você, né? — digo, na brincadeira.

— Nunca que eu visto uma coisa dessas.

— Oxe? É o feitiço contra a feiticeira, então?

— É diferente. Meu estilo é isso aqui. — Ela olha para baixo, chamando a atenção para a roupa preta que usa. — Já você, eu tenho certeza de que amou essa camisa.

Não discordo, pois Bela não está errada.

Olho para minha amiga, olho para a camisa e tomo coragem.

— Eu vou *provar*, tá?

— Isso!

Ela pula de alegria, batendo palminhas.

Pego uma das camisas discretas em que eu estava de olho e levo ambas para o provador.

De cortina fechada, apoio os dois cabides num dos espaços dedicados para isso e tiro a camisa de farda que uso. Já que estou sozinho e não preciso fingir nada para ninguém, não economizo na rapidez em abrir os botões para poder colocar a camisa rosa-choque, na ansiedade de ver como eu ficaria se a usasse.

Eu me viro de frente para o espelho e estou *deslumbrante*! Vejo meus olhos brilharem no reflexo, apaixonados pelo que veem, e abro um sorriso de ponta a ponta, ainda meio ofegante da maratona que foi me vestir na velocidade da luz.

Coloco a mão no bolso para pegar o celular e tiro um milhão de fotos para guardar a recordação de como fiquei a pessoa mais linda do mundo com esta roupa.

Entretanto, no meio do caminho, sinto um gelo no coração e um aperto no peito.

Então me vêm lembranças de uma cena que tentei apagar da minha mente.

Eu estava no oitavo ano, esperando o professor de História chegar na sala, conversando em pé com minhas amigas e congelando de frio por causa do ar-condicionado. Uma delas notou meu desespero e me emprestou seu casaco vinho de *Riverdale*, que eu amava. O casaco era icônico, mas eu nunca havia tido coragem de pedir emprestado.

Existia uma regrinha meio implícita na nossa dinâmica lá na escola. Eu era do grupinho das meninas, mas, ao mesmo tempo, não exatamente.

Se tinha algum trabalho em grupo para menos de cinco pessoas, eu era o membro a ficar de fora. Se elas iam ao banheiro no intervalo, eu, por obrigação, tinha que ficar de fora. Se os professores faziam uma dinâmica de "meninos *versus* meninas", eu precisava ficar contra elas.

Então todas as garotas do grupinho — inclusive Bela — já tinham usado o fatídico moletom, mas eu, mesmo sendo o fã número um da série na época, não tinha coragem de fazer parte daquilo.

Nesse dia, Jaqueline, a dona do casaco, o ofereceu para mim por livre e espontânea vontade. É óbvio que eu aceitei.

Nunca tinha ouvido nada conservador em relação a isso. Ninguém nunca me disse que "*Riverdale* é série de menina", ou algo do tipo. Então isso nem se passava pela minha cabeça — afinal de contas, era só um casaco para me proteger do frio.

Quando me vi usando o moletom e dando um passo à frente na minha relação com o grupinho, uma felicidade genuína tomou conta de mim. Em um piscar de olhos, saquei o celular e já estava posando para dezenas de selfies. Ninguém ligou.

Exceto por uma pessoa, que me observava do outro canto da sala, sem desviar o olhar.

Minhas fotos foram interrompidas por uma notificação de William no grupo da turma. A mensagem era uma foto minha naquele exato momento, com a legenda "Alguém chama o professor pra esse baitola escandaloso sentar logo kkkkkkkkk".

Murchei na hora. Não consegui responder nada de volta.

Ele mandou isso no grupo com todas as pessoas da sala.

Por mais que soasse engraçado para ele, me senti humilhado. Me senti humilhado por assistir a uma felicidade tão grande e genuína ser transformada numa vergonha.

Bela, mais uma vez, não deixou barato. Criou uma daquelas cenas em que quase pulou em cima do babaca, gritando para que ele apagasse a mensagem e parasse de me incomodar. Sempre fui grato por isso, mas a única coisa que me passava pela cabeça era o quão injusto o mundo era.

A magia daquele momento tão simples, feliz e descontraído desapareceu e deu lugar a mais um momento horrível.

E agora estou aqui. De novo me sentindo feliz com as roupas que estou vestindo, mas, desta vez, eu sei a real: *o mundo não funciona desse jeito.*

Tão decepcionado quanto estava empolgado segundos atrás, tiro a camisa e devolvo para o cabide. Visto a farda, abotoo até em cima e entrego a camisa rosa-choque para a atendente, indicando que não vou levar.

— Não vai levar a camisa? — pergunta Bela, que me espera na saída do provador.

Seu tom é claramente de decepcionada.

— Não. Não gostei do modelo — respondo, seco, e mostro a camisa cinza em minhas mãos. — Vou levar essa daqui.

19. ARRAIÁ

Finalmente. Paz.
Chegamos no arraial do Sotero.
Eu e Bela descemos no ponto de ônibus após um longo percurso com ela martelando no meu ouvido que estava "demorando demais para chegar". Não cansa de dizer que não entende o motivo de eu pegar dois ônibus e um metrô todos os dias, quando posso apenas estudar num lugar que fica a uma caminhada de distância. Mas, pela expressão de choque dela ao ver a fachada do meu colégio, concluo que agora já sabe um pouquinho o "motivo".

— É aqui que você estuda?
— Aham... É imenso, né? Eu nunca vou esquecer do primeiro dia. — Sinto um arrepio só de me lembrar da sensação de estranheza. — Parecia que eu estava entrando num shopping, sei lá.
— Tá mais pra aeroporto! — Os olhos dela não desgrudam do prédio. — Eu achava que você estava exagerando

quando dizia que era o "Elite Way" de Salvador. Só que se tirar esse letreiro com o nome da escola e colocar "EWS" no lugar — ela desenha as aspas no ar —, qualquer um acredita.

Isso me arranca uma risada.

À frente, reconheço o rosto de alunos das outras turmas se preparando para atravessar a rua. Corro para segui-los e chamo Bela, que vem logo atrás de mim, meio confusa.

É curioso ter que identificar meus colegas do colégio pelas caras e não pela farda. Desta vez, estão todos usando roupas diferentes. Alguns vestidos com peças xadrezes, como o esperado, e outros fugindo um pouco do consenso de *dress code* para uma festa junina. Mas, como temos o mesmo lugar como destino, nos amontoamos na calçada, esperando o sinal seguinte abrir.

— Não deve ser difícil fazer amigos por aqui, né? — comenta Bela, olhando ao redor. — O tanto de gente pra...

— Pedro!

Ouço a voz de Alex, que corta a fala de Bela, gritando ao longe, como sempre. Abro um sorriso assim que identifico o rosto dele do outro lado da faixa de pedestres.

Obviamente irritada por ser interrompida, Bela segue atrás de mim quando o sinal fecha para os carros, que param para atravessarmos.

— Você tá...

Perco qualquer linha de raciocínio ao ver Alex.

Está vestindo uma camisa xadrez azul-ciano, da cor da tinta que jogou em mim naquele dia na sala de arte. Com certeza escolheu uma peça *oversized* para ficar ainda mais estiloso. Está usando uma calça branca, que traz ainda mais leveza ao look. O sapato também é branco, mas customizado com os desenhos coloridos incríveis que ele faz.

Para fechar, o cabelo está recém-cortado, deixando o mullet perfeitamente alinhadinho, do jeito que amo.

— Lindo! — A voz dele me traz de volta ao presente. Alex está sorrindo e me olhando de cima a baixo. — Você tá lindo!

— É! E você também! — completo, afinal é tudo que consigo falar.

Bela, de braços cruzados ao meu lado, pigarreia. Está encarando Alex com um olhar julgador. Ele, que é sempre uma pessoa muito querida por todos, deve até estar estranhando. Para mim, vindo de Bela, isso não é nada novo. Nunca vi alguém para ter tanto ciúme. Na época do fundamental, se eu ousasse ter alguma amizade minimamente próxima do nível da nossa, teria que lidar com olhares tortos e tratamentos de silêncio.

Mesmo assim, eu preferiria ser mais próximo dela do que de qualquer outra pessoa.

Agora, fico para morrer quando meus mundos se chocam. As partes da minha vida funcionam separadamente, mas *apenas* separadamente, entende? Cada um no seu quadrado.

Sentia uma angústia sempre que algum amigo ia lá em casa e precisava interagir com minha mãe. Ou quando minha mãe ia numa reunião da escola e fazia questão de conversar com meus professores.

Depois da última vez que passei por isso, com William na minha casa para fazer o trabalho do CRI, não esperava ter que lidar com minha melhor amiga da escola antiga dando de cara com meu melhor amigo da escola nova.

Mas acho que preciso ignorar essa vergonha e apresentar os dois, porque quanto mais ficarmos em silêncio olhando uns aos outros, mais constrangedora vai ficar a situação.

— Alex, essa é Bela... — digo, olhando de um para o outro.
— E eu sou Alex!
Ele se adianta, me ajudando a quebrar o gelo da situação.
Alex se aproxima para um abraço, mas Bela estende a mão para cumprimentá-lo de um jeito muito formal, o que obviamente o deixa um pouco surpreso.
— Prazer! — diz ele, em um tom mais grave e reverente, brincando.
Amo como Alex sempre consegue dar um jeito de evitar momentos constrangedores. Acho que ser o líder da turma, queridinho dos professores e membro do grêmio estudantil deve ter ajudado a desenvolver essa capacidade fenomenal de improvisação para lidar com as pessoas. Ele é imune à vergonha.
Ainda vou pedir algumas aulas para Alex. Talvez assim eu consiga abordar *aquele assunto* com minha mãe...
— Vamos nos juntar ao evento, caros amigos? — pergunto, dando continuidade à brincadeira dele e me sentindo um pouco mais tranquilo.
Nós três entramos na escola, mas o caminho leva mais tempo do que o esperado, porque Alex para a cada trinta segundos para cumprimentar algum conhecido. Normalmente, quando passamos os intervalos juntos, isso não acontece, já que a gente sempre opta por se sentar em algum canto mais reservado e foca demais na nossa conversa para prestar atenção no que está rolando em volta. Hoje, como é uma festa e todo mundo pode até chamar gente de fora, acredito que não vai funcionar bem assim.
Adoro o jeito vereador dele de ser, mas não vou mentir que me sinto um pouco apreensivo. Será que eu sou só

mais um entre os milhares de amigos dele? Será que tenho a mesma importância de um desses aleatórios que o param para cumprimentar por poucos segundos? Será que ele já quis beijar essa galera também?

Mas não tenho muito tempo para ficar remoendo minhas inseguranças, porque minha atenção é redirecionada assim que passamos pela catraca da entrada.

O terceirão que organizou essa festa está muito de parabéns! Cobraram trinta reais de cada aluno para produzir tudo e ajudar no valor da formatura — até onde entendi, é tradição por aqui —, e pelo visto, fizeram valer cada centavo.

Somos recebidos com as famosas músicas de São João tocando no último volume nas caixas de som posicionadas no palco. O pessoal me contou que, para estas ocasiões, eles sempre deixam um espaço preparado na área da cantina, onde a festa se concentra.

Há fogueiras feitas de papelão e celofane espalhadas pelo chão; as paredes estão cobertas de cartazes com trocadilhos divertidos envolvendo a data; e o teto é tomado por bandeirolas verdes, vermelhas, laranjas, azuis, pretas e amarelas. Tudo isso é apenas um cenário para diversas atrações, como a galera da quadrilha, que se prepara para se apresentar mais tarde, e a "barraca do abraço" — mais uma tradição do colégio, uma vez que eles atestam que não temos idade o suficiente para beijar.

Inocentes.

Uma barraca do beijo faria muito sucesso aqui.

Mas tirando essa pitada levemente compreensível de conservadorismo, nunca vi o Sotero como hoje. Nem depois que alguns alunos toparam usar as fardas coloridas no dia a dia. Hoje tem muito mais cor, mais luzes, mais movimento, mais alegria... A música está até mais alta do que nos raros intervalos nos quais ligam as caixas de som. Quando presto atenção nos rostos das pessoas, percebo as expressões de felicidade. O pessoal está realmente aproveitando a festa e o fato de a escola — quase sempre tão chata — estar vibrando de cor e animação. Espero muito que isso não acabe por aqui.

— Gostou? — pergunta Alex, entusiasmado.

Ele morde os lábios e segura as duas mãos atrás das costas, como quem está se segurando para dizer algo.

— Amei, véi! — respondo, tentando falar mais alto que o som. — Lembra do que eu disse na sala de arte aquele dia? Era disso que eu tava falando, cara!

— Eu sei... — diz ele no meu ouvido, e abre um sorriso de ponta a ponta que espelha o meu. — Liz e eu meio que convencemos a diretora a deixar os próprios alunos fazerem a decoração dessa vez. Nos outros anos, eram os funcionários que colavam umas bandeirolas pequenininhas nas paredes e achavam que estavam arrasando. Mas a diretora percebeu que as fardas coloridas foram massa pra algumas pessoas por aqui, tanto que toda hora aparece mais alguém de farda pintada. Daí ela deixou o povo decorar a festa também. — Ele sai de falar no meu ouvido para ficar de frente para mim, com o rosto ainda perto do meu. Suas mãos estão nos meus ombros. — Você é especial, Pedro.

Esquece as inseguranças de segundos atrás! Ele está muito na minha!

— Pedro, véi... — Bela interrompe nosso momento, quebrando um pouco o clima. — Não olha agora, mas William tá chegando bem atrás de você.

Meu coração vai de quentinho para congelado em segundos.

Respiro fundo.

— Vish, amiga... — Reviro os olhos só de ouvir o nome do babaca. Entretanto minha felicidade precisa prevalecer. Não posso deixar que o que eu comecei aqui morra. — Lembra do que a gente falou, né? Vamos ignorar pelo bem da nossa tarde, e se ele chegar com qualquer gracinha, a gente dá uma dançada, finge que precisa "ir ali" por algum motivo, sei lá, só inventa qualquer coisa pra se picar.

— Por mais que eu queira pular na cara dele — diz ela, com uma voz mais agressiva, enquanto olha para o babaca com todo o ódio do mundo —, eu vou confiar em você. Vou *tentar* ignorar ele.

Vejo nos olhos de Alex a surpresa ao perceber que a "implicância" com William não é algo só meu.

— Eu topo salvar vocês fingindo que tô passando mal de bebida — comenta ele, dando uma risadinha.

Eu retribuo com uma cara de desdém. Alex já me disse que cuspiu tudo na única vez em que tentou tomar um gole de bebida alcoólica.

— É uma boa mentira, pô. Meus colegas trouxeram licor na garrafinha.

Ele aponta para um grupinho que está, de fato, rindo à toa até demais.

Nós soltamos altas gargalhadas — inclusive Bela. Talvez hoje não seja tão ruim assim.

20. INTENÇÃO

*E*stou aliviado... até certo ponto.
Trazer Bela para o Sotero, afinal, não está sendo tão ruim quanto eu imaginava. Eu, ela e Alex estamos meio que formando um triozinho na festa. Aquela pose malvadona de Bela do início está caindo por terra, por mais que faça de tudo para resistir ao carisma do meu novo amigo. Ela faz uma cara feia toda vez que ele me puxa para dançar forró, mas, no fundo, deve nos achar fofos demais.

Eu, pelo menos, nos acho fofos demais. Mesmo sem saber dançar forró e morrendo de medo de chamar atenção quando ele me faz topar uma coisa dessas.

Além disso, ser amigo de Liz, que é da organização, está nos ajudando pra caramba! Apesar de ficar andando de um lado para o outro como uma barata tonta para resolver os problemas que aparecem, ela consegue tempo para nos avisar previamente quando vão repor a comida nas barracas. Quando ela chama, a gente se posiciona no lugar certo e na hora certa, como se não fosse nada, mas prontos para atacar. De milho a mungunzá (que não é a mesma coisa que canjica, que fique claro), estamos comprando e comendo de tudo! Vamos falir!

Entretanto, como a vida não é um morango, fugir de William tem ficado cada vez mais difícil. Ele já chegou no nosso grupinho umas cinquenta vezes tentando puxar conversa, e nós estamos ficando sem criatividade para inventar formas de dar o fora. O chato parece estar com alguma dificuldade para entender que o motivo por que a gente quer ir ao banheiro mais distante dele não é porque estamos apertados.

Incrível como quem é inconveniente *nunca entende que é inconveniente*.

— Atenção, todo mundo! — A voz grave do professor de Música soa nas caixas de som, o que atrai os olhares de todos no local. — É hora da famosa... — os professores de Dança e Teatro rufam os tambores — Quadrilha do Terceirão!

O colégio inteiro vai à loucura.

Todos os alunos de segundo e terceiro ano parecem saber de algo que nós, novos no ensino médio, não sabemos. São gritos, palmas, batuques e correrias para todo lado.

Ainda confuso e pego de surpresa, sinto um aperto na mão e percebo que é Alex me puxando. Desta vez não é para dançarmos, mas para corrermos em direção ao local onde a famosa "Quadrilha do Terceirão" vai se apresentar.

No meio da confusão, perco Bela de vista.

Mas Alex faz o pensamento evaporar em um segundo.

Tem algo de diferente nele hoje. Algo nas nossas mãos se tocando me mostram... intenção. Como no dia em que fomos à Ribeira.

Conseguimos pegar um lugar perfeito, bem no meio da primeira fileira — se é que posso chamar isto de fileira. Na verdade, está mais para vários alunos amontoados no chão, se empurrando até conseguirem enxergar algo do palco, que é uma área delimitada por fitas coloridas no piso.

Ao olhar para cima, vejo todos os três andares da escola tomados de gente querendo assistir à quadrilha. Nas escadas e nos corredores, cria-se uma imagem incrível com todo mundo grudado atrás das redes de proteção.

Não demora muito até começarmos a ver os dançarinos saindo do canto e se colocando nas posições para a performance.

Alex, com um sorriso imenso no rosto, e eu, que concentro todo o entusiasmo nas batidas aceleradas do coração, damos gritinhos agudos que colocariam Ariana Grande para chorar no banho. Os outros alunos também fazem barulho, só que não brilham como a gente, óbvio.

Alex provavelmente percebeu que, com os gritos, criou uma expectativa estratosférica em todo mundo que está assistindo à gente, e agora se empenha em *me* animar ainda mais. Segura meu rosto com as duas mãos (!!!!), se aproxima um pouco, o que o deixa ainda mais próximo do meu rosto do que mais cedo, olha no fundo dos meus olhos e dispara:

— Se. Prepara.

Num timing que parece combinado, o professor de Música dá play na trilha da quadrilha. É "Pagode russo" na versão de Mastruz com Leite.

No segundo em que as meninas giram com as saias rodadas extravagantes e os meninos jogam os confetes que escondiam nos bolsos de suas camisas, eu entendo toda a aclamação.

Eles são realmente *muito* bons. Está tudo *muito* bonito.

Para uma escola tão monótona, me impressiona o fato de todo mundo estar tão animado e ter se dedicado tanto a uma festividade mais artística, menos quadrada. Com certeza foi por isso que Alex trabalhou para conseguir que a decoração ficasse pronta em tão pouco tempo. Parece que todas as pessoas envolvidas estavam apenas esperando a oportunidade de extravasar um pouquinho.

E a oportunidade chegou. Está tudo decorado e a quadrilha dança a terceira música do remix. Os meninos fazem passos de dança e brincam com os chapéus de palha, e as meninas logo tomam a frente logo em seguida, nos surpreendendo ao misturar as músicas de forró a "Show das Poderosas", de Anitta.

Eu e Alex não sabemos se rimos, batemos palmas, ou os dois.

Depois da apresentação assustadoramente perfeita, com muita cor, coreografias animadíssimas e gritos da plateia, consigo apenas pensar que o Sotero *pode* ser mais assim. O Sotero *quer* ser mais assim.

Essa foi a mensagem principal que captei da apresentação — mesmo que ela tenha terminado com uma versão bem machista do clássico casamento na roça...

Mas tudo bem. Um passo de cada vez, né? Quem sabe um dia não fazemos um plot twist em que a noiva se apaixona pela cunhada, sei lá.

— Véi, que incrível... — falo, ainda contemplando e processando a beleza da arte a nossa frente. O cenário, os figurinos dos participantes... tudo. O terceirão arrasou demais.

Parte minha fica feliz com o que acabei de assistir e a outra fica apenas chateada por saber que não vou poder participar de coisas assim durante meu tempo no Sotero. Merda de foco.

Mas hoje é festa. Hoje é felicidade. Não quero ficar triste.

— Que bom que você gostou, Pê.

Alex repousa uma das mãos na minha, como quem quer me pegar e levar para outro lugar novamente.

Retribuo com um sorriso, sem tirar os olhos dele.

A música ainda não voltou a tocar, então só dá para ouvir o barulho de conversa e confusão das pessoas levantando e andando pelo espaço.

Nós continuamos sentados e olhando um para o outro, ainda sorrindo.

— Pê, bora ali atrás da barraca do abraço? — pergunta Alex, depois de um tempinho, rápido demais e semicerrando os olhos.

Tenho certeza de que falou o mais depressa que conseguia só para não ter tempo de desistir.

Meu coração gela. E ao mesmo tempo bate mais rápido.

A barraca do abraço pode ser uma invenção brega do Sotero, mas fiquei sabendo que o que acontece ali atrás é outra história.

E ele está me chamando para ir até lá. O que isso significa? Preciso dar uma resposta logo.

Pensa. Pensa. Pensa.

— Oxe, mas a gente se abraça todo dia — respondo, soltando uma risada sem graça.

Talvez eu esteja sendo um pouco sonso. Talvez eu saiba, desde que nos encontramos hoje, que ele está interessado em algo a mais. E talvez eu não tenha me esforçado para deixar claro que *não* vai rolar. Mesmo que eu também esteja interessado em algo a mais. Mas talvez não seja nada disso também. Talvez ele entenda que, por mais que eu queira, *não devo*.

Antes de entrar no Sotero, prometi a mim mesmo que não me envolveria com nada que não fosse estritamente acadêmico. Que não teria nem tempo de conversar com as pessoas. Então fazer amigos e engajar nessa história de pintar as fardas já é desafiar muito os limites. Pensando bem, eu nem deveria estar *aqui*, nesta festa.

Preciso colocar na minha cabeça que ter algo com outro menino, logo no lugar que deveria corrigir esse meu erro do passado, é passar demais da linha... *certo*? Eu não deveria gostar da ideia de dar um beijo nele neste exato momento... *certo*?

— Verdade. Desculpa. Nada a ver.

Ele solta minha mão e corre ainda mais com as palavras, desta vez parecendo perdidamente arrependido.

— Não! — interrompo e agarro a mão dele de novo. — Não é nada a ver, não. Bora.

Aceno positivamente com a cabeça.

É oficial. Eu odeio minha impulsividade.

Mas amo também.

Ele é lindo. Não dá.

— Certeza? — Ele inclina a cabeça, levemente desconfiado da minha súbita mudança de ideia. — Você explicou sobre suas coisas lá na Ribeira e eu entendo completamente se você...

— Alex — digo.

Olho no fundo dos olhos dele, aceno minimamente com a cabeça e respiro fundo, esperando que entenda que estou tendo um pico de coragem. Um momento muito provavelmente passageiro em que eu não estou pensando como pensava no dia da Ribeira. Um momento em que meus desejos sobressaem às minhas obrigações.

— Levanta aí, vai — peço.

Nós nos erguemos e eu sinto as pernas tremendo um pouco. Eu nem sabia que era possível me sentir tão nervoso.

Ao mesmo tempo, estou com ele. Estou de mãos dadas com meu melhor amigo. Que também não me parece mais tão melhor *amigo* assim. Mas de um jeito bom. Ele me traz paz neste momento de caos mental. É um paradoxo. Estou nervoso por causa dele, porém é ele quem me acalma.

Esquisito.

Nunca me senti assim em relação a um garoto. Nem daqueles de quem eu gostava.

— Por isso eu vou na sala dela, iá — cantarola ele, no ritmo de "Esperando na janela", de Gilberto Gil.

— Essa não é a letra…

Ele para no meio do caminho, dá dois passos para trás e aponta para a parede.

— As frases dos cartazes não mentem!

— Puts, contra fatos não há argumentos — digo, mas está difícil até de dar risadinhas.

— Então… — Ele volta a andar. — Aqui é a barraca "do abraço".

Alex desenha as aspas no ar.

O lugar fica ao ar livre, dividindo a parte comum da escola de uma área verde a que quase ninguém vai. Mas, durante a festa de hoje, notei uns mil casais chegando para cá.

— E aqui deve ser a barraca do abraço alternativa...

Por incrível que pareça, o lugar está, convenientemente, vazio agora. Acho que a galera toda foi atraída pela quadrilha e terminou dispersa.

— Isso aí... — responde ele, soando nervoso.

Nós dois nos encostamos na parede branca, lado a lado, olhando para a vegetação que rodeia o Sotero e que é protegida com uma rede grande e resistente. O espaço entre a rede e a parede em que nos encostamos não é dos maiores. Raios de sol fortes batem na gente e eu observo o cabelo suado de Alex, que é resultado de muita dança e entusiasmo até agora. É fofo.

Ele me lança muitos olhares tensos, mas mal consegue se fixar num ponto. A cabeça dele deve estar a mil. Assim como a minha.

Acho que nós dois sabemos o que estamos prestes a fazer.

E isso me faz perceber que talvez não seja apenas um pico de coragem.

No percurso até aqui, vendo aquela decoração linda e cheia de vida, só consegui pensar na mobilização que ele criou para que eu me sentisse mais em casa. E como me sentir em casa é melhor do que a pressão de "me encaixar onde eu devo".

Agora olho para ele e o percebo nervoso. Talvez mais nervoso que eu.

— Tá tudo bem? — pergunto.

Alex permanece em silêncio, mas concorda com a cabeça.

Nossos rostos se aproximam numa distância ainda mais próxima que nas situações de mais cedo.

Agora nossas intenções são ainda mais claras.

— Pedro, se você não quiser nada, tá tudo bem, tá? Eu entendo se for melhor não fazermos nada por causa da sua...

E eu o beijo antes que Alex continue com qualquer paranoia.

Seguro o rosto dele com as mãos e faço nossas testas se encostarem. E é só então que percebo o *quanto eu quero isso*.

Sei que prometi a mim mesmo no início do ano que não me envolveria com ninguém. Que não me apaixonaria por ninguém. Mas isso foi antes de eu conhecer Alex. Antes de entender que posso encontrar pessoas incríveis mesmo na situação mais difícil que já tive que enfrentar.

Nosso beijo encaixa como se já tivéssemos praticado inúmeras vezes.

Eu não queria ter que abrir os olhos nunca mais.

Mas ouço gritinhos ao longe. Gritinhos que vêm exatamente na nossa direção. Então tenho o reflexo de me atentar ao que está acontecendo.

É William... com Bela?

Meu Deus do céu! Eu esqueci completamente de Bela!

Mas o que ela está fazendo andando com o babaca? *O que eles estão fazendo me vendo beijar Alex?*

Meu coração vai de quentinho para gelado.

Eu realmente não deveria ter aberto os olhos.

21. RÉFRI

Não é possível que isto esteja acontecendo de novo comigo.

Não é possível que eu não consiga beijar um garoto em paz.

Primeiro minha mãe, e agora Bela e William são incapazes de me permitir viver esse momento sozinho com Alex.

Sei que a praia e a escola são lugares públicos, mas são o que tenho.

Odeio não ter nem a possibilidade de ser como aqueles casais que visitam a casa um do outro na maior naturalidade.

— Que merda é essa?! — digo, pensando alto.

Pelo jeito, Alex, que está grudado em mim e de costas para os dois, fica confuso. Ele se vira para olhar na mesma direção que eu, e a interrogação na cabeça dele provavelmente cresce ainda mais. Quando percebe, já estou indo em direção aos dois, projetando a voz para que consigam me ouvir com clareza por cima da música alta.

— Bela, o que é que você tá fazendo com esse nojento?! Quer dizer, o que *vocês dois* estão...

Alex vem logo atrás de mim e me dá a mão. Encaro isso como um sinal de que eu não deveria ir falar com eles com tanta raiva transparecendo nos meus olhos. Eu aperto a mão dele de volta rapidamente, indicando que, por mais que eu queira muito, não vou dar uma voadora no babaca aqui e agora.

Aqui e agora. Mas quem sabe em breve?

— Pedro, a gente precisa conversar — diz Bela, séria.

— É, véi! Tô tentando o dia todo falar com vocês! — exclama William, tentando imprimir um tom de estresse na voz... enquanto segura um copo de refrigerante tranquilamente.

Que fingidor!

Além disso, o que está acontecendo? Quem tem motivo para estar estressado sou eu.

— Que "conversar" o quê, cara! — Aumento o tom de voz. — Vocês estavam literalmente assistindo...

— Você não me perdoa nunca, Pedro — interrompe William, fingindo uma reclamação mais uma vez.

Eu me impressiono com a audácia de trazer esse assunto de novo. Achei que, naquele dia no meu condomínio, tivesse deixado claro que não quero conversar sobre isso.

— Perdoar *como* se você nunca me pediu *desculpa*, inferno! — retruco.

O ódio está tomando conta de mim.

Ele tenta dizer mais alguma coisa, mas tem sua fala atravessada por Bela antes de emitir a primeira sílaba.

— Foi por isso que você me deixou sozinha na festa? — Bela muda o rumo da discussão, apontando para mim e Alex. — Eu achei que hoje fosse um dia nosso. Pra gente passar junto.

— Olha quem fala! — Aponto para os dois traíras do Souza Marquês. Também deixo uma risadinha escapar durante a frase, de tão doida que é a situação. — Vocês tão andando juntos assim *por quê*?

— Sem você, ele é a única pessoa na festa que eu conheço.

— Ah, valeu pela consideração... — comenta William, arriscando uma brincadeira.

— Cala a boca!

— Cala a boca!

Eu e Bela falamos juntos.

— Pedro — retoma Bela —, você nunca ouve as pessoas, cara! Olha quanto tempo a gente demorou pra conversar por mais de cinco minutos desde que você entrou nessa merda de escola! Quanto tempo a gente demorou pra se ver de verdade. E toda vez que a gente conversa, é pra falar de *você*, véi! Na verdade, eu até entendo direitinho como isso acontece. Se minha mãe fosse burguesa e pudesse pagar por tudo isso aqui — ela gesticula com as mãos, indicando todo o espaço a seu redor —, talvez eu esquecesse dos meus amigos de verdade também. Aliás, se conseguisse *falar* com minha mãe agora eu já estaria feliz. Ou se tivesse algum amigo de verdade...

O clima, que já estava pesado, piora. Sinceramente, não tenho a mínima ideia do que ela está falando. Que história é essa de não conseguir falar com a mãe? E de não ter amigos? Deve haver uma interrogação imensa estampada no meu rosto.

— Eu achei que a gente fosse amigo, Pedro. O problema é que agora você só quer saber de... — Bela não termina a frase.

Ela olha para Alex. A mensagem fica clara para todos nós.

— Gente, vamo com calma. — Alex olha em volta e tenta amenizar o clima. — Acho que não é hora de brigar. A gente vai começar a chamar atenção.

— Eu não quero mais ter "calma", não! — responde William, parecendo se ofender profundamente com a sugestão. — Já tive calma o ano todo, já!

Normalmente, com medo de atrair pessoas para onde estamos, eu me conteria e preferiria seguir o plano de Alex de conversar com calma, num contexto particular. Mas concordo um pouco com William em resolver as coisas aqui mesmo.

Se ser observado nos meus momentos mais vulneráveis virou minha marca, o que custa chutar o pau da barraca, não é mesmo?

— Você quer discutir pra valer, William? Então vamos discutir. — Eu solto a mão de Alex e vou chegando cada vez mais perto do mentiroso. — "Calma o ano todo" quem teve que ter fui eu, meu filho! Eu me matriculei aqui só pra provar que consigo fazer alguma coisa que preste nessa vida, mas, desde o primeiro dia de aula, tenho sido obrigado a reviver e remoer momentos que vocês sabem que foram horríveis pra mim.

Estou falando para Bela e William ao mesmo tempo. Dando bronca mesmo.

E tentando segurar o choro.

Estranhamente, tirar essas palavras de dentro de mim e deixar a emoção fluir vai me deixando mais seguro.

— Você sabe que me fez mal, William — falo, olhando no fundo dos olhos dele. — Por que você nunca me deixa em paz?

— Eu... — começa William.

— Na verdade — interrompo —, por que você não começa por agora?

— Pedro...

Ele se aproxima de mim.

— Some daqui, William! — grito.

— Vamos conversar...

— Some daqui, homofóbico do cacete!

Pego o copo que ele segurava e jogo todo o refrigerante gelado na cara dele, sem deixar uma gota restante sequer.

E ainda preferiria que fosse o licor dos meninos do terceirão.

Se antes essa discussão tinha a possibilidade de passar batida, agora não tem mais.

Acho que vi uns alunos aleatórios passarem por aqui enquanto brigávamos, mas eles provavelmente não prestaram atenção, já que ninguém ficou parado em volta. Por outro lado, várias pessoas se aproximam agora. Estão correndo até aqui.

Infelizmente, não me sinto o rei que achei que me sentiria após humilhar William dessa forma. Ainda acho que ele mereceu, e bastante, mas, para ser sincero, não estou feliz. Na verdade, não é nem nisto que penso. Ele está todo molhado na minha frente, com o cabelo pingando e os olhos fechando com os cílios pesados, porém só consigo pensar nas coisas que Bela falou há pouco mais de um minuto. Sobre não ter amigos e estar brigada com a mãe.

Será que minha amiga estava precisando de mim esse tempo todo e eu não percebi?

— O que está acontecendo aqui?!

Diogo, um dos funcionários de segurança, aparece no meio do clarão que se formou com nossa briga.

— Você e você, para a Central do Aluno! Agora! — diz ele, apontando para mim e para William.

Estamos ferrados.

Aqui estamos. Eu, William e Diogo, de frente para a Central do Aluno.

Mas a porta está trancada.

E eu nunca fui tão grato pelas forças maiores, se é que elas existem.

— Ela não veio hoje mesmo? — pergunta Diogo para alguém através do rádio comunicador.

Ele recebe uma resposta, mas acho que só alguém com superpoderes entenderia o que a pessoa fala atrás dessa qualidade de áudio horrível.

— Certo. Vou resolver com eles aqui.

Ele tem *mesmo* superpoderes.

Se eu tenho algum, é o de ficar paralisado. Apenas o observo e espero ansioso pelo momento em que vamos dar o fora daqui.

— É o seguinte: Mônica, a coordenadora, não veio hoje porque, teoricamente, era um dia em que ela não trabalha — explica Diogo. — Era pra ser só diversão.

Ele olha em direção à festa que acontece lá embaixo, como se insinuasse que preferiria estar lá aproveitando a festa, em vez de ter que lidar com dois briguentos.

Daqui, ainda dá para ouvir a música soando nas caixas de som. Mas de que adianta se não podemos dançar, né?

Diogo pigarreia, se vira para mim e adota uma voz grave e autoritária ao perguntar:

— Você jogou refrigerante nele, foi?

Seu tom não é assim no dia a dia, mas creio que ele precisa ter um porte mais intimidador neste momento.

De alguma forma, mesmo que, no fundo, eu saiba que Diogo está fazendo um certo teatro, sinto o coração acelerar. Fico nervoso só de pensar no problema em que me enfiei.

Por mais que eu manifestasse toda a minha energia de extrovertido na escola até ano passado, nunca tive o costume de me envolver em problemas dessa forma. Muito menos em problemas em que *eu* sou o culpado.

Respiro fundo, pronto para confessar.

— Eu que derramei em mim mesmo — diz William, antes que eu me pronuncie.

É a primeira vez que tenho coragem de olhar para a cara dele desde que joguei o refrigerante.

Ele está de braços cruzados, encostado na parede, sem transparecer grandes apreensões. Certeza que é porque está acostumado a situações como esta.

— Como é? — pergunta Diogo.

— É. A gente tava discutindo, eu me alterei e esqueci que tava com o copo na mão.

Agora Diogo também cruza os braços.

— Isso é verdade? — pergunta para mim.

— Pode até puxar as câmeras — reforça William.

Tento não arregalar os olhos com a audácia.

É como se estivéssemos em um dos debates do CRI, em que precisamos soar mais confiantes do que realmente estamos.

— Não vai ser preciso. Só quero entender porque vocês começaram essa briga.

— É um assunto pessoal. Eu não sei se a gente deveria falar — explico.

Tento seguir a onda de argumentação, falando o mais firme que posso.

Diogo dá uma leve revirada de olhos. Fica óbvio até demais que não está a fim de ficar apartando briga de adolescente quando deveria estar comendo mais pamonha.

— É o seguinte... — fala ele, depois de alguns segundos em que só ouvimos a música da festa no fundo. — Saibam desde já que vocês vão voltar pra Central do Aluno assim que as aulas voltarem, depois do recesso.

Assentimos com a cabeça.

Infelizmente.

— E que vocês também já podem ir voltando pra casa agora.

Olhamos para ele, confusos.

— Ué! Vocês acharam que iam voltar pra festa, é? — fala ele, dando risada da nossa cara.

Ouço um muxoxo de William.

Mas, para ser honesto, nem faço essa questão de continuar aqui mesmo.

Pelo visto, em casa ganho mais. Sempre.

22. AMARGOSA

Comunicado — Colégio Sotero

Prezados familiares e estudantes,

Formalizo aqui a convocação de Pedro Costa Oliveira e William dos Santos Paixão para a Central do Aluno, devido ao incidente ocorrido na festa de São João da escola.

É obrigatória a presença de ambos no primeiro horário do dia 08/07, quando voltarmos às aulas após o recesso.

Responsáveis, por favor, responder a este e-mail com a confirmação de que receberam o comunicado e asseguram as presenças dos alunos, na data e no horário informados.

Atenciosamente,
Mônica Ferreira

Que eu teria que comparecer na Central do Aluno assim que voltássemos do recesso, eu já sabia. Diogo tinha nos informado. Mas eu não fazia ideia de que iríamos receber um *e-mail* sobre isso.

No Souza Marquês, as brigas se resolviam na secretaria mesmo e ficava tudo bem, sabe? Não tinha noção de como as coisas no Sotero poderiam tomar uma proporção tão maior. Ou talvez isso seja apenas comum em qualquer escola de ensino médio...

De qualquer forma, fico muito nervoso ao ver as consequências de uma ação que tomei por impulso.

Meu coração gela quando vejo a notificação na tela do celular, gela mais ainda quando leio o conteúdo da mensagem e quase sai pela boca quando noto que não sou o único destinatário. Leio meu endereço de e-mail acadêmico ao lado do de William... mas há mais pessoas em cópia. O aplicativo não deixa que eu leia tudo de vez, então disponibiliza a opção "ver mais", que me dá um frio na barriga por si só.

Imagino exatamente o que me espera, mas não queria ter que lidar com isso agora. Essa é daquelas situações que não posso fingir que não existem. Ou encaro de frente, ou viro um saco de pancadas do universo.

Quando aperto, recebo a confirmação do que tinha previsto. E é meu fim.

Em cópia, estão os e-mails das nossas mães.

rose_costa@hotmail.com e *marciasantos1703@gmail.com* — sim, minha mãe ainda usa esse domínio jurássico e a mãe de William é das que usam mil números no endereço de e-mail.

Releio o mesmo texto praticamente dez vezes para confirmar que minha mãe não precisa comparecer comigo na Central do Aluno e tomo uma decisão um tanto quanto drástica.

Momentos de desespero exigem medidas desesperadas. Por sorte, estou no carro com minha mãe quando recebo a bomba. Ela está dirigindo tem umas duas horas e provavelmente não vai pegar o próprio celular tão cedo, já que estamos num dos eventos canônicos na vida de muitos nordestinos, que é ir para o interior comemorar o São João com toda a família — não estou nada feliz com isso, mas esse é um problema para quando chegarmos lá.

No momento, ela estar com os olhos na estrada é realmente muita, mas muita sorte.

— Mãe, meu sinal tá horrível — falo, usando uma voz de sonso que não sabia que tinha dentro de mim. — Posso rotear do seu?

— Vá, mas não é pra ficar assistindo um monte de vídeo não, viu? Isso acabou com meu plano de dados da última vez.

Então pego o celular dela, desbloqueio com a senha que eu mesmo ajudei a configurar no dia em que comprou... e não me orgulho do que estou prestes a fazer. Mas é isso. Ou me defendo, ou toda a imagem de menino certinho e estudioso que construí durante o ano vai por água abaixo. E a real imagem vem à tona. A imagem da decepção que sou para ela.

Abro o aplicativo de e-mail, identifico o comunicado do Sotero e começo uma resposta.

Rose Costa

Bom dia, caros, tudo bem?

Agradeço pelo comunicado e afirmo que tomarei as devidas medidas em casa. Também confirmo que meu filho, Pedro Costa

Oliveira, estará presente na Central do Aluno no primeiro horário do dia 8, assim que as aulas voltarem.

    Atenciosamente,
    Rose

Finalmente as aulas do CRI estão servindo para alguma coisa. Acho que esse é o e-mail mais formal que já escrevi na vida — e pensar que um dia eu já reclamei de ter que formatar documento na ABNT.

Logo depois que envio, apago todos os rastros: deleto o e-mail do Sotero, a resposta que envio como se fosse minha mãe e fecho o aplicativo.

Respiro aliviado por um momento, mas logo essa mentira se soma às preocupações que assombram minha mente nesta viagem.

Desde que entrei no carro às seis da manhã, não consigo desfazer a expressão triste que toma conta do meu rosto. O que aconteceu no arraial ontem me destruiu por dentro.

Eu me lembro dos momentos bons na festa com Bela, Alex e Liz. Por muito tempo, demos jeitos fenomenais de conseguirmos evitar o babaca. E também houve meu minuto de pico de felicidade ao beijar Alex, mas essa parte acabou em um completo desastre.

Toda a felicidade de finalmente estar dando meu primeiro beijo em um outro menino foi por água abaixo e deu lugar à confusão por Bela não me enxergar mais como amigo. Além disso, não paro de me sentir culpado por não ter lidado com a situação da melhor forma. Vomitei meus problemas em cima de Bela e William, justamente após terem dito que *eu só penso em mim mesmo*.

Talvez os dois estejam certos.

Nesta viagem, eu só consigo pensar neles.

Repasso tudo que Bela me falou sobre eu estar extremamente distante e só querer saber de Alex, mas confesso que nada disso faz sentido para mim.

Mudar de escola foi a decisão mais difícil da minha vida, mas isso foi só porque amo Bela demais. É difícil desapegar. E não acho que eu tenha conseguido. Só estou com muita coisa na cabeça, então pode parecer que não sinto falta dela. Mas sinto. Demais. Não entendo como ela consegue acreditar no contrário.

Eu fiz o maior esforço do mundo levando minha amiga para o Sotero. Fui o caminho todo até a festa sabendo que poderia dar muito errado, aceitei o risco e... terminou dando merda mesmo.

No final, estou com o coração partido. Minha melhor amiga está se sentindo deixada de lado em um momento difícil da vida dela, mas eu não sei se consigo estar presente agora, com tanta coisa acontecendo na minha vida também.

Minha mãe tenta puxar um assunto ou outro, mas o trajeto se resume a silêncio, rádio com o pior dos sinais do mundo e momentos em que estou a fim de ouvir a playlist que Alex fez para mim no fone.

Quando ela faz mais uma tentativa de puxar uma *daquelas conversas*, primeiro penso: *Caraca, ela não desiste nunca?!*, depois considero jogar o assunto da briga para despistar, mas logo me lembro do que aconteceu quando falei sobre o trabalho com William. Além do que tive que fazer para sair dessa sem ela saber. Sei lá. Ideias ruins para situações ruins. No final, termino apenas dizendo que estou com sono demais para continuar conversando.

E, de fato, uso minha forma preferida de evitar problemas. Pego um travesseiro no banco de trás, apoio na janela à minha direita e durmo.

Quando sinto o carro parar e ouço várias vozes adultas gritando coisas que não consigo distinguir, sei que finalmente chegamos ao destino.

Todo o processo é muito lento. Eu sou despertado de um sonho, começo a ouvir as vozes e só então abro os olhos com dificuldade. O sol deve estar batendo direto no meu rosto faz bastante tempo, mas nem percebi. É como se estivesse acordando de um coma.

Antes de desencostar do travesseiro, alguém abre a porta do banco do carona onde estou apoiado e a gravidade me faz cair para fora. Ótima forma de ser recebido em Amargosa. Dou de cara com um dos meus tios distantes gritando "acordaaaaaa" no pé do meu ouvido.

Eu me levanto no susto, finjo um sorriso para agradar a galera e fico em pé ao lado do carro, assistindo aos meus tios carregarem nossas malas para dentro da casa. Nessas horas, é ótimo ter homens grandes que querem sempre parecer fortes e atléticos na frente dos outros. *Valeu, tios.*

Amargosa cumpre aquela lista clássica de todo interior que enche de gente no São João:

- Quantidade de habitantes que cabe num bairro pequeno da capital (nada contra, tenho até amigos que são... Alex é de Central, inclusive);

- Pracinha onde todo mundo vai para ficar andando em círculos por horas; e
- Estradas de barro que levam a roças com péssimo sinal de internet.

No nosso caso, estamos em uma dessas roças. É onde fica a casa de minha tia-avó, que abriga todo mundo quando estamos por aqui.

Minha família principal é toda de Salvador. Eu e minha mãe chegamos um dia depois porque eu a convenci de ficar mais um pouco para ir ao arraial.

Eu me odeio.

Preferiria cair do carro e ouvir meu tio gritando no pé do meu ouvido dez vezes seguidas do que passar por toda aquela briga com William e Bela.

Pelo menos é conveniente ter mais um carro à disposição, visto que agregados da família se multiplicam por aqui. E não ter ficado preso num carro com meus familiares perguntando tudo sobre minha vida, que não anda muito legal ultimamente.

As partes legais, como o beijo em Alex, não posso contar.

Como somos os últimos a chegar, eu e minha mãe somos recebidos com café na mesa de fora, que é daquelas de madeira resistente e que obviamente durarão para sempre. Minha tia-avó, que preparou o banquete, é quem nos puxa para sentar.

A casa dela é um amorzinho. Tem o clássico telhado inclinado de casas mais antigas, paredes numa cor amarela meio desbotada pelo tempo, colunas de tijolo circulares cheias de suportes para redes de descanso (que com certeza vou usar mais tarde) e uma vista linda.

Quando estamos sentados à mesa, ficamos de frente para a vegetação com os pés de ingá e cacau, vemos galinhas andando de um lado para o outro, e já consigo sentir as muriçocas picando minha perna todinha. Isso tudo me faz perceber que estamos oficialmente no *interior*.

Entretanto, por mais aconchegante que este lugar seja, não estou no meu melhor humor.

Eu poderia estar feliz por estar longe de todo mundo, mas isso, na verdade, só piora a situação. Não estou fugindo do problema. O problema já está comigo, e eu só não tenho o poder de resolvê-lo daqui. Não posso ir à casa de Bela para tentar falar com ela. Não vou conseguir fazer ligações decentes com o sinal deste lugar. Tudo que posso fazer é tentar ser sincero e abrir meu coração por mensagens de texto. E é nisso que vou me agarrar.

---

alex <3

pê, como que vc tá? (22:47)

tá tudo bem? (23:58)

.... oie (9:30)

oi, cheguei aqui em amargosa agora (10:30)

tô bem sim :) (10:35)

Tudo bem ser mais sincero em umas do que em outras, certo?

23. GATINHA

Mais de uma semana aqui em Amargosa e eu não consegui contato com ninguém. Por incrível que pareça, não é culpa do sinal de internet ruim. A culpa é toda minha.

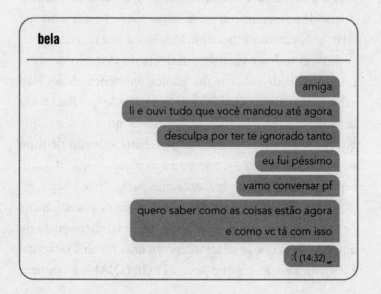

Bela tem todo o direito de não responder às minhas mensagens. Desde que eu ouvi todos os áudios que ela tinha me enviado e li as mensagens que deixei acumular por tanto tempo, entendi o lixo de amigo que fui nos últimos meses.

Os pais da minha melhor amiga estão literalmente no meio de um divórcio e eu não fazia ideia. Só conseguia pensar em como tirar a melhor nota nas provas. Ou como estava gostando de um garoto e não podia ficar com ele para me manter focado nos estudos. Ou como meu maior rival nos estudos era também meu maior rival na vida.

Sei que uma coisa não cancela a outra, mas o mínimo que eu deveria ter feito era pensar na possibilidade de não ser a única pessoa com problemas no mundo.

William me salvou de uma encrenca imensa e não sei por que foi tão bonzinho assim. Queria entender isso, mas, desde então, ele e eu ficamos numa de digitar, digitar e nunca enviar nada. Sempre vejo o "Digitando..." no chat dele, e ele provavelmente vê no meu. Não sei o que tenta me falar, e isso me faz saber ainda menos o que dizer.

Eu dei todos os jeitos possíveis de evitá-lo desde o primeiro dia de aula e tenho plena consciência disso. Não achava que estava errado. Entretanto, desde que Bela falou bem alto que eu só penso em mim mesmo, e ele disse que queria se desculpar — além de ter me salvado de uma possível suspensão —, não consigo parar de matutar mil cenários que podem ter acontecido para o inocentar.

Será que ele tem aquela clássica trama de homofóbicos de séries adolescentes e descobriu que também gosta de homens? Será que se relacionou com uma menina bissexual e isso o fez entender que pessoas LGBTQIAPN+ também são gente? Será que um parente dele morreu e as últimas palavras foram um pedido para que ele não fosse mais um garoto preconceituoso? Será que ele descobriu uma doença fatal, tem poucos dias de vida e queria se desculpar com todo mundo que machucou?

Estou vivendo vinte e quatro horas por dia com todos os piores cenários assombrando minha cabeça e não tenho para onde correr. Acredite, eu já tentei.

Tentei virar um menino do interior e me conectar com a natureza em volta; tentei descobrir hobbies novos, como treinar cachorros e investir na culinária; e tentei me tornar um garoto fisicamente ativo e fazer algumas caminhadas. Apesar de tudo isso, a solução mais prática e eficaz que encontrei para fugir desses pensamentos foi maratonar as séries que baixei quando tinha internet boa em casa.

Ok. Talvez eu já imaginasse que isso poderia acontecer desde quando estava lá em Salvador...

Numa das noites de maratona, um dos meus tios daqui de Amargosa até se ofereceu para me levar a uma festinha que a filha dele ia. Pensei em aceitar, porém, assim que lembrei o trauma que foi o Arraiá do Sotero, recusei. Não preciso de mais daquilo na minha vida.

Então foram esses meus últimos dias de férias. No começo, isolado da família, tentando achar novos hobbies e criar novos hábitos; depois, considerando socializar, mas sempre terminando ainda mais isolado da família ao assistir a um episódio de *Glee* pela milésima vez (*Glee* é minha série de conforto. E conforto é o que eu preciso nesse momento, ok?).

— Filho, você passou esses dias todos sem falar com ninguém mesmo, foi? — Minha mãe fala alto demais para meus ouvidos que ainda não acordaram direito. Ela abre a porta do quarto onde estive enfurnado a manhã inteira. — Daqui a poucos dias a gente tá indo embora e vai todo mundo voltar pra casa pensando que você é mal-educado.

Não posso dizer que esperava que ela não fosse notar minha ausência, pois sempre cobra minha presença ativa quando estamos em família. Até demorou.

O problema é que agora temos um assunto que não podemos tocar em hipótese alguma.

— O povo tá almoçando? — pergunto, tentando ceder um pouco.

— Aham, minha tia já colocou seu prato — diz ela.

Bingo! Era a resposta que eu queria.

O fato de ter tudo de mão beijada me dá o incentivo que preciso para me levantar e fazer essa média com o pessoal.

E lá vou eu...

Quando chego à cozinha, ouço:

— Pedro Costa Oliveira!

Meu avô sempre faz isso quando eu apareço na frente dele. Parece que falar meu nome completo é uma forma de afirmar que eu realmente cheguei no lugar. Acho engraçado.

— Mal te vi essa semana, menino! — exclama.

Mal sabe ele que foi de propósito mesmo.

— É que eu tenho muita coisa pra estudar... — digo, com uma risadinha tímida e um pouco sem graça.

Eu me encaminho para me sentar na cadeira que sei que é minha por estar vazia e ter um prato de feijoada feito e intacto na mesa.

Todos os reunidos parecem se deliciar com a comida.

Só pelo modo como os acompanhamentos estão organizados, já consigo identificar que foi minha tia Débora quem preparou tudo. O feijão dela fica sempre daquela cor marrom mais encorpada, e ela sempre coloca um recipiente separado para pegarmos as carnes. Minha tia possui a maior habilidade do mundo quando se trata de fazer um arroz soltinho. Ela é a melhor na cozinha, sério.

— Aaaaahhhh!

Bárbara, a tia hiperbólica e entusiasta da família, solta um grito que assusta todos no recinto. Dou até um pulinho para trás.

— Conte aí pra gente como é que tá lá no Sotero! — pede ela.

Merda.

— Iiihh, tá estudando no Sotero, é? Todo chique!

O que minha tia Débora tem de boa cozinheira, ela tem de desligada.

— É... Tá difícil, mas tô conseguindo tirar nota boa — respondo, contando um pouco de vantagem para ver se impressiono minha mãe.

E funciona. Ela até para de comer para dar um sorriso.

— Sabia que sempre foi o sonho de sua mãe estudar lá? — comenta Bárbara, piorando tudo ainda mais.

Ela continua comendo sua feijoada sem fazer a mínima ideia disso.

— Pois é, já falei isso pra ele umas mil vezes! Quem está matriculado é ele, mas quem queria estar estudando lá sou eu! — exclama minha mãe, na brincadeira, e faz todos rirem.

Menos eu. Em mim, esse comentário provoca apenas um frio na barriga e invoca o medo de decepcioná-la. Principalmente depois do e-mail da coordenadora.

— Ó, que responsabilidade, hein, Pedro! — diz meu avô, sorrindo, abordando a pressão que sinto como se fosse algo positivo.

Chega a ser engraçado como os adultos nunca fazem ideia do que nós sentimos. A mente deles explodiria se soubessem que entrei no Sotero única e exclusivamente para agradar minha mãe. Não fazem ideia do quanto eu a ouvi falar sobre sonhar em ter estudado naquele colégio. Não fazem ideia da felicidade que vejo nos olhos dela quando tiro notas excelentes. Nem do quão pressionado eu me sinto para me manter lá em cima. Nem do quanto me manter lá em cima é difícil.

— Tá difícil, mas é isso mesmo... A vida só vale a pena quando a gente trabalha duro — conclui meu avô.

E eu não sei se concordo completamente. Só que é ele o "sábio" da situação. Então aceno com a cabeça e foco em comer.

Depois disso, minha tia Débora fala algo sobre as preparações das comidas para o São João de hoje à noite. Finalmente engajamos em outro assunto.

Obrigado, tia Débora, sempre desligada e aleatória.

É aqui que tudo acontece: na Praça do Bosque. Não aquela pracinha aonde todos vão apenas para andar em círculos por horas, mas a praça de eventos que recebe as atrações musicais todo São João.

A Praça do Bosque é a maior da cidade e está maravilhosamente decorada. Se a arrumação da festa do terceirão estava boa, esta aqui está deslumbrante.

Logo na entrada, há um poste muitíssimo alto que serve como ponto de partida para dezenas (ou centenas? Ou milhares?) de linhas de bandeirolas, que caem para todos os lados, formando algo que lembra uma tenda de circo. Sem exagero, quase não há espaço entre elas. O céu está realmente tomado pelas decorações de São João.

Ao passo que eu e minha família andamos, vemos várias lojinhas em formato de casas que ficam nos cantos, rodeando o evento. É como se existisse uma cidadezinha dentro da praça. Essas lojinhas vendem todo tipo de comida de São João. Tem milho e amendoim cozidos, mungunzá, canjica, mingau, bolos, licor, chocolate quente... Para mim, isso é o paraíso. Comida de São João acaba com a de qualquer outra data comemorativa.

No centro do espaço, há estátuas de figuras religiosas, uma igrejinha muito charmosa na qual as pessoas podem entrar para ver por dentro, e os famosos palcos. Eu me lembro de estar aqui quando criança e ver artistas superfamosos, como os Aviões do Forró, Luan Santana e Paula Fernandes. Hoje, não tenho muita noção de quais artistas vão se apresentar. Estou muito por fora de tudo este ano.

Eu me sinto levemente arrependido quando lembro que isto aqui já está acontecendo há alguns dias e só decidi vir hoje. Não faltaram oportunidades de familiares me chamando toda noite, mas eu estava no fundo do poço demais para criar a coragem de me levantar, me arrumar, entrar no carro, encarar a estrada de barro e ficar por horas andando de um lado para o outro.

Hoje fiz tudo isso meio que na marra.

Minha mãe disse que, pelo menos no dia principal, eu teria que vir. Então vesti a mesma camisa que usei no Arraiá do Sotero e vim ficar andando de um lado para o outro. Só não sabia que gostaria de andar de um lado para o outro.

Minha mãe me dá dinheiro, compro um cachorro-quente, um refrigerante, e fico passeando com a família. Às vezes me pedem para tirar fotos com as bandeirolas, às vezes preciso levar meus primos pequenos para comprar os docinhos que pedem, e às vezes paramos de frente para algum palco onde alguma banda de forró está tocando. É isso que fazemos agora.

— Já achou uma gatinha por aí? — pergunta minha tia Bárbara, numa tentativa de ser descolada.

— Sei de nada, não — respondo, dando uma risadinha completamente sem graça.

— Bora! Bora procurar!

Ela está claramente alterada de licor.

— Procurar o quê? — pergunta minha mãe, após ouvir o tom gritado de sua irmã.

Ferrou.

— Uma gatinha pra Pedro! Tá crescidinho, no ensino médio... Gabriel já tem a dele.

Minha tia aponta para o sobrinho de consideração da minha tia-avó com a namorada.

Ela quer me comparar ao sobrinho de consideração da minha tia-avó.

Em questão de segundos, aproveito a distração do olhar das duas e finjo que saio da conversa para comprar a maçã-do-amor. Fico convenientemente de costas, pois não quero ver a cara de decepção que minha mãe faz no momento. Ela também deve olhar para Gabriel desejando que eu fosse como ele.

A esta altura, eu deveria apenas aceitar que minha melhor amiga me odeia, que sou uma pessoa horrível para a galera em Salvador e que minha família nunca gostaria de mim se soubesse quem eu sou de verdade.

Estou com a consciência limpa porque sei que tentei aproveitar a noite, mas ser *quase exemplar* é uma sina que sempre vou levar comigo, para onde quer que eu vá.

24. DESCULPA

O sofrimento do isolamento acabou e abriu espaço para o sofrimento da punição.

Ainda estou incrédulo que vim parar na Central do Aluno.

Eu tinha notas medíocres no fundamental? Tinha. Mas nunca havia ido parar na secretaria por algo que *eu* tinha feito. A única vez que me recordo de ter passado perto de algo assim foi no oitavo ano, quando Bela partiu para cima de William a fim de me defender de uma das gracinhas dele.

No recreio, o babaca me parou no meio da área da quadra onde todos os alunos ficavam e começou a conversar do nada. Suspeitei que era uma das brincadeiras de mau gosto dele, mas segui no papo. William ficava olhando para atrás de mim em alguns momentos, achei que era só o jeitinho elétrico dele de ser ou algo assim.

Na verdade, era só o jeitinho *babaca* dele de ser. Isso sim.

Em questão de segundos, ele me empurrou para trás, me fazendo tropeçar num de seus "parceiros", que se agachava próximo aos meus pés, na intenção de que eu caísse. Antes que eu desse de costas com o chão, um terceiro garoto do time dos insuportáveis me segurou. Sabiam que poderia dar merda se eu me machucasse de verdade, então se contentaram com a humilhação.

Quase ninguém prestou atenção, mas todos os envolvidos sabiam o que estava implícito naquela brincadeira. Eu sabia que faziam isso porque não gostavam de mim. Do meu jeito, definido por eles como de "bicha", "viado", "baitola" e outros milhões de apelidos ruins que usavam para me "xingar".

Nesse tipo de situação, eu ficava realmente assustado e me sentia muito, mas muito mal. O coração gelava e o peito ficava apertado. Como se de fato houvesse algo de errado comigo. Como se eu de fato merecesse ser humilhado daquele jeito.

Os meninos gargalhavam.

Mas eu quase nunca estava sozinho. Bela sempre ficava do meu lado.

Nesse dia, em que tentaram me fazer cair de costas, ela já estava cheia dessas gracinhas. Quando viu a cena de longe, deixou que a raiva tomasse conta e a fizesse pular no pescoço de William, o babaca-rei. Afinal, ele, entre todos, era o pior da trupe dos babacas.

No final, foi todo mundo parar na secretaria. Bela como agressora, William como vítima, e eu como razão de tudo ter acontecido.

* * *

Eu me sinto um babaca por ter sido tão negligente com minha melhor amiga desde que este ano letivo começou. E talvez esteja recebendo o que mereço, pois, mesmo nunca tendo ido à secretaria por alguma outra confusão a não ser a desse dia no oitavo ano, cá estou.

Cá *estamos*. Só que sem ela.

— Você acha que a gente vai levar suspensão? — pergunta William, mais para tentar quebrar o gelo do que por curiosidade.

Tenho certeza de que não ligaria nem um pouco se levasse suspensão.

— Não sei. Tomara que não — respondo, nervoso.

Se acontecer, vou ter que esconder de minha mãe mais uma vez. E vou fazer isso a qualquer custo. Nem que precise falsificar a assinatura dela.

Começo a balançar o pé freneticamente.

— Calma, véi — diz ele, rindo. — Foi só um copo de refrigerante. Eles não devem dar suspensão por isso.

— Tomara *mesmo* que não.

E o silêncio volta a reinar.

Estamos numa sala vazia dentro da Central do Aluno, aguardando fora do escritório de Mônica, nossa coordenadora. Aqui, sem a muvuca de alunos com a farda colorida, é bem branco. É como se eu e William estivéssemos num consultório médico. *Odeio* essa energia.

Fico olhando para o teto, para uma parede, para a outra, para o chão… Eu me esforço muito para tentar perguntar a ele e entender, de fato, tudo que aconteceu naquela festa. Talvez William só tenha tentado se desculpar porque realmente tem poucos dias de vida, um parente morreu, ou algo do tipo. Vai saber.

— William, eu...

— Pedro, eu...

Nós falamos ao mesmo tempo.

— Pode falar — digo, cedendo a fala.

Eu ceder a fala é uma raridade. Mas sinto que pode ser estratégico deixá-lo começar. Vai que ele aborda o assunto sem eu nem precisar perguntar.

— Eu queria aproveitar que a gente finalmente tá aqui, só nós dois, num lugar calmo, silencioso e... — começa William, bem mais devagar que o usual, respirando fundo a cada vírgula.

Sinto o nervosismo aumentar ainda mais. Imagina uma das minhas teorias está certa e ele realmente gosta de homens, está apaixonado por mim e quer ficar comigo?

— Pedir desculpa pra você — conclui ele.

O tempo em Amargosa realmente me fez pensar em todas as loucuras possíveis, porque eu fico num misto de alívio com descrença. Não sei processar direito o que está acontecendo.

— *Hum...*

Depois do susto, não consigo pensar em mais nada. Sei que ele diz que quer me pedir desculpas, mas, ainda assim, não consigo acreditar na possibilidade de isso estar acontecendo de verdade.

— Véi, fica só entre a gente — sussurra ele —, mas eu bebi um pouco no dia do arraial.

Arregalo os olhos imediatamente.

— Você bebe?! — pergunto, sussurrando também, porém chocado.

— Não. É essa a questão. Eu bebi só um pouquinho porque tava chateado, mas não lembro dos detalhes da nossa briga. Bela até me explicou uma parte por mensagem, mas ainda assim, muito resumido, tá ligado?

Rapidamente penso no fato de Bela ter respondido às mensagens dele e às minhas não. Sinto o coração apertar.

— Então, por favor, desconsidera o que eu falei lá e pega a visão do que tenho pra dizer aqui — pede ele.

Eu assinto, sério.

— Eu me matriculei no Sotero no nono ano, né? E cê tá ligado como aqui é diferente de lá. Aqui é tudo de playboyzinho e a gente percebe na hora. Principalmente quem é bolsista, tipo eu — explica ele.

Fico surpreso mais uma vez. Nunca tinha parado para pensar se ele era bolsista ou não.

— Só que o que mais me pegou aqui foi esse monte de branco, cara. Eu sei que a gente não tá num *Todo mundo odeia o Chris*. Tem mais de um preto aqui. Só eu e você já é dois. Mas é que tem muito pouco! Às vezes nem parece Salvador. Aí, assim que cheguei aqui e a gente precisou fazer o primeiro trabalho em grupo, eu já senti. Foi todo mundo se formando, se juntando... e eu sozinho. Parece que geral já se conhecia de sei lá onde. Escola de balé, aula de clarinete... sei lá — diz ele, em tom de brincadeira, mas percebo sua voz ficando levemente mais frágil.

Sigo calado, apenas o ouvindo com atenção.

— E daí eu... eu me senti igual a você no oitavo ano. Sei que você tinha Bela e as meninas, mas bem lembro que você fazia vários trabalhos sozinho. E, no ano passado, eu fiquei igualzinho aqui no Sotero. Pedia pra fazer os trabalhos sozinho, dizendo que preferia assim. Mas cê sabe que não. Eu só andava de bando lá na escola.

— É... Você não desgrudava dos meninos — digo, pensando alto.

— Pois é — concorda ele, chateado. — Eu tô descobrindo que é porque eu odeio andar sozinho. Ano passado foi a maior prova disso. Além de que eu tive muito tempo pra pensar em tudo, né? No porquê de resolver fazer a prova pra vir pra cá, no quanto meus pais são soltos comigo... mas, principalmente, em como essa bagaça toda não tinha que ter respingado em você.

Engulo em seco.

— Pedro, desculpa que eu me afastei de você — diz William.

Finalmente. O *grande* assunto. Ele não esqueceu que nós já fomos próximos. E eu não sei se estou preparado para entrar nesse tópico. Mas não tenho saída. É ficar aqui e ouvir, ou não aparecer no escritório de Mônica e piorar a situação.

Só que sei que existe uma parte de mim que quer ouvir, sim. E quer entender porque meus olhos estão se enchendo de lágrimas.

— Quando começaram os rumores de que você era gay, os meninos todos foram afastando você do grupinho e eu fui na deles, tá ligado? Já não tinha ninguém ligando pra mim dentro de casa, imagina ter os meninos me ignorando na escola também.

Ele começa a chorar um pouco.

— William, por que você não só se afastou, então? Você não me deixava em paz, sabe? — pergunto, sem conseguir entender nada daquilo.

— A gente era grudado na escola antes disso, véi. Só me afastar de você não adiantava muito, não — diz ele, como se estivesse julgando o William do passado. — Teve um dia que Murilo fez alguma piada sobre você e todo mundo do grupo riu. Foi alguma babaquice. Eu não ri, e eles ficaram estranhos comigo por uma semana, quase. Daí percebi que se não seguisse nessa mesma linha, eles não iam gostar de mim, tá ligado? Eu senti que precisava ir na deles.

— E funcionou — concluo.

— E funcionou — concorda ele. — Se eu não fizesse piada, perturbasse você e tal, eles não iam entender que a gente já não era mais brother igual antes. E eu precisava disso. Eu precisava deles.

Olho para um ponto fixo na parede branca à nossa frente, calado. É muita coisa para processar.

— Mas, de verdade, eu me sinto um lixo quando me lembro de como eu era e de tudo que fiz com você. Desde que passei a ter consciência dessas coisas, não teve um dia sequer em que não senti remorso. Aqui na escola, em casa antes de dormir... — Ele olha para mim, e eu o encaro de volta. — Eu fui um homofóbico cretino e sinto muito, de verdade. Desculpa.

Ficamos em silêncio. Não consigo achar uma resposta para este momento. Tento processar tudo o que ouvi. Entendo agora porque William se afastou, e ouvir suas desculpas mexe comigo, mas não apaga os anos de humilhação que sofri.

— Por que você veio pro Sotero se gostava tanto dos meninos do Souza Marquês? — pergunto quando repasso nossa conversa na minha cabeça e percebo que ele deixou essa informação passar.

— Meus pais são uns folgados. Não tão nem aí pra mim. Nem aí pro meu futuro. — Consigo notar o desgosto no olhar dele. — Mas Luan, nosso professor de Geografia do oitavo ano, sempre me dizia que eu tinha potencial e que deveria tentar a prova do Sotero. Fiquei bem chocado que consegui passar pra falar a verdade. Mas aí entrei e passei o primeiro ano aqui me acostumando com essa rotina maluca de estudar aqui. Fiquei sozinho pra carai, mas pelo menos serviu pra eu perceber algumas coisas importantes, né? — Ele dá um sorrisinho. — Depois você entrou. Primeiro fiquei meio assustado, porque não sabia como ia ser entre a gente. Principalmente depois de tudo que rolou no Souza Marquês. — William parece meio triste agora. — Mas daí eu vi como você ficou interessado no CRI, e me inscrevi também porque achei que...

— Era uma boa oportunidade para me perturbar? — pergunto de imediato, dando uma risadinha.

— Não! — Ele parece ofendido com o questionamento. — Achei que era uma boa oportunidade pra me aproximar de você. Eu não ia entrar no CRI esse ano mesmo, não. Queria passar mais tempo me preparando. Mas aí vi que você ia entrar e só precisei juntar o útil ao agradável, eu acho.

Fico em choque com essa revelação. Saber disso muda absolutamente tudo.

Começo a recapitular o ano todo na minha cabeça para que as situações façam algum sentido.

— E a estação do metrô? — falo mais alto, com raiva só de lembrar, mas também curiosíssimo para a resposta.

— Que estação do metrô?

— Não se faça de desentendido.

— Sério, Pedro! Que estação do metrô?

— Primeiro dia de aula. Você viu que eu tava te seguindo porque não sabia o caminho pra casa e me enganou na hora de descer na estação.

Ele ainda parece não me entender.

— William, véi! Você passou pela porta na estação Pernambués, me fez te seguir até lá, virou pra mim, deu uma risada e entrou no metrô de novo. Eu quase fico pra fora!

— Aaaah! — Ele finalmente parece entender do que estou falando. — Eu só tava em dúvida se passava no shopping antes de ir pra casa. Nem reparei que cê tava me seguindo. Não sabia que nossa estação era o Acesso Norte não, é?

Eu balanço a cabeça.

— Meu Deus... É burguêzinho do Sotero mesmo — diz ele, dando uma risadinha.

Para minha surpresa, ele me arranca um risinho com essa fala. Mas, ainda assim, *é muita informação* para processar. É muita coisa para pensar. Meu coração ainda fica triste ao lembrar que ele se afastou de mim quando éramos amigos. Ainda sinto uma pontada no peito toda vez que lembro das babaquices que ele fazia tempos atrás. Não sei se estou preparado para perdoá-lo. Não sei nem se um dia vou estar.

— Olha, Pedro. — Ele retoma o tom de seriedade. — Você não precisa me perdoar agora, tá? Na verdade, não sou eu que falo nada do que você tem que fazer. Só saiba que sinto muito. De verdade. Bloqueei todos os meninos do Souza Marquês em todas as redes sociais. Até em jogo.

Fico um pouco admirado. Mas só um pouco mesmo. Ficar longe daqueles meninos é um favor que ele faz a si mesmo.

— Não sei mesmo se consigo te perdoar agora. — Eu faço uma pausa, porque acabei de ter uma ideia. — Só que você pode fazer uma coisa por mim, se quiser se redimir um pouquinho.

— Qualquer coisa — diz ele, seríssimo, como se eu fosse pedir para matar alguém por mim.

— Me ajuda a fazer uma festa surpresa pra Bela? — pergunto, sério.

Antes que William possa responder, a coordenadora abre a porta do escritório e nos chama. Enquanto nos levantamos, ele sorri para mim.

Acho que vai rolar uma festa surpresa para minha melhor amiga.

25. PRAIA PRAIA PRAIA, AREIA AREIA AREIA

P*raia praia praia, areia areia areia.*
 Essa é uma música que toca num dos meus episódios preferidos de *Um menino muito maluquinho*, quando as versões de cinco, dez e trinta anos do protagonista se encontram. É épico. Não faço a mínima ideia se a canção existe fora da série ou não, mas é o que toca constantemente em minha cabeça no caminho até a orla.

É. Sou hipócrita.

Julguei horrores quando vi todo mundo fazendo isso pela primeira vez, e agora estou aqui, fazendo a mesmíssima coisa.

Estou junto com um bando de adolescentes — deve ter mais de vinte pessoas aqui — usando roupas de banho e andando até a praia depois de terem completado a prova correndo, na simples intenção de aproveitar o dia ensolarado.

Em minha defesa, preciso comemorar de alguma forma o fato de não ter levado suspensão pelo ocorrido na festa. Apenas um esporro.

Além disso, Alex é muito persuasivo — aquele rostinho lindo na ligação de vídeo da noite passada conseguiu me convencer a vir hoje — e minha nota na prova de Linguagens foi a maior do trimestre passado. Tirei dez em tudo. Então tive margem para erro na prova mais cedo. Pouca, mas tive.

Estudei o máximo que pude para não fazer essa prova do final do segundo semestre de qualquer jeito, mesmo só tendo duas horas para responder tudo e poder vir para o pós na praia. Fiz depressa, porém de maneira embasada. E com "embasada" quero dizer que consegui responder a maior parte da prova pensando de verdade. Nas questões com textos imensos que não daria tempo de ler, apenas marquei A de Alex e confiei no universo.

— Você parece tenso — fala Alex baixinho, apoiando o braço direito nos meus ombros e sincronizando a velocidade dos nossos passos.

— É porque eu tô — respondo ainda mais baixo, enquanto olho para o chão e foco em segurar as duas alças da mochila que carrego nas costas.

— E por que você tá? — pergunta ele, imitando minha cadência.

— Você sabe porque eu tô.

Parece que estamos fazendo um rap improvisado bem ruinzinho.

— É William que tá te incomodando?

Alex olha para o garoto lá na frente.

— Nem é.

Ele levanta meu queixo de forma delicada com a mão livre e posiciona meu rosto de frente para o dele.

— Fala comigo.

Ele faz uma carinha de pidão. É como aquele emoji cheio de lágrimas acumuladas nos olhos.

Eu não aguento e deixo uma risada escapar.

Acho que estraguei o momento fofo e delicado que ele queria criar.

— Aff!

Alex revira os olhos, também dando uma risadinha, enquanto tira o braço dos meus ombros e larga meu queixo. Começa a andar mais rápido, indo na minha frente.

— Pera aí! — Preciso correr para alcançá-lo. — Desculpa, lindo.

É minha vez de colocar o braço esquerdo nos ombros dele.

— Só desculpo se falar comigo — diz ele, cruzando os braços, apertando a boca e levantando as sobrancelhas.

— Não era nada.

Ele olha no fundo dos meus olhos, tentando encontrar veracidade no que digo.

— É sério! — continuo, na tentativa de convencê-lo.

Mas Alex segue calado, dessa vez semicerrando os olhos, desconfiado. Ele aproxima o rosto do meu.

— Eu prometo — falo, sério.

Ele resmunga alto e mantém os olhos bem fechadinhos, como quem não desistiu de que eu diga o que me incomoda.

Eu poderia falar logo que estou apreensivo com minhas notas, mas não quero ser repetitivo ou pesar o clima disso aqui.

Estão literalmente colocando músicas animadas de Jão para tocar numa caixa de som enquanto andamos. Não quero que Alex deixe de aproveitar o momento para me ouvir reclamar da mesma coisa mais uma vez, então continuamos andando juntos.

Depois de um tempo, estou morrendo de cansaço.

Andamos por volta de meia hora até aqui e, se eu estava preocupado com a prova de mais cedo, isso nem passa direito pela minha cabeça mais.

Quem falou que o Sotero era pertinho da praia? Quem disse que esse caminho era tranquilo debaixo do sol? Ninguém pensou que pegar um ônibus até aqui seria muito mais fácil?

Talvez eu seja apenas sedentário demais, mas assim que pisamos na areia, imploro para Alex estender a canga e logo largo minha mochila, pesada por causa dos meus cadernos, livros e sapatos — troquei por um par de sandálias assim que botei o pé para fora da escola —, no chão. Se eu tivesse que carregá-la mais um pouquinho, acho que minhas pernas cairiam.

Mas finalmente estamos aqui. Olho para o lado e vejo todos os nossos colegas suados por causa do calor e resolvo ativar oficialmente o modo praiano: posiciono minhas sandálias para segurar as pontas da canga, tiro a camisa e a jogo por cima da mochila.

Sigo para o mar, mas logo noto que estou fazendo tudo isso sozinho. Olho para trás e vejo Alex, que em vez de fazer o mesmo que eu, apenas senta na canga, ainda calçado e vestido até o pescoço.

Então eu me toco que nem todo mundo do grupo ativa o modo praiano de imediato. E lembro, para variar, que não sou só eu quem tem problemas no mundo.

Nessa de recapitular os acontecimentos da minha vida em que prestei mais atenção nos meus próprios conflitos, percebi alguns sinais de que Alex não tem a vida tão perfeita assim.

Eu volto, me sento ao lado dele e passo uns segundos apreciando a vista.

O que vemos não é nada muito absurdo para quem nasceu e cresceu em Salvador. Esta praia não é tão turística como a da Barra, que tem o porto e o farol mais famoso. Aqui nós vemos a água sob um céu azul e vários guarda-sóis e cadeiras de praia organizados pela faixa de areia. No final de nossa visão da faixa de areia, o Farol de Itapuã. Atrás da gente, há um contraste entre os coqueiros e os prédios que tentam dividir o mesmo espaço. Como eu e Alex sentados na canga.

Estou de short leve e sem camisa, e ele de sapato fechado e calça jeans. A única peça que trocou na escola foi a camisa de farda, a qual deu lugar a uma de botão que, mesmo com o sol pelando, permanece abotoada. Como no início do ano, quando eu e Bela vimos as fotos do pessoal na praia. Ou como ele estava no dia em que fomos para a Ribeira. Além de todos os dias usando moletom no sol quente. Aí os sinais.

Acho que tem alguma coisa sobre isso que ele não quer me contar.

Alex sempre me ajuda com meus assuntos, mas nunca faço o mesmo com ele. Bela realmente estava certa. Acho que tenho a tendência a ignorar meus amigos.

Preciso melhorar, e não é só com ela.

Talvez me abrir o ajude a falar sobre as próprias questões também. Pode soar como uma tática estranha, mas eu o conheço. Sei que tem chances de funcionar.

— Eu não sei se deveria estar aqui — confesso.

— Por causa de sua mãe? — pergunta ele, rapidamente.

— É... Mas não só ela também.

— Como assim?

— Em Amargosa, minha família toda fez questão de repetir mil vezes que tá *muito feliz que eu tô estudando no Sotero*.

— E isso não é bom?

— Então... — Ainda é difícil botar em palavras algumas das coisas que estou pensando. Respiro fundo. — Acho que sim. Mas não, também.

— Pedro, você tá me deixando confuso.

— Eu acho que não gosto muito de saber que tá todo mundo olhando para mim e esperando sucesso, sabe? — explico, virado para ele. — Você precisava ver. Era um monte de tio que eu nem lembrava da existência direito vindo falar comigo, me perguntar se o Sotero é tão difícil quanto falam, se eu tava conseguindo me sair bem...

— E você tá!

Alex tenta me animar, dando um aperto de leve em minha perna.

— É. Até agora, né? E estudando feito um condenado, tanto que quase não tenho tempo de existir fora do meu quarto ou do colégio. E você mesmo disse que eu deveria aproveitar um pouco a vida também. Eu concordo. Foi uma canseira andar até aqui, mas tô com raiva de que não fiz isso antes — digo, expressando um pequeno ódio na minha voz e rindo. Ele ri um pouco também. — Só que...

— Só que... — Alex me incentiva a continuar falando.

— Eu fico me sentindo culpado. É como se fosse minha obrigação só tirar nota dez e ser o melhor na simulação do

CRI. E tenho certeza de que só esperam isso de mim por causa de minha mãe, que sempre foi perfeita em tudo.

Ele tira a mão que estava apoiada na canga e leva até a minha. Então entrelaça nossos dedos.

— Você sabe que não é obrigado a nada, né? Lembra do que eu disse? Vocês podem sonhar coisas novas juntos — pergunta ele.

Respiro fundo outra vez e penso em tudo pelo que tenho passado no último ano.

— É, eu sei...

— Entendo que você se sente dessa forma e é completamente válido. Óbvio. Mas eu tô aqui pra repetir quantas vezes precisar que você não tem que viver pensando no que vão achar de você ou das suas escolhas — fala ele, pausadamente. — Você é você, sua mãe é sua mãe. Você é você, eles são eles.

Abro um sorriso e dou um aperto em nossas mãos entrelaçadas.

Alex olha para minha boca, olha para meus olhos, para minha boca, para meus olhos, para minha boca...

— Posso?

Balanço a cabeça, o que o deixa confuso e um pouquinho magoado.

— Calma — falo, rindo. — Não é isso. Eu não te odeio.

Ele parece aliviado, mas ainda não por completo.

— Eu percebi que todo mundo ficou de short, foi correndo pra água, e você preferiu ficar aqui, de calça e camisa de botão, como sempre.

— É, eu deveria...

— Não. O que eu quero dizer é que você tem que se ouvir mais. Tá tudo bem se você quiser ficar aqui na canga até o final do rolê. Você é você, eles são eles.

— Ok, você me pegou — admite ele.

Acho que o aluno (eu) está se tornando o professor (ele). Dou risada pensando nisso, mas Alex permanece sério.

— Fico incomodado com o fato de que, *no segundo ano*, todos os meninos já estão parecendo uns homões. Se é que isso existe. — Alex ri um pouco agora, porém se mantém reflexivo. — Não sei se eles fazem academia, se nasceram assim... Mas ó os gominhos!

Ele aponta para os colegas jogando altinha na areia.

— Você é muito mais lindo — afirmo, com convicção.

— E você é um amor — diz Alex. Ele fica em silêncio por um tempo antes de continuar: — Eu não tenho a melhor das relações com meu corpo. Parece que ele parou no sétimo ano. Às vezes me acho fraquinho demais... sei lá. Só queria que eu fosse diferente.

— É o que Olivia Rodrigo diz. Tem sempre algo que a gente quer mudar no nosso corpo. Acho que não tem uma pessoa no mundo que nunca tenha se sentido assim — falo em um tom brincalhão que provoca um sorrisinho em Alex. — E agora eu vou falar uma coisa muito brega. Se prepara.

— Ok — diz ele, rindo.

— Você é perfeito. De verdade. Eu te acho perfeito. Exatamente do jeito que você é. Já diria Bruno Mars.

Percebo que não consigo ter uma conversa sem referenciar alguma letra de música.

Alex abre ainda mais o sorriso e novamente olha para minha boca, se aproxima e...

— Quer saber? — diz ele, confiante. — Que se dane também!

E começa a tirar os sapatos.

Eu fico surpreso com a virada repentina. E acho que dá para perceber pela minha feição.

— É! Dane-se! Se eu tô te falando pra aproveitar isso aqui, a gente vai aproveitar!

Ele fica frenético e desabotoa a camisa na velocidade da luz.

Eu me surpreendo ainda mais.

Sei que autoestima é algo completamente pessoal, mas quando olho para ele, não fico pensando se ele tem um corpo "mais infantil" ou algo assim. Apenas penso que ele é lindo. Tipo... *muito lindo*. Lindo nível "estou com medo de continuar com um short tão fino aqui no meio de todo mundo".

Quando ele começa a tirar a calça, fico preocupado com a possibilidade de estar tão animado pelo momento que esqueceu que está prestes a ficar só de cueca.

Mas ele está com um short por baixo.

Alex sabia que talvez fosse usá-lo. E está de fato usando, o que me deixa mais feliz ainda.

Ele larga as roupas jogadas por cima da mochila, me pega pela mão e me puxa para o mar.

Estamos correndo. E nem parece que minha perna estava dolorida de tanto andar. Tudo que importa é que eu sou eu, ele é ele, nós somos nós, e o resto é o resto.

Quando chegamos à água, sinto como se estivesse recebendo um grande abraço da natureza. A temperatura está morna, mas se estivesse gelada, eu não ligaria. Nossas risadas ofuscam qualquer outra coisa.

Paro e presto atenção no sorriso de Alex, depois percebo que nossos colegas estão um pouco afastados. Checo o perímetro na areia, na calçada, e digo:

— Posso?

Ele sorri ainda mais e então diz:

— Eu pedi primeiro.

Alex me puxa e me dá um beijo. Muito. Gostoso.

O ritmo frenético em que estávamos vai se acalmando ao passo que prolongamos o beijo e sentimos a calmaria do mar.

Por baixo d'água, sinto-o colocar a mão na minha cintura e me puxar mais para perto. Não tenho certeza se posso fazer o mesmo, então mantenho a mão na nuca dele.

Ouço uns gritinhos vindo de onde estão nossos colegas e tenho quase certeza de que são para a gente, porém prefiro ignorar. O beijo é mais importante.

Até que uma onda forte bate na gente, dando um basta repentino no momento.

A gente se embola um pouco e é empurrado pela onda até o raso. Nós nos levantamos nos acabando de rir.

— Ou, por que ninguém avisou?! — grita Alex para nossos amigos.

— A gente ficou literalmente gritando por um tempão, vocês que não ouviram! — alguém de sua turma grita de volta.

Ops.

26. OITO

*I*ntervalo.
Estou sentado no chão do corredor do terceiro andar, onde tenho mais chances de conseguir ficar sozinho e quieto no meu canto.

Seguro as provas corrigidas que recebi na aula anterior e leio cada questão que errei, tentando entender como consegui ser tão burro.

Tomara que o logaritmo morra.

Sei que tinha combinado comigo mesmo que não ficaria tão chateado caso não tirasse nota máxima, pois sabia dessa possibilidade. Até corri com uma das provas só para ir à praia junto com a galera. Tinha consciência do que estava fazendo e estava disposto a pagar o preço. E é exatamente por esse motivo que agora estou desapontado comigo mesmo.

Como pude ser tão inconsequente na semana de provas?

Saí para a praia apenas por um dia, mas em todos os outros fiquei conversando no celular com Alex até de madrugada. Era óbvio que isso aconteceria. *Burro. Burro. Burro.*

— Pê?

Estou tão obcecado por ele que parece que consigo ouvir sua voz ao meu lado.

Folheio mais questões das provas de Linguagens, Ciências Humanas, Ciências da Natureza e Matemática, enquanto nego com a cabeça. Eu poderia ter me dedicado mais.

— Pê. — Alex senta ao meu lado e me assusto ao entender que sua voz não era fruto da minha imaginação. — Tá tudo bem?

— Nem tá — falo, de forma monótona. — Você recebeu suas provas já?

— Sim, semana passada.

— Por que você não falou nada?

Fico surpreso com como ele trata isso de forma corriqueira. Até paro de encarar as provas e olho para o rosto dele.

— Oxe. Falar o quê?

— Se foi bem, se foi mal…

— Ah, então é por isso que eu tive que rodar a escola inteira para achar você hoje… — Ele me abraça de lado. — Olha, Pedro, ensino médio é realmente muito difícil. Vai ter prova que a gente não vai saber de nada direito mesmo, e é isso.

— Se eu tivesse estudado mais em vez de ficar conversando com você, com certeza tiraria uma nota mais alta — digo, pensando alto.

— Eu tô te atrapalhando?

Ele parece um pouco preocupado. Sinto até seu abraço ficar um pouco menos apertado.

— Acho que *eu mesmo* me atrapalho — corrijo. — A culpa não é sua de conversar comigo. Nunca pare, por favor. O problema sou eu gostar tanto. Isso, sim.

Cruzo os braços.

— Fofo. — Ele me dá um beijo na bochecha após soltar uma risadinha. Logo penso que mais beijinhos como esse melhorariam meu humor. — Eu posso ver? — pergunta, com cuidado.

Entrego as provas para ele.

— Oito?! — exclama, quando olha a primeira. — Oito e *meio*?

Então ri após ver a nota de mais uma.

— Pois é. Uma piada. Eu sei.

— Nossa, que ódio! — Alex ri mais alto, agora um pouco mais exagerado. Joga o rosto para cima e tudo. — Eu jurando que você tinha tirado uma nota realmente baixa!

— Se eu tivesse tirado nota vermelha você iria me encontrar jogado no meio da avenida, Alex — digo, ainda chateado. — Eu não fui horrível, mas também não fui bem.

— Você foi bem, sim!

— Mas não incrível igual no trimestre passado.

— Você foi ótimo.

— Ótimo não é legal.

— É claro que é legal! — Ele se aproxima. — Pedro, você não se matou de estudar, aproveitou uma prainha e ainda tirou nota o bastante para passar de ano folgadasso! Você sabe que precisa só de dezoito pontos na soma dos três trimestres, né?

Olho para ele, confuso.

— Você já deve ter passado de ano em todas as matérias, se duvidar!

Fico levemente surpreso com essa informação e esse ponto de vista. Nessa de mirar no dez sempre, nem lembrava que precisava apenas da média para passar.

Mas passar de ano não chega nem perto do que é meu objetivo aqui.

— Isso qualquer um faz.

— Nunca mais repita isso! — fala ele, quase em tom de bronca. — O tanto de gente que fica desesperado no último trimestre, tentando recuperar o que perdeu, não tá escrito. Fora a galera que vai pra a prova final ou recuperação.

Saber disso me conforta um pouco.

— Acho que me tornei quem eu mais temia — falo, depois de pensar por um tempo. — Sou o nerd que chora por não ter tirado dez.

— O nerd mais lindo do mundo.

Ele me dá outro beijinho na bochecha.

— Mais um, por favor.

— Quantos quiser — diz ele, enquanto me dá vários em sequência.

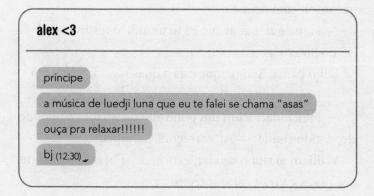

Ponto de ônibus, hora de ir para casa. Encaro a mensagem de Alex, a meio movimento para abrir o aplicativo de música e buscar pela indicação dele.

Mas aí vejo William se aproximando.

— Pedro! Saíram as datas e os países do CRI! — diz ele, olhando fixamente para o celular.

Por sorte, não esbarra em alguém no caminho.

— Mentira — falo da boca para fora, pois é típico de Rebeca esperar sairmos da escola para jogar uma bomba dessas.

Chego mais perto para ler a lista com ele. A luz do sol refletida na tela me atrapalha.

— Lê aí! Não tô enxergando!

— Tá. Pera.

Ele fica um tempo sem manusear o aparelho, apenas observando.

— Bora, lê em voz alta aí! Eu também quero saber — apresso.

— Oxe, espere aí, vá! Tá carregando aqui.

Eu bato o pé no chão freneticamente para demonstrar que estou com pressa.

— Pare de afobar aí que eu tô usando o restinho de Wi-Fi do Sotero.

Olho para o Sotero, que está a duas ruas de distância.

— Funciona *daqui*?! — pergunto.

— Funciona... com um pontinho de sinal — responde ele, dando risada. — Aí, carreguei! Carregou!

William afasta o celular, esticando o braço o máximo que pode, e vira a cara, apreensivo.

— Cadê?! Cadê?! Deixa eu ver o celular! Por que você não tá vendo?

Tento acompanhar o movimento da mão dele, que agora se mexe loucamente e não segue padrão ou lógica alguma. Ele a gira tanto que em poucos segundos fico tonto.

— Eu não tô pronto pra ver. — Fecha os olhos, para de mexer o braço loucamente e me entrega o celular. — Olha aí.

— "Bom dia, turma! Tudo bem?" — começo a ler devagar a mensagem que a professora nos deixou, tentando acalmar nossos nervos. — "Estou feliz e muito empolgada em comunicar que finalmente temos uma data para a simulação das Nações Unidas do Sotero deste ano! Ela acontecerá durante os dias 5 e 6 de setembro, então vocês têm pouco mais de um mês para se preparar. A lista com os países de cada um e detalhes sobre os comitês está em anexo. Reforço aqui que vocês não podem trocar entre si. Os encorajo a aceitar o país de vocês de mente aberta e confiar no processo. Abraços, Rebeca."

— Bora, abre o anexo aí! — pede William, apressado.

— Já tô abrindo, já! — respondo, desaforado. — Se você tivesse pacote de dados...

— Ah, é? Pague pra mim então, meu parceiro.

Quando o anexo carrega, minha atenção é completamente direcionada a ele.

— Véi. Eu. Não. Acredito.

Tapo a boca com a mão.

— Que foi?! Que foi?!

— Alex ficou com Estados Unidos. Simplesmente. Estados. Unidos. E no CDH!

CDH é o Comitê de Direitos Humanos. O qual eu e William apresentamos para o resto do clube no início do ano.

— Caraca, muito bom! — William soa genuinamente feliz por Alex. — Mas e a gente? Vê logo! Eu vou morrer, véi!

— Calma aí, "meu parceiro"! Vou até ver o seu primeiro já que você tá fazendo esse escândalo todo.

— Tá bom, só vê logo!

— Itália — leio, sem esboçar nenhuma reação. — CDH também.

Não sei o que vai achar sobre, então espero ele se manifestar primeiro.

William fica mudo por três segundos e, em seguida, solta uma gargalhada colossal.

— Véi, não acredito que eu que peguei *Itália*!!! — fala ele, quando consegue respirar novamente. — Depois de aquela Lívia insuportável ficar o ano todo implorando!

Dou risada, mas o nervosismo começa a bater mais forte. É a hora de ver meu país.

E, ao ler o que fica ao lado de "Pedro Costa Oliveira", minha feição derrete imediatamente.

Não acredito.

— Que foi? Que cara é essa? — pergunta William, provavelmente imaginando a merda que deu.

— *Chipre*?! — grito no meio do pessoal no ponto de ônibus.

Todo mundo está me encarando, mas não me importo. O ódio que sinto ofusca qualquer vergonha.

William cai na gargalhada, ainda maior que o escândalo que acabou de fazer.

— Eu não acredito nisso — digo, e olho mais de perto o celular. — E nem sei que comitê é essa sigla aqui...

Eu o viro na horizontal, mas a tela não segue o movimento, então dou zoom. Confirmado. Fiquei com o país mais sem graça possível. Não sei nem onde é que fica.

Por que não fiquei com um dos países grandões, dos que ouço falar no jornal todos os dias, que nem William e Alex? Alguma potência mundial, sei lá.

Rebeca me odeia? O que eu fiz para aquela mulher?! Não sou tão bom quanto os outros, por isso peguei um país menor?

Sinto uma pontada no peito só de pensar na dificuldade que terei para me destacar ao representar um país tão qualquer coisa.

— Aceita de mente aberta, Pedro — debocha William. — Ouve a professora.

— Isso estragou meu dia. Minha semana. Meu ano — falo, incrédulo.

— Não é de todo mal.

— Você só fala assim porque tá com a França.

— É Itália.

— Tudo colonizador — rebato, enquanto percebo nosso ônibus vindo de longe. — É o Barra 3, bora.

Nós corremos estrategicamente para a posição em que o ônibus sempre para, na intenção de sermos os primeiros na fila e... ele passa direto, nos fazendo andar muito até a porta e provavelmente nos deixando sem lugar para sentar quando entrarmos.

— Era só o que me faltava — comento.

william

Se algo te conforta hoje

Ou essa semana

Ou esse ano

A festa de Bela pode ser aqui em casa

Minha mãe deixou (20:19)

aeeeeeeeeeeeee

nossa que mae legal

ufa

pelo menos isso

vamo organizar (20:30)

27. ESTRAGA-PRAZERES

— Que horas a gente sai? — sussurro para William, que hoje está ao meu lado na sala de aula para terminarmos de esquematizar a festa surpresa de Bela.

Ainda estou muito grato por ele ceder a casa, afinal odeio misturar as áreas da minha vida. Se fosse no meu apartamento, eu ficaria preocupado com a hora que minha mãe chegaria do trabalho. E a festa acabaria exatamente nesse momento, uma vez que eu não suportaria meus amigos e minha mãe compartilhando o mesmo espaço. Fora que do jeito que as coisas têm andado com Bela, ela nunca toparia ir lá em casa.

— Acho que umas onze já dá pra gente se picar — responde William, um pouco mais alto.

Fico um pouco assustado, pois já tinha esquecido que do fundão dá para conversar sem tanto medo de atrapalhar o professor.

Respiro fundo, pois um nervosismo começa a embrulhar meu estômago.

Faz tempo desde a última vez que filei aula para fazer algo não relacionado com a própria escola. Todas as vezes que faltei este ano foram porque eu já sabia o conteúdo e preferi estudar alguma outra coisa, como os temas dos debates do CRI. Mesmo nesses casos, fingia que era porque estava doente ou algo do tipo.

Agora, adoto a mesma tática. Contei para minha mãe da festa surpresa de Bela, mas deixei de fora o fato de que perderia os últimos horários do dia para organizá-la. Ela não gostaria nada se soubesse disso.

Espero que valha a pena. Espero que, com essa festa, minha amiga entenda que eu não a esqueci. Que eu a amo. E, mais do que tudo, espero que esteja disposta a ouvir minhas sinceras desculpas.

— Relaxa. — William nota meu nervosismo. — As últimas aulas hoje vão ser só filme que o professor vai passar. Se duvidar, a gente assiste lá em casa depois da festa.

Ele parece estar se divertindo com minha cara.

— De boa. — Tento fingir que me acalmei. Não quero que ele ache que sou medroso. — E tá tudo certo com os *comes*?

Solto uma risadinha, pois foi assim que ele definiu os docinhos de festa quando estávamos planejando. William alega que se usamos a expressão "comes e bebes", também deveríamos usar "comes" e "bebes" individualmente.

— Aham. Passei a noite toda ontem fazendo beijinho e brigadeiro.

Ele mostra a tela do celular para mim. Vejo uma selfie dele com cara de acabado e uma mesa cheia de docinhos em progresso no fundo.

Solto mais uma risada, pois fui pego de surpresa. Acho meio fofo até.

— As meninas do SM que vão combinaram de levar uns salgados também — explica ele, enquanto guarda o celular de volta.

Fico sem entender o que é "SM" por um tempo, mas então lembro que se trata da sigla para Souza Marquês.

— Massa.

Fico feliz em lembrar que não vamos ser só eu, William e a aniversariante.

Quando Bela deu a entender que não conversava mais com nossas amigas, pensei na possibilidade de ela estar completamente sozinha na escola. Mas acho que não é o caso.

Espero que não seja o caso.

— A gente vai passar no mercado pra comprar o réfri, né? — retomo.

— Aham — confirma William, confiante. — Mas precisa ser jogo rápido. Se Bela chegar antes lá em casa, a gente tá ferrado. Vai ser o momento mais anticlimático do mundo.

Meu coração gela só de pensar. Imagina se a festa que planejo fazer para me redimir com minha melhor amiga dá errado? É daí para assinar os papéis de divórcio de amizade. Se é que isso existe.

— Relaxa. — Ele nota que voltei a ficar nervoso. — Na pior das hipóteses, a gente só chega pela porta com as coisas e finge que era a intenção desde o início.

— Mas os doces já não estão lá na mesa? E o povo já não estaria lá esperando a gente destrancar a porta também? — pergunto, confuso.

— Verdade... — Ele fica pensativo. — A gente precisa chegar antes mesmo.

William dá de ombros.
— Bó dez e meia? — sugiro.
— Bó.

Estamos cheios de sacolas nas mãos e nos braços. Compramos um monte de refrigerantes, pacotes de bolas de assoprar e velas dos números 1 e 5.

Quando eu e William subimos as escadas do prédio dele e nos certificamos de que somos os únicos presentes por enquanto, sinto um alívio tão forte que solto um suspiro e quase derrubo as sacolas no chão.

Ele aproveita para destrancar a porta e, quando a abre, fico chocado.

Se algum dia eu duvidei de William, não me recordo.

Ele se dedicou para valer. O apartamento está obviamente recém-arrumado.

Talvez isso seja o básico para qualquer ser humano que vai receber amigos para uma festa em casa, mas vindo de William, que, para mim, sempre foi o garoto insuportável do fundão, parece algo de outro mundo.

Quando pega os docinhos na cozinha, também fico admirado com a aparência ótima. Bate até uma fome.

Ele pega o controle remoto em cima da mesa, liga a televisão e coloca uma música para tocar. É um trap que desconheço.

Faço uma careta na hora e balanço a cabeça desaprovando a escolha musical, mas ele nem liga e diz:

— Minha casa, minhas regras.
— Tudo bem — concordo, dando uma risada.
— Prometo que depois coloco SZA.

* * *

— *PARABÉNS PRA VOCÊ NESTA DATA QUERIDA, MUITAS FELICIDADES, MUITOS ANOS DE VIDA!*

Eu, William e nossas cinco ex-colegas de turma cantamos em coral e batemos palmas sincronizadas com todas as forças enquanto Bela abre a porta.

A expressão dela é impagável.

Bela arregala os olhos, coloca as mãos no rosto e fica andando em círculos, entregando a melhor reação de aniversariante em uma festa surpresa possível. É uma mistura de choque com felicidade, alívio e entusiasmo.

Fico orgulhoso por ainda conseguir ler as emoções dela tão bem. Mesmo que ela pense que não.

Eu, Bruna e Jaqueline gritamos "Surpresa!" ao mesmo tempo quando todos terminam de cantar e bater palmas, e é assim que percebo que talvez seja eu quem subestime o poder das amizades de longa data.

Fico tão impressionado com nossa sincronia que me jogo no chão, gargalhando.

Nós três rimos incansavelmente, enquanto os outros presentes nos olham, soltando risadas *bem* mais leves.

— Algumas coisas nunca mudam.

É Bela quem diz as primeiras palavras, encarando a gente e balançando a cabeça, como quem diz "Quem aguenta com esses três?".

— Entra, Bela! — diz William.

Ele vai até a porta e puxa a aniversariante para dentro do apartamento.

— Quando? Como? Quem? — pergunta ela, rindo, enquanto William fecha a porta.

— Há algumas semanas; filando os últimos horários; ideia de Pedro — responde ele.

— Posso? — pergunta Bruna, lançando olhares penetrantes para a mesa de doces.

Ela está sedenta pelos brigadeiros desde que chegou. Assim como eu.

— Por favor! — exclamo.

Me junto a ela e inauguro o primeiro docinho, indicando que já podemos começar os trabalhos.

Jaqueline dá play na música e é hora de festa.

Podem existir alguns motivos pelos quais Bela ainda não me deu um socão na cara hoje: ou é seu aniversário e ela não quer se chatear com nada; ou outras pessoas estão no mesmo ambiente e ela não quer passar por (mais) um climão em público; ou quer aproveitar os salgadinhos, os docinhos, as bebidas e a música antes de fazer um discurso que vai me traumatizar para o resto da vida.

Mas o tempo passa e, pelo jeito, nenhum desses motivos vêm à tona.

Ela está no quinto copo de refrigerante e no segundo pratinho de comida. Além disso, está batendo altos papos com a galera. Inclusive comigo.

Nós nos sentamos de forma desorganizada em frente à televisão e assistimos a diversos clipes musicais dos artistas pelos quais somos obcecados. É uma conversa generalizada, mas que permite breves interações entre mim e Bela. Por exemplo, ambos concordamos que o *thank u, next* é o melhor álbum de Ariana Grande.

Bom, para falar a verdade, meu preferido agora é o *eternal sunshine*, porém omito esse fato só para ficar na mesma página que minha amiga.

Talvez seja coisa da minha cabeça, mas sinto que essas interações estão funcionando e me ajudando a me redimir com Bela. Só preciso ficar a sós com ela para ter certeza. Queria que todos se levantassem e nos deixassem conversar de verdade em particular.

— William, onde é o banheiro? — pergunta Bela.

Não é exatamente o que eu desejava, mas me parece uma oportunidade.

Espero minha amiga entrar no banheiro e me levanto, encostando despretensiosamente na parede do corredor pelo qual ela precisa passar para voltar à sala. Enquanto aguardo, testo diferentes formas de mostrar minha presença de um jeitinho não forçado. Isso envolve tentar cruzar os braços em tantas posições que esqueço qual é a normal.

Eu me perco tanto nesse processo que, quando percebo, Bela já está passando por mim e estou prestes a perder a chance de falar com ela.

Nem pensar.

— Amiga! — falo alto, quase desesperado.

Espero que a galera esteja envolvida o bastante na conversa na sala para não ficar bisbilhotando.

Bela se vira para mim, com um semblante tranquilo e levemente curioso.

— Que foi?

— É... O *thank u, next* não é mais meu álbum preferido. Eu menti.

Ela semicerra os olhos e cruza os braços. Deve ter entendido que eu pensei em tudo, menos numa desculpa plausível para não ir direto ao assunto.

— Desembucha — diz Bela.

— Ai, eu só queria saber se a gente tá bem...

— Onde é o quarto de William? — pergunta ela.

Acho esquisito, mas logo percebo que deve ter tido uma ideia. Quando aponto que fica logo à direita, Bela abre a porta, entra e indica para que eu faça o mesmo.

— Como você sabe onde fica?

Ela semicerra os olhos para mim, desconfiada.

— A gente passou aqui para deixar nossas coisas antes de preparar a festa.

Aponto para minha mochila jogada no chão.

— Vocês estão se resolvendo, então?

— É... Ele me prometeu ajudar a fazer sua festa e cumpriu, né? Mas não é uma má ideia continuar chantageando ele em troca do meu perdão — digo, brincando.

— Que horror, Pedro!

Bela joga um travesseiro em mim, incrédula.

— Ah, ele merece, vai... Você também sofreu um pouco na mão dele. Vamos dividir os favores? Eu fico com setenta por cento, e você, trinta — proponho.

— Cinquenta, cinquenta.

— Sessenta, quarenta, e não se fala mais disso.

— Fechado.

Nós dois rimos. Bela por causa da brincadeira, e eu por puro alívio ao perceber que ela está num quarto de porta fechada comigo e não parece querer acabar com minha raça.

A gente se joga na cama de solteiro, grudados.

O quarto de William é um pouco menor que o meu. A decoração é meio desleixada e consiste em, basicamente, um monte de figurinhas de caderno genéricas coladas na porta do armário e muitos carrinhos *Hot Wheels* numa prateleira. O lugar exala energia de criança atentada.

— Voltando ao assunto...

— A gente tá bem, seu lerdo! — Ela fica levemente inquieta. — Se não estivesse, eu já teria te asfixiado com o travesseiro.

Eu arregalo os olhos, brincando. Bela ri.

— É, mas eu queria conversar... — digo, com voz de pidão.

— Ô, menino dramático! — Ela me dá um tapinha no braço. — Vá. Fale aí.

— Primeiro, eu queria pedir desculpa. Desculpa mesmo. — Seguro o braço dela. — Eu fui babaca, um besta, um trouxa de deixar você de lado pra dar atenção a outras coisas.

— E outras pessoas... — acrescenta ela.

— Sobre esse ciúme aí, eu já não sei, não — digo.

Ela ri um pouco.

— Mas é isso. Eu fui um folgado com você e nossa amizade. Passei tempo demais pensando só em mim e nos meus problemas, e não é assim que uma amizade funciona, né? Você mesma nunca faria uma coisa dessas comigo. Desculpa de verdade. Eu não quero que se sinta sozinha — falo e faço uma pausa, olhando para seu rosto. — Te amo — digo bem rápido e meio para dentro.

É uma brincadeira nossa por conta da primeira vez em que eu disse isso para ela, no sexto ano. Foi exatamente desse jeitinho, então, até hoje, zoamos o Pedro do passado.

Ela ri. E mantém o sorriso.

— Inclusive, eu queria que você falasse como você tá. Só que tipo... de verdade — peço, e então a vejo levantar as sobrancelhas, como se estivesse sendo pega de surpresa pela pergunta. — É. Eu entendi que peguei a mania de monopolizar a conversa. Eu tô querendo mudar.

— Bom... Já que tamo falando disso, posso dizer que fiquei muito, muito, muito surpresa *mesmo* que as meninas vieram.

— Quem? Bruna? Jaqueline?

— Todas.

— Oxe, por quê?

— Sei lá... Desde que você foi embora, eu meio que me fechei muito, sabe? Se as meninas estão aqui hoje é pelos nossos anos de amizade, e não por esses últimos meses.

Franzo a testa, confuso.

— Desde que o ano começou, parece que ninguém tem a mesma graça que você — continua ela. — Ninguém dançaria comigo no meio do recreio, amigo. Às vezes, eu fazia uma piada muito interna nossa e só percebia que você não tava lá quando ninguém ria também. Eu tava morrendo de saudades de você, então... só me afastei de todo mundo. Mesmo estando na mesma sala.

Engulo em seco.

Não sabia que minha mudança de escola tinha afetado tanto a vida de Bela. Também senti uma saudade imensa de passar os dias com ela. Ainda sinto. Mas as coisas só foram acontecendo, sabe? Era Alex, era William, era prova, era o CRI... muita coisa nova. Ainda é, na verdade. Não deu tempo nem de sofrer muito. O máximo foi em Amargosa.

Pelo visto, Bela sofreu, mas de outra forma.

— Ai, sinto muito mesmo, Bela. Acho que eu só piorei tudo do jeito que tô lidando com as mudanças desse ano. Não posso nem dizer que você devia ter me contado, porque você tentou, né? Eu é que não quis ouvir. Meu Deus, eu me odeio.

— Calma que não é assim também. Não foi culpa sua desse jeito que você tá falando. Os dois estavam com muita coisa na cabeça.

— Ah, mas eu tive um pouco de culpa sim. Poderia ter sido mais presente. Mas, pelo que a gente tá vendo hoje, você ainda tem muita gente que te ama no Souza Marquês. Você não tá sozinha.

Ela sorri.

Depois de um momento de silêncio, tomo coragem para o que vou dizer em seguida.

— E eu posso perguntar dos seus pais?

— Ah, eles estão meio estranhos, mas estão melhores...

Meu celular começa a vibrar.

É minha mãe... às quatro da tarde? Combinamos que ela só viria me buscar à noite, depois que voltasse do trabalho.

— Merda. Desculpa mesmo, amiga. É minha mãe. — Mostro a tela do celular para Bela. — Vai ser rapidinho.

— Tudo bem — responde ela.

Atendo o celular e encosto no meu ouvido.

— PEDRO COSTA OLIVEIRA, QUEM VOCÊ ACHA QUE É?!

Já sei que não vai ser rapidinho.

28. LEITE DERRAMADO

A frase "Em casa a gente conversa" ecoa na minha mente por muito tempo.

Muito tempo *mesmo*.

Ecoava enquanto eu explicava a Bela o que aconteceu; ecoava quando recebi a mensagem da minha mãe dizendo que estava na frente da casa de William me esperando; ecoava enquanto eu me despedia da galera e dava uma desculpa esfarrapada por sair mais cedo; e ecoava no trajeto tenso até em casa.

Eu e minha mãe andando sem dizer uma palavra.

Do prédio de William até a sala da nossa casa, nada mudou: ela estava em um estresse absoluto, e eu, temendo pela minha vida.

Agora estou sentado no sofá, acuado, e minha mãe está de pé na minha frente. Tenho a impressão de que vai pular em cima de mim a qualquer momento.

— Que história é essa de que meu filho está mentindo para mim?

Ela coloca a tela do celular muito próxima do meu rosto e afasta logo em seguida. Não consigo ler nem as primeiras palavras.

— Como assim?

Semicerro os olhos e tento enxergar o conteúdo do celular de longe, dando a entender que não sei do que se trata.

Mas eu sei *exatamente* do que se trata.

— Não se finge de desentendido pro meu lado, Pedro!

Não sei se é possível, mas parece que ela fica ainda mais furiosa com minha negação.

— Mãe — começo, na voz mais calma de que sou capaz neste momento, na tentativa de criar pelo menos um espaço seguro —, do que a gente tá falando exatamente?

— Então tem *mais* coisa?! — Ela dá uma risada debochada. — Que maravilha, Pedro! *Que maravilha*!

E completa a performance com batidinhas nas pernas.

Acho que não fiz a melhor escolha de palavras para criar um espaço seguro.

— Posso ver o celular? — pergunto, estendendo a mão e seguindo na missão de me fazer de sonso.

Preciso entender como conseguiu essa informação.

Ela me entrega o aparelho.

Quando leio, sinto uma pontada no coração. Uma pontada profunda.

Colégio Sotero

Prezados familiares,

Confirmo por meio deste e-mail que a presença de Pedro Costa Oliveira e William dos Santos Paixão na Central do Aluno na segunda (08/07) ocorreu positivamente.

Após ambos terem conversado e resolvido as questões entre si, a coordenação do primeiro ano decidiu não entregar advertências para os alunos envolvidos no incidente com o refrigerante e a briga no Arraiá do Sotero. Os alunos têm boas notas e um bom histórico de comportamento ao longo do ano letivo.

Informamos, entretanto, que caso se repita, as consequências serão mais severas.

Atenciosamente,
Mônica Ferreira

Por que raios a coordenação enviaria na sexta um e-mail para confirmar o que conversou com a gente na segunda? Não bastou eu e William termos ouvido o sermão e acordado tudo direitinho presencialmente? Eles precisavam mesmo caguetar para nossas mães?!

Ainda por cima nem nos colocaram em cópia desta vez. A possibilidade de eles mandarem outro e-mail nem me passou pela cabeça, então nem cheguei perto de bolar outro plano. Eu poderia tacar o celular dela na parede e fingir que foi um acidente, sei lá.

— É isso mesmo, Pedro — diz minha mãe, de braços cruzados, quando percebe o desespero na minha feição. — Eu te peguei no pulo e não tem pra onde correr.

— Mãe, eu...

— Não tem nada de "mãe, eu", não! — interrompe ela, com gosto, e pega o aparelho de volta. — Você nunca ouviu que mentira tem perna curta não, menino?!

— É que...

— "É que" o quê, Pedro? — Ela começa a bater o pé no chão e coloca o peso do corpo em apenas uma das pernas, como quem não espera nada do que vou falar em seguida. — Vá. Se explique.

— A gente discutiu no almoço sobre um debate do CRI. É isso. Não achei que era tão importante assim pra eu falar com você — minto, na cara dura.

Talvez, se a "briga" tiver rolado num contexto de estudos, ela leve mais tranquilamente.

Porém minha mãe solta uma gargalhada ainda mais assustadora, levando as duas mãos ao rosto e as arrastando para baixo, o que deixa a parte vermelha dos olhos um pouco aparente.

Noto tudo isso por relances rápidos que dou na direção dela, uma vez que desvio de qualquer contato visual.

— Pedro, eu vou te dar uma segunda chance. Se explique — diz ela, mais baixo e entredentes, o que me deixa ainda mais nervoso.

Consigo responder apenas com uma respirada funda e uma leve jogada de ombros, indicando que já disse tudo o que tinha para falar. Espero que ela compre. De verdade.

— Filho, você sabe que só com esse e-mail, eu consigo ver o corpo todo da conversa, né?

Ela torna a grudar o celular no meu rosto para mostrar. Está tão próximo de mim que vejo apenas o dedo dela rolando a tela do aplicativo para baixo freneticamente.

— Como assim você tá cometendo falsidade ideológica agora, Pedro?! É com um filho *mentiroso* que eu estou lidando?! Como você se achou no direito de se passar por mim? — grita minha mãe.

Engulo em seco e continuo olhando para baixo.

Um silêncio muito constrangedor toma conta da sala.

— Você não sabe como me decepcionou — diz ela, séria.

Sinto uma pontada ainda mais profunda no peito, pois, de todas as coisas que ela poderia me dizer, essa é a pior.

Passamos alguns segundos em silêncio.

— Tá de castigo — afirma minha mãe.

Ok. *Essa* é a pior.

Nunca chegamos a esse ponto. Pelo menos não desde quando eu tinha 6 anos. Em geral, minha mãe é muito de boa. E é isso que me deixa com tanto medo agora.

Meu coração acelera e sinto uma lágrima descer.

Estou me sentindo completamente vulnerável.

Sei que menti. Sei que é algo sério. Só que eu fiz tudo isso por ela, para que tivesse um filho perfeito. Não entendo como não enxerga isso.

Minha mãe se dedica ao trabalho desde sempre. Sempre presenciei isso, e agora a vejo colhendo os frutos que plantou com muito estudo e muita dedicação. Não quero que precise lidar com um filho que tem uma vida tão bagunçada. Não quero ser um peso nas costas dela. Não quero ser o filho gay que terminou se ferrando na vida *justamente* por ser gay.

Quero ser motivo de orgulho. Quero ser bem-sucedido como ela.

Mas também quero poder me descobrir e me divertir, como Alex sempre fala.

O dia na festa pode não ter terminado muito bem, mas hoje percebo que foi massa. Finalmente tive coragem de fazer o que queria. Beijei alguém que eu queria de verdade pela primeira vez; enfrentei o garoto que me fez mal durante anos; me permiti ir a uma festa depois de tantos meses me privando... E o que deu errado, resolvi depois.

Mas também fico triste por ter decepcionado minha mãe. Odeio que ela não entenda nem um pouco meu lado.

Corro para o quarto, bato a porta, me sento na cama e consigo ouvi-la resmungando de lá da cozinha.

Sei que está falando alto para que eu consiga ouvir cada palavra, porém isso não funciona muito bem. Entendo apenas resmungos. E prefiro que seja assim mesmo. Não a ouço reclamar, e ela não me ouve chorar.

Infelizmente, tudo que aconteceu não foi um daqueles pesadelos super-realistas. Eu estou mesmo passando por essa situação.

Não quero sair do quarto, mas estou tremendo de fome — já faz horas desde que comi um pedaço de bolo na festa. Para chegar até a cozinha, sei que vou ter que cruzar com minha mãe no caminho.

Eu me levanto, respiro fundo e checo no espelho do meu armário se dá para perceber que passei três horas chorando, mordendo o travesseiro de raiva e dormindo para ver se a sensação passava. Dá. Meus olhos estão irritados, o nariz avermelhado, o cabelo amassado e a camisa manchada de lágrimas. Estou um caco. Mas não tem o que fazer.

Talvez seja até importante que ela veja que não estou bem com a bronca de mais cedo. Nem com o fato de que estou de castigo. Nem que ainda não sei o que "estar de castigo" quer dizer exatamente, uma vez que nunca cheguei a esse ponto depois de adolescente.

Passo pela porta e ouço barulho de panelas na cozinha. Dou o azar de ela estar exatamente lá.

Quando chego, trocamos breves olhares e nada além disso. Ouvimos apenas o barulho dos utensílios de cozinha batendo.

Preparo meu pão e pego o leite na geladeira para fazer um achocolatado. Faço tudo no automático. Minha cabeça não está aqui, presente no momento. Só consigo pensar no que minha mãe está pensando. E esperar que esteja fazendo o mesmo. Talvez, se ela tentasse se colocar cinco segundos no meu lugar, entendesse a situação.

— MERDA, PEDRO! — berra minha mãe, quebrando o silêncio.

Levo um susto e percebo que acabei de derramar leite. Acho que esbarrei no copo ao virar para pegar o achocolatado no armário.

Merda mesmo.

— Ai, desculpa — falo, de forma monótona, e vou atrás de um pano para limpar a besteira que fiz.

— Presta atenção, cara! Pra esconder as coisas de mim é todo sagaz, mas pra fazer um achocolatado direito fica nessa lerdeza, é?!

Não acredito que ela vai começar uma dessas.

— Que coisas, mãe? Esconder *que coisas*?

Viro para ela, já com o pano na mão.

Ela demora uns bons segundos, mas então responde:

— Essa falsidade ideológica aí.

— Claro! Eu tenho certeza de que isso era exatamente o que você queria dizer! — ironizo, deixando minha voz um pouco mais aguda.

Em poucas passadas, consigo limpar as partes da mesa e do chão por onde o leite se espalhou.

— Eu quero dizer que você é mentiroso e irresponsável! Isso que eu quero dizer! — rebate ela.

Não é *possível*.

— É sério que você vai resumir meu ano todo a um erro, mãe? — falo, com a voz tremendo. — Você acha que meu boletim cheio de nove e dez é irresponsabilidade?

— E o que isso tem a ver?

Ela parece confusa, pega de surpresa, mas mantém a pose de briga.

— Tudo, né, mãe?! — Agora sou eu quem grito. — *Tudo*! Jogo o pano em direção à área de serviço já da porta da cozinha e me encaminho para o quarto.

Mas paro quando chego na porta da cozinha. Se já estamos aqui, que eu possa, então, deixar algo *bem claro*. Viro novamente de frente para ela e grito:

— Se eu falei alguma mentira, foi que eu queria entrar nessa merda de escola! — disparo, olhando no fundo dos olhos dela.

Então minha mãe faz uma careta, parecendo mais confusa do que nunca.

— Ah, é? Vai ficar dias sem ir pra lá, então! — Ela claramente toma a decisão na impulsividade. — Se a escola não vai dar suspensão, eu dou.

Fico incrédulo com o que diz.

— Pois é! Se você acha que pode fazer o que quiser sem nada acontecer com você, tá muito enganado! Não vê que eu me mato todos os dias no trabalho para garantir que você tenha tudo o que quer? É assim que me agradece?

Penso em como é ela que não vê como eu me mato todos os dias só pra agradá-la.

Com meu pão na mão, corro de volta para o quarto, dou uma mordida violenta no sanduíche, me sento de frente para o computador e também tomo uma decisão na impulsividade.

Pedro Costa Oliveira

Boa tarde, professora,

Envio este e-mail para informar minha desistência do CRI. Infelizmente, não estou dando conta da carga de trabalho e terei que me retirar do clube e da simulação.

Obrigado por tudo.

Atenciosamente,
Pedro

Não tem por que eu continuar me desgastando por alguém que nunca vai reconhecer isso, não é mesmo?

29. TE AMAR É MASSA DEMAIS

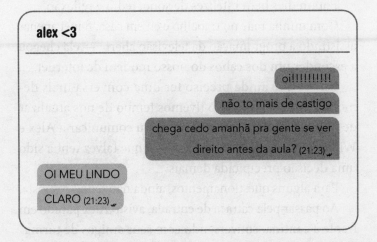

Vir para a escola depois de uma suspensão de dois dias é como pular dois episódios de uma sitcom.

Por estar acostumado com o cenário e com os personagens, dá para se localizar no ambiente e pegar o ritmo de novo. Entretanto, me sinto um traidor por não ter acompanhado cada segundo de perto.

Sinto também como se eu pudesse ter perdido qualquer coisa. Qualquer coisa *muito* importante. Podem ter sido daqueles episódios especiais de "parte um" e "parte dois", ou daqueles irrelevantes que ninguém lembra da existência.

No fim das contas, minha mãe decidiu que meu castigo seria bem pesado. Acho que a briga do leite derramado e minha desistência do CRI pioraram tudo.

Fui obrigado a passar do final de semana até terça-feira isolado do mundo: sem internet, sem escola, sem amigos, sem música, sem *nada*. Só podia ler uns livros dentro do quarto. E ela ainda fez questão de preparar só pratos de que eu não gosto muito.

Foram dias bem infelizes de sono, tédio e reflexão.

Com minha mãe no trabalho e eu em casa, fiquei apenas assistindo à programação da televisão aberta — ela chegou a esconder um dos cabos do nosso modem de internet.

Pensei que ainda preciso ter uma conversa mais demorada com Bela — não tivemos tempo de nos atualizar de tudo; que tenho que ver como vou comunicar a Alex e William que decidi sair do CRI — o que talvez tenha sido uma decisão precipitada demais...

Para alguns questionamentos, ainda não tenho resposta.

Ao passar pela catraca de entrada, avisto Alex parado em frente à cantina, conversando com seus amigos de turma.

Não sei se já quero conversar sobre tudo que aconteceu. Acho que prefiro refletir mais um pouco. Mas, sinceramente, parece que todos os questionamentos somem quando o vejo. Pelo menos, ficam muito pequenininhos.

Sei que ele vai gostar de me ver também. Então resolvo tornar o momento ainda mais especial (acho que a festa de Bela me viciou em surpresas).

Pego o caminho mais longo para chegar aonde ele está e me aproximo de fininho pelas suas costas. Coloco as mãos sobre seus olhos e deixo que ele mesmo entenda o que está acontecendo.

— *Mentira*! — grita Alex, para a escola toda ouvir.

Antes que eu possa exclamar um "Surpresaaaaa!", ele tira minhas mãos dos olhos, as segura, dá um giro para ficar de frente para mim e encaixa o corpo no meu em um abraço. Parece que executamos uma coreografia de casal sem a menor pretensão.

— Que saudade! — diz Alex no meu ouvido.

Estou sofrendo um pouco com a força que ele me aperta. Talvez seja o abraço mais apertado que já recebi em toda a minha vida. Vindo dele, é bom.

— Faz tanto tempo que a gente não se vê! — completa.

— Lindo, faz tipo... quatro dias — respondo, como se também não tivesse sentido a maior das saudades dele.

— Mesmo assim. Você quase nunca falta. Ontem foi uma tortura. Percebi que peguei trauma do São João sem te ver — explica Alex, correndo, numa pressa de quem precisa me contar tudo que se passa na cabeça dele.

A este ponto, ele deixa seus amigos do segundo ano conversando entre si e começa a andar. Vou na dele.

— Puts. Imagina como você vai ficar nas férias, então?!

— Se a gente não se encontrar nas férias, eu morro. De verdade.

— Sinto em dizer, mas acho que minha mãe vai querer viajar pra Ilhéus de novo.

Sinto um arrepio só de pensar em revisitar aquele lugar.

— Me leva junto! Meus pais deixam!

Ele pula, como se acabasse de ter a ideia mais brilhante do mundo. Spoiler: não é.

— Ô, meu lindo... — Nego com a cabeça, enquanto faço carinho no cabelo dele. — Do jeito que minha mãe tá comigo, isso não vai rolar nem aqui, nem na China.

Ele faz biquinho, numa de suas tentativas de mudar a situação magicamente só pela força do rostinho bonito.

— Se você quer aproveitar minha companhia, vai ter que ser nesses meses que a gente ainda tem de aula.

— Eu tô achando você é muito do pessimista, isso sim!

— Ah, é?! Tenta passar quatro dias inteiros sem celular, computador, internet na televisão, depois você fala comigo — digo, um pouco mais sério.

Há um momento de silêncio.

Talvez eu tenha sido grosseiro demais? Meu Deus, o que a amargura do castigo de minha mãe fez comigo?!

Penso em pedir desculpas, mas sou surpreendido com as duas mãos dele beliscando minhas bochechas.

— Own, você fica tão lindo estressadinho... — Alex volta a falar, sorrindo e com a voz adocicada. — Tudo bem. Se é pra aproveitar você enquanto posso, vamos colocar nossas conversas em dia.

Ele dá o braço para mim, como se estivéssemos no altar. Tento não imaginar um tapete vermelho aos nossos pés, mas falho miseravelmente.

— O que aconteceu de tanta coisa assim nesses dois dias que você quer tanto conversar?! — pergunto, quando paramos de andar e volto à realidade.

— Bom, começando que foram dias bem tristes sem você aqui...

— Culpa de minha mãe.

— É... — fala ele, arrastando as palavras. — Mas você mereceu mesmo, vai.

— *Shhhhhh*! Cala a boca! Eu nunca erro — retruco, brincando.

— Você pode calar a minha, se quiser.

Ele olha com um sorriso malicioso para a sala de arte.

— Você é maluco? — Arregalo os olhos, surpreso com a audácia. — Beijar assim, na escola?

— E a gente se beijou onde, Pedro?

— Onde a gente beijou não tem câmera! — rebato.

— A câmera da sala de arte não funciona tem um tempão. — Ele cruza os braços, confiante. — Mas não conta pra ninguém — sussurra.

Semicerro os olhos, hesitante.

— Você não quer? Ah, tudo bem, então... — diz ele, com uma voz falsa de desapontado, pois sabe muito bem que a expressão no meu rosto não é de negação.

Olho pela janela da sala de arte para confirmar que não tem ninguém, e Alex gruda a cabeça na minha para também conseguir enxergar lá dentro e...

— Puts. — Ele verbaliza minha reação. — Calma aí.

Então indica para que eu continue parado onde estou e abre a porta.

Obedeço.

— Oi, Liz — cumprimenta ele, dando uma de inocente —, bom dia! Será que você poderia...

Alex dá um passo para o lado, para que eu entre no campo de visão da nossa amiga.

— Opa! Já tava de saída. — Ela dá um sorriso, rapidamente apoia no chão a tela que pintava, pega a mochila e libera a sala para nós dois. — Saudade, Pedro!

Ela me dá um beijo na testa na saída.

— Vem cá.

Alex me puxa para dentro pela cintura, fecha a porta e apoia o quadro de Liz na janelinha de vidro.

Quando percebo, estamos tão focados no beijo, que quase esbarramos no armário dos materiais.

Ele se senta no sofá para não corrermos esse risco novamente, e eu só vou junto. Confio nele. E amo o gosto de tutti-frutti da sua boca.

Ficamos lado a lado, beijando lento.

Ao contrário do nosso ritmo, sinto meu coração acelerar. Mas não como um nervosismo ruim. É um nervosismo gostoso. É uma ansiedade de demonstrar toda a saudade que senti de estar com ele.

Também o sinto demonstrar tudo isso. E mais um pouco.

Alex passa a mão pelo meu cabelo, pela minha nuca, pelas minhas costas… sempre pressionando o corpo contra o meu. E eu não recuo.

Ele começa a descer da minha boca para meu pescoço, dando beijinhos rápidos e leves, e ouço algum barulho lá fora.

— Isso é… — Paro o beijo e tomo um pouco de tempo para raciocinar. — Anavitória?

Ele solta uma risada.

— Então deu certo! — exclama, enquanto olha para o teto, como se gritasse em direção ao som que estamos ouvindo.

— O que deu certo? — pergunto, contagiado pela felicidade dele.

— Ah, eu sei que tá quase todo mundo de farda colorida a esse ponto, mas o resto todo da escola continua chatão. Então eu dei meu jeitinho pra deixar isso aqui um pouquinho mais legal, vai.

Saco o celular do bolso, olho no horário, e lá está: sete horas.

— Isso é o sinal da aula?

— Aham.

— Pera. Deixa eu ver se entendi: o sinal da escola agora é música?!

— *Nossas* músicas!

Ele me dá um último selinho prolongado enquanto "Te amar é massa demais" toca em todos os alto-falantes.

— Eu amo essa — comento.

— Eu sei — responde ele.

Cantarolamos o refrão até a música pausar e nos levantamos para mais um dia de aula no Sotero.

Acho que a escola não está mais tão chata quanto eu achava.

— Bora, cara, fala logo!

Bela insiste em saber qual era a música que estava tocando hoje mais cedo no Sotero, quando eu e Alex estávamos nos beijando.

Vim para a casa dela depois da aula e contei a história toda, menos esse detalhe.

— Você vai me zoar muito. Não quero.

— Eu prometo que não vou.

Ela levanta o dedo mindinho, para fazer a promessa mais sagrada do mundo.

Eu levanto o meu, e então entrelaço ao dela.

— "Te amar é massa demais", de Anavitória.

Ela solta uma gargalhada. É a risada mais desnecessariamente alta e longa que já ouvi.

— Eu esperava qualquer coisa de você, menos isso — comenta Bela.

Faço muxoxo, fecho a cara e cruzo os braços.

— Você prometeu — acuso.

— Oh, amigo. — Ela tenta controlar a risada. — Desculpa. É que eu esperava qualquer coisa *mesmo*, menos isso.

— E daí? As pessoas não podem mudar, não? Música brasileira é ruim pra você?

— Ih, lá vem o militante do Clube de Relações Internacionais — comenta ela, com uma voz debochada.

— Vai começar?

— Parei. Prometo. — Ela respira fundo. — Me desculpa?

— Desculpo.

Tento esconder que, no fundo, estava com um pouco de saudade das perturbações dela.

Ficamos em silêncio e o celular dela apita com uma notificação.

— É meu pai — diz Bela, revirando os olhos.

É a oportunidade perfeita de ir ao verdadeiro ponto deste nosso encontro de hoje: terminar a conversa que iniciamos na festa surpresa.

— Como você tá com isso, amiga? — digo, na voz mais mansa que consigo.

— Ah... indo, né?

Ela se fecha um pouco.

— Amiga — falo, sério, e coloco a mão no ombro dela —, você jogou na minha cara que não conseguia conversar comigo sobre nada no meio de uma briga no Sotero. Desembucha.

Ela ri um pouco, e eu abro um sorrisinho de canto.

— O que você quer saber? — pergunta.

— O que você quer contar?

— Quer em ordem cronológica ou de importância?

— Na que você preferir.

— Bom... Meus pais estão nesse vai e volta e nunca se decidem, né? Tem semana que meu pai dorme aqui, semana que dorme na casa da minha vó... Eles querem se separar, mas nunca têm coragem de fazer isso de vez. E daí sobra pra mim ficar tentando mediar essa merda.

— Nossa... — comento baixinho.

— Pois é. Antes eu queria porque queria que eles voltassem, mas agora juro pra você que se terminassem logo de uma vez seria uma bênção.

Fico calado.

— Ai, dane-se também. Quer ver um filme? — sugere Bela.

— Bora.

— Qual?

— Você escolhe.

— *O quê*?! — Ela joga o corpo para trás, surpresa. — Quem é você e o que fez com o meu amigo Pedro?!

30. VOLTANDO ATRÁS

— Não sei porque eu fiz isso — afirmo, deitado no gramado da área externa do Sotero e olhando para o céu.

Ao meu lado está Alex, com uma perna entrelaçada na minha, e do outro, Liz, comendo seu enroladinho de queijo. Eles estão sendo meus psicólogos por um intervalo.

— Não vou mentir que eu não esperava que você fosse sair do CRI, mesmo. Me pegou um pouco de surpresa — comenta Alex, sem tom de julgamento.

Ainda assim, me sinto um traidor.

— Desculpa não ter falado nada antes.

Eu me viro de lado para olhar nos olhos dele.

— Oxe. Você não "tinha que falar" nada, não — rebate ele. — A decisão é sua, Pê.

— Mas eu meio que te deixei sozinho pras reuniões, né? — falo, chateado só de imaginá-lo naquela sala intimidadora.

— Cara, não queria dizer nada, mas sem amizade eu não fico, não — diz ele, rindo. Eu e Liz rimos de volta. — Só que a sua é diferenciada, eu admito.

— Verdade, né? — fala Liz, após dar uma mordida no enroladinho. — Nunca vi esse menino ficar sem companhia. Só quando ele tá se odiando *muito*.

— O que é bem raro também — brinco.

Eles riem.

— Mas, Pedro, você tá sentindo falta do CRI? — Liz retoma ao assunto. — Tipo... do CRI mesmo, tirando o grude de Alex.

— Não entendi! — exclama Alex, ofendido de brincadeirinha.

Eu rio. Mas a pergunta me deixa reflexivo.

— Véi, não sei... Era muito pesado, eu tinha que ficar pesquisando coisa o dia todo... Só que talvez eu esteja com saudadezinha, sim. Acho que eu que me odeio, não é possível!

— Normal — rebate Liz. — Todo mundo do terceirão já tá sentindo saudade desse inferno. — Ela aponta para o ambiente escolar. — Eu, inclusive.

— Sério? — pergunto, genuinamente impressionado com o que ouço. Lembro do início do ano, quando ela falou sobre aturar a escola pelo tempo do ensino médio e "se picar" em seguida.

Mas ela assente.

— Eu não vejo a hora de acabar — afirmo, quase que resmungando.

E é *sério*. Talvez, para as outras pessoas, o ensino médio seja tranquilo. Mas, para mim, é apenas uma experiência torturante pela qual preciso passar para provar minha capacidade. O quanto mais rápido acabar, melhor.

— Eu não sei se quero que acabe, não — comenta Alex. — Acho que não sei nem quem sou sem a escola.

— Lindo, maravilhoso, gostos...

— Ai, meu Deus... — interrompe Liz, claramente constrangida de estar entre dois apaixonadinhos.

Eu e ela damos risada.

— Sério. — Alex parece apenas preocupado. — Não sei se eu quero fazer vestibular, se quero começar trabalhando... Se vou passar no vestibular, se vou conseguir arranjar emprego...

— Amigo, você tem tempo. *Vocês* têm tempo. — Liz lança um olhar para nós dois. — Se soubessem que metade da minha sala ainda nem sabe o curso que quer...

— Como assim? — pergunto.

Eu e Alex estamos obviamente embasbacados.

— Pois é. Tem gente que só decide o curso na hora de se inscrever. Eu vou ser assim também, provavelmente — explica ela, dando uma risadinha.

— Oxe! Na minha cabeça era óbvio que você ia fazer algum curso de artes — digo.

— Nem tanto assim... — fala ela, após fazer muxoxo. — Meu pai quer que eu faça alguma coisa que "dê dinheiro". Acha que não vou conseguir muita coisa sendo artista, porque "tem muito artista pobre por aí" — diz, imitando o pai com um pouco de ironia e balançando a cabeça.

Fico nervoso só de pensar.

Se já está difícil de provar meu valor no ensino médio, imagina ter que passar por isso durante um curso inteiro da faculdade para agradar a família?

Ficamos todos em silêncio. Acho que os dois também estão refletindo sobre os próximos passos que precisam dar na vida.

— Mas relaxem. Eu provavelmente vou fazer uma surpresinha pra ele — diz Liz, com uma voz maléfica e um sorriso no rosto. — Por enquanto, só quero aproveitar meus últimos meses de ensino médio. Eu sei que só ando na sala de arte, mas tô gostando muito das minhas últimas aulas também. Tá todo mundo naquela vibe de aproveitar os últimos momentos juntos como uma turma, sabe? Além de que eu fiz amigos muito legais por aqui… — Ela olha para Alex, sorrindo. — Vou ficar com saudade.

Sinto um aperto no coração. Nunca tinha pensado dessa forma.

Faz tempo que enxergo o ensino médio como algo completamente negativo, desde que escolhi estudar no Sotero contra minha vontade. Acho que é por isso que termino não prestando atenção nas partes legais.

Mas elas existem. Mesmo que eu não seja amigo da galera da minha turma.

Eu gosto de Alex, estou ficando mais em paz com William, aprendi a gostar de algumas matérias e… gostava do CRI. Por mais que me desse muita dor de cabeça. Gostei de aprender a articular minhas ideias, a desenvolver minha oratória, a conhecer mais sobre países que eu nem sabia que existiam, tipo o Chipre. Gostei de conversar e ouvir as opiniões de todo mundo e defender meus argumentos.

— Rebeca tá aqui hoje? — pergunto a Alex, que sempre sabe dos dias em que os professores estão pelo Sotero.

— Amanhã só. Por quê?

— Nada... — digo, fingindo que não planejo fazer uma loucura.

— Me arrependi.

— Como assim você se arrependeu?

Estou no laboratório do CRI, sentado em frente à professora Rebeca, em pleno primeiro dia de simulação.

— Eu pesquisei mais sobre o Chipre. Agora gosto do Chipre.

— Foi por isso que você saiu?

Fico calado e evito contato visual. Apenas confirmo com uma jogadinha de cabeça para o lado. Mais fácil do que explicar todo o rolê.

— Pedro, a gente falou tanto sobre todos os países terem sua relevância e que isso de uns serem mais importantes que outros é uma visão deturpada...

— É, eu sei! — confirmo, interrompendo-a. — Quer dizer... agora eu sei! Antes eu ouvia você falando, mas é óbvio que queria pegar um país grandão pra me destacar, tipo Estados Unidos ou Brasil. E tava rolando muita coisa também. Foi no impulso, pró. Eu tinha brigado com minha mãe, mas agora está tudo bem e pensei melhor.

— Numa simulação, dependendo do comitê, esses "países grandões" podem facilmente passar despercebidos se não tiverem uma boa...

— Sim, eu sei. Agora eu sei!

Ela olha para mim como quem não está gostando nada de ser interrompida o tempo todo. Percebo como estou sendo inconveniente e recalculo a rota.

— Eu trouxe minha roupa social na mochila. Te prometo que eu vou ser o melhor Chipre possível. Estudei horrores, sei tudo sobre o país e o comitê — asseguro, com uma voz mansa. — E minha mãe já tinha comprado o look antes de eu desistir do CRI. Seria vacilo se eu não usasse.

— Pedro, infelizmente eu não tenho mais como te colocar de volta na simulação. Seria injusto com seus colegas que vieram nos últimos encontros. Além de que já estamos muito perto da simulação. Eu precisei colocar alguém no seu lugar.

— Oxe! Quem? — pergunto, o mais calmo possível, mas queria estar gritando "Quem foi o *escroto* que fez essa sacanagem comigo?!".

— Fábio. Ele era AC, mas frequentou todas as reuniões do CRI. Até as que não precisava.

Fico completamente extasiado com essa informação. Que *babaca*! Esse aleatório não pensou que eu poderia voltar atrás na minha decisão?

Se bem que eu realmente desisti de debater, e ele foi mesmo a todas as reuniões do CRI. Eu lembro de ver esse menino por aqui o tempo todo, realmente. Talvez a troca tenha sido justa, mas mesmo assim...

Não consigo expressar uma palavra sequer.

— AC significa assessor de comunicação — explica a professora. — É a imprensa, que publica matérias sobre tudo o que vocês debatem nos comitês. Os delegados precisam sempre estar atentos à relação de seus países com a imprensa, porque cada um é muito diferente e...

— Tô ligado! Alex e Liz falaram da imprensa no primeiro dia de aula e eu até estudei sobre isso durante o ano também — interrompo, mas ela começa a andar em direção à porta. Acho que ficou brava. — Eu sou um ótimo delegado, tá vendo? Não tem mesmo como me colocar de volta na simulação?

Ela pensa por um tempinho, com a mão já na maçaneta.

— Até tem.

— *Eba!* — Eu me levanto, entusiasmado. — Vou ser qual país?

— Então... Eu posso ver de te colocar como AC, no lugar de Fábio. O que você acha?

Meu entusiasmo some em questão de segundos.

— Ahn? Como assim? — pergunto, gaguejando um pouco.

— Pedro, você é um garoto novo, mas essa é uma oportunidade para entender que suas ações têm consequências, percebe? — diz Rebeca, com pena da minha expressão de profunda tristeza, que piora depois desse banho de água fria.

— Não vai querer, então? — insiste ela, após um tempo de silêncio, e abre a porta da sala.

Meu coração gela.

Ao perceber que esta é minha última chance, penso em todos os motivos para não desistir em questão de segundos.

Penso em toda a conversa com Alex e Liz.

Visualizo Alex e William participando dos dois dias de simulação sem mim. Lembro dos finais de semana que passei estudando, das tardes que dediquei para estar presente nas reuniões. Foi muito esforço e muita dedicação para jogar fora.

Acho que sei minha decisão.

— Quero.

— Você tem até às nove da manhã para stalkear o site inteiro da última simulação — diz ela, abrindo um sorriso. — Confio em você.

31. NÃO SEI

Eu... não sei.
 Realmente.
Não. Sei.

Estou no auditório da escola para a cerimônia de abertura, rodeado por todos os alunos e professores participantes do CRI, e só consigo pensar na besteira que faço em tentar algo em que sou tão inexperiente.

Há mesas com comidas e bebidas, e todos os participantes estão usando roupa social. Os professores distribuem crachás com nome, função e colégio, uma vez que alunos de outras escolas vão participar.

Meu nervosismo só aumenta.

Quando finalmente avisto William e Alex, os dois estão sentados na outra ponta do auditório, com o restante dos delegados do Comitê de Direitos Humanos.

Ainda não sei nem em qual comitê vão me alocar.

Rebeca sobe no palco para dar início à cerimônia e todos aplaudem.

Durante a meia hora seguinte, assistimos aos vídeos de abertura e ouvimos professores das escolas discursarem sobre o tema do evento. Tudo isso, mas eu só ouço uma voz interna me dizendo coisas como *Pedro, vai para casa*, *Pedro, vai para sua aula de Matemática no primeiro L* e *Pedro, volta para sua escola antiga, que é aonde você pertence*.

Mas já estou aqui e não posso mais fugir.

— Bom... — Rebeca volta para o centro do palco. — Como tempo é precioso, nós finalizamos a cerimônia de abertura por aqui. Vamos começar nossa simulação em quinze minutos. Bom trabalho a todos e boa sorte!

Todos aplaudem e se levantam.

Eu identifico o pessoal com o crachá da AC e sigo o fluxo, como a professora Rebeca me orientou mais cedo.

No terceiro andar, todos entram em uma sala com uma placa escrito "Agência de Comunicação" colada na porta.

Eu me sento na cadeira mais afastada possível, na intenção de não perceberem a minha presença. A roupa social obrigatória ajuda, uma vez que quase todos os meninos estão vestidos iguais a mim: paletó e calça pretos, gravata escura e sapato discreto.

Percebo que as meninas têm a possibilidade de ser um pouco mais criativas. A chefe da Agência de Comunicação, por exemplo, está usando um vestido preto com um paletó rosa que, ao mesmo tempo que me encanta, me intimida.

— Prontos para hoje? — pergunta ela, nervosa.

Está segurando um copinho com café e, pelo jeito que treme, não duvido derramá-lo no chão daqui a pouco. O que é muito compreensível para uma aluna do terceiro ano.

Eu, no lugar dela, estaria igualzinho. Ou pior.

Quando olho em volta, percebo que o sorriso confiante estampado no rosto da maioria das pessoas ofusca os medrosos despreparados, como eu.

— Olha, gente... — A chefe da AC apoia o copinho com café na mesa de uma carteira, provavelmente também antecipando o derramamento potencial. Ela respira fundo. — Eu só queria dizer que sei que vocês esperaram muito pelo dia de hoje e que estou muito nervosa, mas também muito empolgada! Ser chefe da AC esse ano é algo surreal, porque meu sonho é fazer jornalismo, e... — Sua voz fica falha e ela esconde o rosto com uma das mãos, emocionada.

A sala solta um "own" coletivo.

Eu só fico olhando.

Não sei o que estou fazendo aqui.

E nos aproximamos de iniciar.

Estou no Conselho de Segurança das Nações Unidas (CSNU), que hoje acontece na biblioteca. Foi para cá que a chefuda me mandou. Não sei por quê.

Ela pegou meu número, me adicionou no grupo da Agência de Comunicação e, depois de explicar como a dinâmica dos assessores funcionava — devemos acompanhar os comitês designados, entender o que está sendo debatido e reportar para ela em seguida, para depois escrevermos matérias sobre o ocorrido no dia —, me desejou boa sorte.

Enquanto os delegados se sentam nas cadeiras organizadas em círculo e abrem os notebooks, eu reflito sobre como preferiria estar no Comitê de Direitos Humanos. Foi para fazer parte dele que passei tardes e tardes estudando.

Foi sobre ele que fiz um trabalho imenso com a ajuda de William. Mas, no sorteio da AC, caí com o CSNU — que também é muito bom, tipo, é o comitê em que tomam decisões com maior impacto no mundo todo e tal… Só que não sei se fico animado ou aflito com essa informação.

William, por sua vez, foi sortudo e caiu lá junto com Alex, que é um ótimo delegado também.

Tenho vontade de sair correndo da sala e me infiltrar naquele comitê, no qual com certeza me sentiria mais acolhido e confiante.

Mas controlo os pensamentos intrusivos.

Preciso colocar na cabeça que também não é como se eu não soubesse de nada sobre *este* comitê, afinal estudei todos como um condenado ao longo do ano.

— Obrigado pela presença de todos. Agora vamos dar início à nossa sessão — diz a Mesa Diretora do comitê, séria.

Bom, daqui para a frente, é comigo.

> **mãe**
> Filho!
> Vi nas redes do Sotero que você conseguiu voltar pro CRI 😃
> Vai passar a tarde aí, então?
> Vou mandar dinheiro pro seu aplicativo pra você almoçar!

— Você entregou *tudo* naquele discurso! — diz Alex para William.

— Foi nada, véi — fala William, modesto, negando com a cabeça e soltando um risinho tímido. — Valeu pelo apoio com suas falas também.

Estamos andando em direção a uma pizzaria que fica perto da escola, já que os pais de todo mundo liberaram um dinheirinho para comemorar o dia especial. Óbvio que minha mãe ficaria empolgada com a notícia de que voltei a ser "dedicado", né?

E Alex e William realmente merecem. Dá para ver que estão muito satisfeitos com as próprias apresentações.

Fico feliz por isso, porém é quase impossível não ficar chateado por não me sentir realizado da mesma forma. Na verdade, não sei nem se fui bem, pois não tenho parâmetro do que é bom ou ruim na minha função. É uma sensação horrível.

Além de tudo, termino completamente perdido na conversa enquanto resenham sobre o que aconteceu. Certeza de que nem almoçar num lugar legalzinho vai ajudar.

— E você, Pê? — Alex se volta para mim. — Como foi lá?

— Foi... algo. Definitivamente algo.

Ambos ficam me olhando e, em seguida, se entreolham, confusos.

— Desembucha, fi — pede William, me dando um tapinha na cabeça.

— Ah, eu só fui seguindo o que a galera tava fazendo, né? Me colocaram no grupo de mensagens da AC, e é lá que todo mundo manda as matérias que vai escrevendo e tal.

— Que massa! Eu não sabia que era assim — comenta Alex.

— Pois é. — Dou um pequeno sorriso para corresponder ao carisma dele. — Daí eu li as primeiras matérias e depois comecei as minhas próprias. A partir daí, nem quis ficar reparando muito no que a galera escrevia, porque certeza que eu ia ficar me comparando demais.

— Mas comparar não é bom? Pra saber se tá bom ou ruim? — pergunta William, curioso.

— Véi, se tivesse ruim, eu não ia poder fazer muita coisa. Então eu preferi nem saber — respondo.

— Justo.

— Mas que bom que você voltou! — exclama Alex, e me abraça de lado.

— Não do jeito que eu queria, né?

Tento manter a pose de chateado mesmo gostando muito do abraço que ele me dá.

— Mas voltou!

Ele me abraça ainda mais forte e eu cedo um minissorriso.

— Quando chegar em casa, vou ler as matérias todas. Vai ajudar pra amanhã — fala William.

— Eu vou dar é uma descansadinha, isso sim.

Alex boceja para demonstrar que está com sono. Eu e William nos entreolhamos, reprovando.

— O que foi, gente? Tô adotando a postura de estadunidense! — explica ele.

Nós rimos.

Em poucos minutos, chegamos à pizzaria. Para a surpresa de ninguém, algumas pessoas do CRI também pensaram em almoçar por aqui.

Vários deles são meus colegas de trabalho da simulação, inclusive a chefuda. Ela faz sinal quando me vê, me chamando para a mesa, mas prefiro me sentar com Alex e William hoje. Imagina se ela resolve fazer uma avaliação oral e me falar que fui muito mal neste primeiro dia? Prefiro me abster.

Aponto para uma mesa na qual os assentos simulam sofás e é para lá que vamos. Eu e Alex num sofá, William no outro, à nossa frente.

Apoio a cabeça no ombro de Alex, fecho os olhos e desejo que amanhã seja um pouco menos caótico.

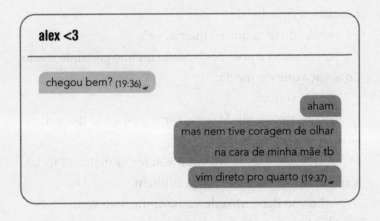

32. AR-CONDICIONADO

*E*ntão é isso. Chegou o momento.
    Eu e minha mãe saímos do carro e atravessamos o estacionamento em direção ao auditório da escola, onde vai acontecer a cerimônia de encerramento da simulação — mais conhecida como "pretexto para vir ao colégio durante a noite, gastar com mesa de comidas chiques e distribuir prêmios para os melhores dos melhores".

    Quis participar desse evento desde que Alex e Liz entraram pela porta da minha sala e anunciaram as inscrições para o clube. Eu me esforcei ainda mais quando fiquei sabendo que o menino que eu odiava (agora nem tanto) também tentaria participar. Foram dias, tardes e noites obcecado em me preparar, sem deixar de entregar todas as atividades em dia e tirar notas boas.

    Tudo isso... para provar à pessoa ao meu lado que sou capaz de alguma coisa. Que posso ser bom em algo, mesmo que não seja o filho hétero que ela queria.

No final, não fui nem capaz, nem bom em nada.

Mesmo assim, sei que não sou digno de pena. Agora tenho ciência de que minhas ações têm consequências e de que o que estou vivendo neste momento, por pior que seja, é resultado de como agi em diversas áreas da minha vida.

No meu tempo de castigo, fiquei primeiro inconformado, depois chateado, então entrei em negação, mas depois aceitei. Na medida do possível.

Para hoje, sobrou apenas a frustração.

Minha mãe insistiu em me acompanhar para a cerimônia, o que só piorou meu sentimento. Sei que ela nunca perderia a oportunidade de assistir a algo na escola a qual sempre teve o sonho de estudar, mas o papel que vou exercer hoje não é tão incrível quanto o que poderia ser.

Espero que esta noite sirva para, pelo menos, mostrar que tentei. Mostrar que participei de algo grande aqui na escola.

Acho que ela percebe isso quando passamos pela porta do auditório.

É um espaço amplo, quase tão grande quanto uma sala de teatro.

Sinto uma pontinha de culpa por não ter valorizado tanto este espaço quanto minha mãe parece valorizar — dá para ver pelo brilho nos olhos dela. Minha mãe repara em cada detalhe, maravilhada: o teto, as luzes, as paredes, a quantidade de cadeiras que acomodam as pessoas...

No meu caso, não é como se fosse minha primeira vez aqui, né? Nossos professores nos trazem para assistir a incontáveis palestras no auditório. Acho que me acostumei tanto, que, do meio do ano para cá, parei de prestar atenção no que qualquer um daqueles convidados especiais diziam, sem sair do celular do início ao fim das falas. Devia ter aproveitado mais.

Duvido que minha mãe, como aluna, negligenciaria esses momentos dessa forma. Eu não mereço estar aqui.

— Oi, boa noite! — cumprimenta Alex, sorridente. Porém não está falando comigo. — Você é a mãe de Pedro, então?!

— Boa! Eu mesma! — responde minha mãe, também sorridente, porém curiosa. — Você é…

— Alex, meu amigo daqui — apresento, antes que esse doido invente de dar alguma informação maior que essa.

— Prazer, Alex! — Ela aperta a mão dele. — Você nunca fala dos seus amigos, Pedro.

A gênia não se importa de falar isso para mim na frente dele.

— É… a vida, mãe. — Dou a primeira resposta coringa que vem à minha cabeça. — Bom… acho que o espaço pros pais é aqui atrás, e lá na frente ficam os alunos.

— Já está me expulsando, já, é?

— Em defesa de Pedro, acho que o evento vai começar agora mesmo — diz Alex, olhando para mim, de forma educada.

— Tá bom! Bom te conhecer, Alex! Boa sorte para vocês dois!

Ela dá uma dançadinha, como quem vai ficar torcendo por nós daqui de trás.

Eu e Alex nos viramos, e eu solto todo o ar que estava prendendo.

Ele ri.

— "Amigo"? É isso mesmo, Pê? — fala ele, devagar, como se estivesse completamente ofendido com a forma que o apresentei, mas sei que está zoando.

— Aff, para — respondo, entre risadinhas.

— Achei que a gente tivesse passado dessa fase...

— Passamos — respondo baixinho.

— Ah, é?

— Isso é conversa pra outra hora, meu lindo.

Corto o papo e paro em frente a uma fileira com dois lugares vazios, indicando onde quero sentar.

Ele dá uma leve revirada de olhos, resmunga baixinho e aponta para a fileira na frente, onde estão William e Liz.

Quando os dois nos veem, apontam para os lugares que guardam para a gente, animados.

— Nervosos? — pergunta Liz, quando nos acomodamos.

— Nem. Eu vim pela galera — explica Alex.

— Véi, eu tô nervoso sim — afirma William.

— E eu sei lá. Só quero que acabe logo.

Cruzo os braços e me encolho na poltrona.

O holofote principal é ligado e apontado para o centro do palco, onde pró Rebeca se posiciona ao lado de Linda, a professora de Português.

— Boa noite! É com muito prazer que damos início à cerimônia de encerramento do MUN do Sotero. Eu sou Rebeca, professora de Sociologia e coordenadora do Clube de Relações Internacionais, que realiza este evento incrível todo ano.

Todos aplaudem.

Até eu, pois gosto dela. Mas fico chateado instantaneamente quando lembro que primeiro me deu um país que eu mal conhecia para representar, e em seguida me fez aceitar um cargo o qual eu não dominava.

Eu sei que estou sendo chato. Eu sei que a culpa foi toda minha, e a professora foi é legal por me dar uma segunda chance. Mas tenho o direito de ficar chateado. Me deixa.

— Boa noite. Eu sou Linda, professora de Língua Portuguesa e Redação, responsável por formar nossos jornalistas maravilhosos! — diz ela, com um orgulho que parece não caber dentro do corpo.

Fico com vergonha, pois a encaro como minha professora de Língua Portuguesa e Redação. Não como minha "professora de AC", "mentora", ou sei lá. Sou patético. Porém bato palmas mesmo assim.

— Pior que eu amo isso aqui. Fico me sentindo no Grammy Latino — diz Alex, aplaudindo com um sorriso.

Liz acha tanta graça no comentário que aproveita o barulho das palmas para rir sem medo. Alex a acompanha.

Eu e William rimos apenas de canto de boca.

Estamos com medo.

Sabe aqueles dias em que você está muito chateado e vai para a escola só pensando em ficar quieto, na sua, até a hora de ir embora, mas se anima assim que vê um amigo?

Não é *completamente* o caso de hoje, pois não aconteceu tão de imediato, mas admito que isso aqui até que está indo bem.

Óbvio que não é o evento mais divertido em que já estive. Os professores estão palestrando sobre todos os problemas do mundo há vários minutos, mas estou com minha galera, numa cerimônia em que todo o nosso esforço é levado em conta. Isso, por si só, já é muito gratificante.

— Gente, tô com sede — sussurro, enquanto o professor de Geografia comenta sobre o tema da simulação. — Vou pegar água e já volto.

— Pega pãozinho pra mim? — pede Liz.

— Pra mim também! — Alex vai na dela.

— Pra mim também! — William segue a manada.

Semicerro os olhos em direção a todos eles, como quem não está gostando nada disso, mas sigo em direção à mesa de salgados para atender aos pedidos.

Estou com um copo de água e um pratinho cheio de pãezinhos quando ouço o professor de Geografia encerrar sua fala e a professora Linda chamar mais uma categoria.

— E a menção honrosa para o melhor assessor ou assessora de comunicação vai para...

Ela começa a abrir um envelope.

Sei que não vou ganhar, nem nada. Então sigo para minha poltrona durante o anúncio.

— *Pedro Costa Oliveira!* — anuncia ela, no microfone.

Meu coração gela e eu fico estático, em pé, no meio da plateia, sem saber o que fazer. De verdade. Meus olhos estão arregalados e não consigo me mexer.

Tento fazer meu cérebro processar o que está acontecendo.

Eu ganhei.

Eu... ganhei?

Eu?

Socorro, eu ganhei!

Repito isso para mim mesmo tantas vezes num espaço tão curto de tempo que a palavra "ganhei" não faz mais sentido algum na minha cabeça.

— Sobe aqui, meu querido! — chama Linda, olhando para mim.

De repente, todas as cabeças também se voltam para mim.

Olho para Alex, Liz e William, que estão eufóricos, pulando e gritando meu nome.

Então saio do meu estado de choque e vou em direção ao palco.

Quando percebo, Linda já está segurando meu copo de água e prato de pãezinhos enquanto eu me posiciono em frente ao microfone.

Na verdade, não apenas em frente ao microfone, como também em frente à grande parcela da escola. Pessoas para quem tentei fingir ser alguém que não sou desde o início do ano.

E não sei a troco de quê.

Acreditei que, sendo alguém diferente para os outros, conseguiria ser alguém novo para mim mesmo. Mas não consegui. Acreditei que me tornando essa nova pessoa, seria orgulho para a pessoa mais importante da minha vida: minha mãe. Acho que nem tudo saiu como eu planejei.

Mas, no processo, descobri outra pessoa muito importante. *Eu.*

Mesmo que ainda não consiga ser cem por cento *eu* em todos os contextos. Mesmo que eu ainda não ache que mereço tudo isso, inclusive esta escola e todo o esforço da minha mãe para me manter aqui. Mesmo que eu ainda precise melhorar muito, até em relação às minhas amizades. Mesmo com tudo isso, eu sou importante. O que eu *quero* é importante.

E o que quero agora é não fingir mais nada, é ser a única e melhor versão de mim que consigo ser. Sem fingimentos.

Fecho os olhos e decido que vou falar tudo que está no meu coração.

— Gente, isso tá certo? — pergunto, sério, para a professora Rebeca.

Primeiro preciso checar, né?

A plateia ri alto.

— Eu realmente não esperava ganhar alguma coisa aqui hoje. Cheguei com minha mãe todo tristinho porque ela não ia me ver ganhar nada... Sem ofensas a quem não ganhar nada.

A plateia ri mais uma vez. Mas estou falando sério.

— Eu só queria muito ser motivo de orgulho pra ela. Inclusive, só me matriculei aqui por isso. Sério. Não teria sentido nenhum vir do Cabula até Piatã todos os dias se não fosse para ela se orgulhar de mim. E não vou mentir: do começo até a metade eu estava odiando essa escola. — Arranco mais risadinhas de alguns no auditório. — Claro que aqui é imenso, né? Impressiona qualquer um. Minha escola antiga caberia só nesse auditório aqui, e eu não tô nem brincando.

A plateia segue sendo generosa e rindo. Agora, até eu rio um pouco, menos nervoso.

— Mas parecia que esse colégio não passava disso. Um lugar que eu teria que aguentar pra minha família me admirar. Até que... — Meus olhos se enchem de lágrimas. — Eu entendi que não posso me esforçar para agradar ninguém além de mim mesmo. — Agora olho para meu grupinho: Alex, William e Liz. Eles estão sorrindo de orelha a orelha. — E que também não posso ignorar quem está a minha volta. A verdade é que, por mais deslocado que eu me sinta em algum lugar, sempre vai ter gente legal. E não adianta tentar fugir dessa gente legal, porque ela dá um jeito de te encontrar. E eu sou legal também, vai, eu reconheço.

Respiro fundo depois de soltar uma risadinha.

— Alex e Liz foram os que entraram lá na sala pra divulgar as inscrições do CRI. Eu me inscrevi como delegado ao mesmo tempo que William, o menino que eu mais odiava no mundo... e com certa razão.

Eu o vejo tapar o rosto com as mãos, envergonhado, mas sorrindo. Acho que sabe que já está tudo bem entre nós dois.

— Só que a gente já se resolveu. E se vocês não derem o prêmio de melhor delegado pra ele, eu mato um.

Todos caem na gargalhada de novo.

— Enfim... No meio do caminho eu conheci Liz um pouco melhor, um anjo que nem deve saber, mas me mostrou que o caminho até o terceirão pode ser muito mais leve. Eu consegui fazer as pazes com Bela...

Assim que digo isso, percebo que ninguém aqui sabe quem é Bela. Ou liga para quem Bela é. Ou pra algo do que estou dizendo.

— Bom, deixa essa parte pra lá. Eu já devo estar entediando vocês com esse discurso, mas é que a gente nunca trocou ideia antes, né? Eu nunca falo com ninguém aqui além do meu grupinho e tagarelo muito quando tem assunto acumulado, véi... — Tento organizar meus pensamentos para ir direto ao ponto. — Desculpa, vou resumir: deu tudo errado, vi que não dava para eu viver só de estudar, que eu precisava gostar do que estava fazendo também. Então larguei de ser delegado, me arrependi, quando tentei voltar só tinha como ser AC, descobri que essa não era só uma sigla para "ar-condicionado", e terminei pegando gosto pela coisa. Sério, é muito legal acompanhar um pouquinho de todos os comitês e depois sair contando pra todo mundo o que estava acontecendo. É quase o trabalho de um fofoqueiro! — Provoco mais risadas na galera. — Brincadeira, tá? Enfim… Nessa, eu terminei levando a menção como o melhor da galera. Eu nem acredito. O que quero dizer com tudo isso é que eu queria um troféu desde que entrei no Sotero, mas só entendi o significado de ser premiado agora, depois de ralar muito e me dedicar de um jeito que nunca tinha feito antes. Aprendi muito sobre mim mesmo nesse processo.

Alex e William assobiam e puxam aplausos que tomam o espaço. Respiro fundo depois de quase perder todo o meu fôlego.

— Mãe, eu vou aproveitar que nem consigo te ver daqui de cima, porque você tá muito longe e o holofote tá me cegando, para te dizer uma coisa: sei que essa menção provavelmente não é o "prêmio de melhor delegado" que você esperava que eu recebesse. Mas eu tô muito orgulhoso de ter recebido. De verdade. Sei que não sou o filho que você imaginava, mas eu sou quem eu sou. E eu amo quem eu amo. — Olho para Alex, que me observa com um sorriso. — Eu cansei de me esconder. Eu te amo e espero que você se orgulhe de mim como eu me orgulho dessa menção honrosa por melhor ar-condicionado da simulação. — Dou uma risada sorrateira com a minha piadoca. Acho que eu deveria ser humorista. — Muito obrigado, gente.

33. CORAGEM

É mesmo uma noite de celebração. Parece até fim de ano letivo.

Eu com menção honrosa de melhor assessor de comunicação (que ainda prefiro adotar o apelido carinhoso de "melhor ar-condicionado"), Liz a poucos meses de se formar, Alex mais ativo do que nunca em sua atuação no grêmio, e... William com o prêmio de melhor delegado do CSNU do MUN do Sotero deste ano!

Foi incrível vê-lo ganhando o troféu. Ele mereceu demais.

Ao fim da cerimônia, todos começam a se abraçar e a parabenizar uns aos outros pelo trabalho no projeto.

Eu me pergunto quando as pessoas daqui ficaram tão amorosas. Talvez seja o horário. Deveríamos trocar de turno matutino para noturno.

Para não ficar de fora, abraço Alex bem forte (não é difícil, inclusive moraria nos braços dele), abraço Liz (percebo que deveríamos fazer isso com mais frequência, pois encaixamos muito bem), e abraço William.

É... As coisas mudam.

Os minutos vão passando e percebo que as pessoas andam em direção à porta do auditório. Minha ficha cai de que vou ver minha mãe.

No calor do momento, fui a pessoa mais corajosa do mundo e falei minha verdade de cima do palco — por tempo demais, inclusive. Acontece. Agora, preciso ser ainda mais corajoso para olhar nos olhos dela depois do discurso.

Não tenho certeza se me sinto preparado. Sério. Meu coração ainda acelera só de pensar na conversa que ela vai querer começar. Na verdade, eu mesmo que comecei ali em cima do palco.

— William, você volta com a gente, né? Não vai tipo... sair pra "beber com os parceiro" nem nada — sussurro para ele, enquanto Alex e Liz estão distraídos em alguma conversa.

— Oxe, que imagem é essa que você tem de mim, véi? Eu só bebi daquela vez. Pra nunca mais, inclusive.

— Nem você acredita nisso. — Coloco a mão no ombro dele e nego com a cabeça. — Mas você não vai sair pra nenhum outro lugar não, né?

— Não — responde ele, rindo. — Sei que não parece, mas eu tenho mãe.

Dou uma risadinha, o que me ajuda a ficar um pouco menos nervoso por um segundo.

— Então vamos? — pergunto para ele, que confirma com a cabeça. — Tamo indo, galera! — anuncio para Alex e Liz.

Ambos vêm na nossa direção para dar mais abraços, desta vez de despedida. Os dois são tão dramáticos que quem vê de fora pensa que não vamos nos ver amanhã de manhã.

— Você arrasou muito hoje, Pedro. Sério — diz Liz, no meu ouvido, enquanto me dá mais um dos seus abraços satisfatórios. É tão bom que me faz até questionar se sou mesmo gay. — Você tem o ensino médio na palma da sua mão, amigo. De verdade. Fica tranquilo.

Fico tão emocionado que não sei o que responder. Mas consigo esboçar um sorriso.

— Own! — Alex me abraça e me dá um beijo na bochecha em seguida. É a melhor coisa do mundo. Lembro que sou, de fato, gay. — Você é tão fofo, meu amor. — Ele olha para o fundo do auditório e depois para mim. — Conversa com ela. Vai dar certo.

Aceno com a cabeça e empurro William na frente, usando-o de escudo.

Minha mãe nos espera na porta, de braços cruzados e cara de paisagem. William vai o caminho todo reparando nos detalhes do troféu que ganhou.

— Vamos? — diz minha mãe, com a chave do carro na mão, dando um sorriso genuíno para a gente quando nos aproximamos.

Não entendo esse sorriso.

Sem parecer chateada, brava, tensa nem preocupada, ela vai o caminho todo até o carro perguntando se gostamos do encerramento ou até se temos energia para acordar para a aula amanhã cedo.

— Gente, eu amei aquelas professoras. Rebeca e Linda os nomes, né? — pergunta minha mãe, e nós confirmamos. — Competentíssimas! Meta de vida ser igual àquelas mulheres.

— Oxe, tia, cê é doutora! — exclama William, parecendo incrédulo.

— *Doutora* é quem fez doutorado, William — explica minha mãe, dando risada.

— Merma coisa — conclui ele, rindo também.

Nós entramos no carro. Eu no banco do carona, e ele no banco de trás, como sempre.

Por um tempo, ficamos em silêncio.

— Mas vou dizer uma coisa: vocês são guerreiros, viu? — minha mãe retoma a conversa enquanto dirige.

— Como assim? — pergunta William.

— O tanto que vocês se prepararam para aquilo não tá escrito! Eu não sabia que era tanta coisa desse jeito. No meu tempo e na minha escola, era só um decoreba, fez prova, e acabou.

— Meu sonho — comento, baixinho.

— Calma aí que também não era fácil. Me expressei um pouco errado. Tinha um monte de gente que repetia de ano. — Ela olha para mim rapidamente. — Mas vocês estão em outro nível. Pelo que eu entendi da retrospectiva de Rebeca e do que Pedro foi me contando durante o ano, vocês faziam debates, pesquisavam uns assuntos muito complexos, aprendiam a formular documentos... Isso é coisa que nem quem tá no início da faculdade sabe ainda, gente.

— Etá! Que exagero — falo, sem acreditar.

— Pois é — diz William.

— Não estou exagerando, não, gente! Vocês têm que estar muito orgulhosos do trabalho de vocês!

Sinto vontade de chorar.

É muito estranho ouvi-la falando isso. Sempre achei que o máximo que eu fizesse ainda seria pouco.

Além disso, ela falou que *eu* tinha que estar orgulhoso. Fico pensando nisso por um momento, e uma lágrima escapa tão rápido que só percebo quando escorre até meu queixo. Limpo correndo.

Minha mãe percebe, pois olha para mim com tom de preocupação.

— Vai ter baba de comemoração hoje, William? — Ela muda de assunto.

— Vai não. Tá todo mundo em casa e ninguém quer descer. Acredite. Eu perguntei.

Ele mostra para a gente o grupo dos amigos do futebol aberto no celular.

Nós rimos.

Deixamos William em casa e vamos para a nossa.

De repente, sinto o coração acelerar. E se eu não colocar música para tocar desta vez? E se finalmente deixar só... acontecer?

Não sei por que sempre evito essa conversa, sendo que minha mãe sabe que gosto de meninos.

Acho que, de alguma forma, é como se eu ainda precisasse do *meu* tempo para me preparar para falar disso. Mesmo sabendo que ela já me viu com outro garoto ou tenha notado, pela minha personalidade, que eu me encaixo em alguns estereótipos para "meninos gays" que ela conhece.

Talvez ela já estivesse pronta para ter essa conversa, mas eu não.

Preciso ter o poder de contar minha própria história.
Talvez conversar com uma das pessoas mais importantes da minha vida sobre isso seja o último passo para eu me aceitar por completo. O momento em que a homofobia dos meninos do fundamental vai parar de martelar na minha cabeça. O momento em que viver minha verdade vai ultrapassar a necessidade de agradar qualquer outra pessoa.

Acredito que essa hora chegou.

Não acho que eu esteja totalmente preparado para a conversa, mas também acho que nunca vou encontrar as circunstâncias mais perfeitas do mundo para isso.

Preciso abrir espaço para esse momento. Agora. Por mim.

Então dou o primeiro passo e não ligo o rádio.

— Não vai ter música hoje? — pergunta minha mãe, com um tom de quem sabe exatamente qual foi minha tática de evitar papo durante todos esses meses.

Fico até surpreso. Para mim, era algo muito sutil e superfuncional.

— Não sei. Você quer que eu coloque?

— Você quer colocar?

Ela olha para mim, provando mais uma vez que sabe qual o subtexto do nosso diálogo. Me dando espaço para recuar se quiser.

Demoro a responder. Tempo o bastante para ela precisar voltar a olhar para a frente.

— Não — falo baixinho.

— Não?

— Mas a gente já tá chegando, né? — falo, quando passamos pelo portão do condomínio.

Não sei se isso me alivia ou me deixa frustrado. Esse foi o mais próximo que tivemos de uma conversa sobre "o assunto" desde as férias. Conversa *mesmo*.

Ela estaciona na vaga, então saímos do carro e entramos no elevador. Quando chegamos, ela destranca a porta de casa em silêncio. Sempre em silêncio.

Quando entramos, tiro o sapato e ando lentamente para meu quarto, dando chance para que ela fale alguma coisa. *Torcendo* para que fale alguma coisa.

Estou no meio do corredor quando minha mãe atende ao pedido que fiz mentalmente.

— Filho, fica aqui.

Ela aponta para um espaço no sofá.

Meu coração acelera, pois percebo que está acontecendo.

Olho para ela, olho para o lugar no sofá, e prefiro me sentar numa das cadeiras da mesa da sala.

— Melhor aqui — falo, sem graça, evitando contato visual.

Por um segundo, toda minha autoconfiança desaparece e eu acho que ela está chateada comigo. Que está com vergonha de o filho, além de ganhar um prêmio menos prestigioso, ainda a ter envergonhado na frente de todo mundo.

— Desculpa pelo que eu falei lá em cima — digo, me adiantando.

— Desculpa? — pergunta ela. — Não é você que tem que se desculpar de nada, não, Pedro.

— É sim, eu...

— Você não fez nada de errado, filho.

Levanto a cabeça para tentar entender o que ela disse.

Como assim não fiz nada de errado?

— Você falou o que sentia e, na verdade, me deixou mais aliviada do que nunca. — Minha mãe vem até a cadeira do meu lado e coloca a mão por cima da minha. Sigo calado. — Pedro, eu te amo como você é. Você é meu filho. Eu nunca quis que você fosse diferente.

Não consigo nem olhar nos olhos dela, tentando processar as palavras que ouço.

Eu te amo como você é.
Você é meu filho.
Eu nunca quis que você fosse diferente.

— Então por que sinto tanta pressão? — Minha voz sai aguda e falha. A famosa voz de choro. — Por que sinto tanto que eu preciso te agradar?

Ela olha para mim, pensativa. Respira fundo.

— Acho que eu tenho muita responsabilidade nisso, filho. Quando você falou que eu não iria ficar feliz porque esperava outro prêmio, juro que enxerguei a Rose adolescente todinha ali.

— Como assim?

— Era a mesma coisa com painho. Eu sentia tanto que precisava deixar ele orgulhoso que sacrifiquei muita coisa na vida para conseguir me formar. Tudo porque ele falava a toda hora que tinha dado *o maior duro* para conseguir me colocar na faculdade. Era como se eu fosse obrigada a honrar isso.

Fico calado e percebo que, o que ela fala, na verdade, faz muito sentido.

— Terminou que eu repeti tudo com você e te convenci a ir pra uma escola que você nem sabia da existência!

Ela balança a cabeça em negação.

— Quando você viu o que viu nas férias, meu maior medo era que eu virasse só aquilo pra você. O filho gay. — Quase me engasgo para falar a palavra. — Eu sei o que você sempre quis pra mim, mãe. Me ver casando na igreja com uma mulher, tendo coisa com menina tipo William... Mas isso é muito *não eu*, sabe? Então entrei no Sotero por isso. Pra provar que consigo ser mais. — Uma lágrima desce pelo meu rosto. E outra desce pelo rosto dela. — Mas eu não sei se consigo, mãe...

— Filho, ouve o que eu estou te dizendo: você não precisava, não precisa, e mesmo assim, já conseguiu. Se tinha algo para provar, já provou. E não estou falando sobre notas ou o CRI, nem de sonhos de te ver casando. Estou falando sobre o garoto sábio que você tem se tornado.

— Como assim? — pergunto, enquanto caio no choro sem disfarçar.

— Você tem noção de quanto tempo eu demorei para entender o porquê de me sentir tão obrigada a ir para a faculdade? Rose adolescente precisa muito aprender com você.

Nós rimos um pouco.

— E você tem se cobrado tanto, meu filho... Eu só quero que você seja feliz. Se quer tomar seu tempo pra se descobrir, eu tenho certeza de que vai ser massa. Se quiser continuar nessa meta de ser um aluno nota dez, sei que vai conseguir também. Você é muito forte, Pedro. Consegue chegar aonde quiser, filho. Eu tenho muito orgulho de você. De verdade.

A voz dela fica embargada e vejo seus olhos ficarem brilhantes. Depois de um tempo, ela se recompõe e retoma:

— Filho, você quer voltar para o Souza Marquês? Vai ser difícil, mas eu não acho impossível a gente te transferir de volta. Como você sempre estudou lá e...

— Não quero, não — afirmo. — Eu gosto do Sotero agora. De verdade.

Ela sorri, em meio às lágrimas.

— Sério, você não sabe como eu estou aliviada por a gente ter tido essa conversa. Quando vi você com aquele menino em Ilhéus... eu realmente não soube como reagir. Não soube o que fazer.

Minha mãe fala disso com um tom tranquilo, como se fossem águas passadas, como se não fosse um problema enorme, como imaginei. Ela praticamente ri de si mesma frente àquela situação.

Eu deveria seguir o exemplo dela.

— Foi só eu te procurar para dizer que a comida ficou pronta e... quando percebi, já tinha falado seu nome alto e não tinha mais como voltar — conclui.

— Mas o que você pensou na hora? — pergunto, preocupado.

— Eu não pensei. Só fiquei sem reação.

— Você acha errado?

— *Não!* — diz ela, mais alto. — Nunca pense isso, por favor.

Eu te amo como você é.
Você é meu filho.
Eu nunca quis que você fosse diferente.
Só consigo pensar nisso, na verdade.

— No momento ali — fala ela, rindo —, foi mais o constrangimento de ver meu filho *beijando* do que qualquer outra coisa. E depois a culpa por ter meio que estragado o clima de vocês. Me senti uma péssima mãe.

Dou risada também.

— A gente nem beijou.

— Como assim?

— Você chegou antes.

— Puts grila! Estraguei mesmo seu romance.

— Fique tranquila que já tem outro.

Faço um movimento para cima e para baixo com as sobrancelhas, como quem conta vantagem.

Ela se joga para trás, numa risada misturada com completa expressão de surpresa com minha atitude.

De repente, me sinto a pessoa mais tranquila do mundo. De repente, eu e minha mãe estamos tão próximos quanto antes de toda essa confusão acontecer.

— É aquele Alex, né?! Eu vi o beijinho que ele te deu na bochecha — diz ela, finalmente.

— Mãe! Você não cansa de bisbilhotar, não? — reclamo.

— Você que faz questão de fazer as coisas na minha frente! Aí eu, infelizmente, não posso fazer nada.

Dou risada.

— É. É ele mesmo — confirmo.

— Chama ele pra ir para Ilhéus com a gente!

— Sério?!

Eu me levanto, extasiado.

— Chama antes que eu mude de ideia!

Corro para procurar o celular, mas ela toca minha mão novamente antes que eu vire as costas.

— Tô feliz que a gente conversou — diz, com um sorriso enorme.

— Eu também.
Dou o abraço mais apertado que posso nela.
Eu te amo como você é.
Você é meu filho.
Eu nunca quis que você fosse diferente.
E, agora, eu também não quero mais ser diferente de quem sou de verdade.

EPÍLOGO

LOVE LOVE

Seria traumático se não fosse incrível.
Estou revisitando Ilhéus.

De onde estão nossas cadeiras de praia, consigo ver guarda-sóis amarelos, um carrinho de caldo de cana e, ao meu lado, minha mãe.

Estamos basicamente no mesmo lugar que virou meu ano de cabeça para baixo.

O carrinho de caldo de cana que vejo é *aquele carrinho de caldo de cana*.

Desta vez, tem uma terceira pessoa com a gente.

Alex de fato veio passar as férias conosco.

Não foi apenas um devaneio dele ou conversinha de minha mãe. Nós estamos *aqui*. Sabendo o que significamos um para o outro. E com muito menos medo de falar sobre isso.

O céu e o mar estão no tom mais lindo possível de azul e nós não paramos de conversar por um segundo.

Desde que eu e minha mãe voltamos a nos falar propriamente, não preciso mais ficar me preocupando com playlists aleatórias para fugir de conversa. Nós conversamos sem parar o tempo todo.

Além disso, Alex é a melhor pessoa do mundo para se incluir em qualquer interação. Da importância de sair de casa com casaco em dias chuvosos até receitas caseiras, ele consegue manter o papo rolando.

É um dia de praia mais cheio do que o do início do ano, então muitos ambulantes passam o tempo todo. Acho que já comemos uns cinco pratinhos de acarajé e umas três cocadas cada um.

Mais um homem passa, desta vez vendendo picolé.

— Querem? — pergunta minha mãe.

— A gente tá literalmente esperando o queijinho ficar pronto! — exclamo, apontando para a moça que prepara os três espetos de queijo coalho que compramos.

— Praia é isso mesmo!

— Tamo de boa, Rose — fala Alex, rindo. Ele pega os três espetos de queijo coalho que ficam prontos e entrega para mim e para minha mãe. — Acho que eu vou é no caldo de cana pra acompanhar.

Eu olho para minha mãe. Minha mãe olha para mim.

De repente, estamos gargalhando. E é a melhor gargalhada da minha vida.

— Que foi, gente? Me perdi — comenta Alex, confuso.

— Ai, ai... Se eu te dissesse... — Eu me levanto da cadeira enquanto mordo o queijo coalho. — Bó lá pegar.

— Pegar o quê exatamente, hein?! — pergunta minha mãe, obviamente ainda na brincadeira.

— Ok, chega. Tudo tem limite — rebato depressa, prendendo a risada.

Começo a andar em direção ao lugar do caldo de cana sem olhar para trás. Espero que Alex esteja vindo também.

— O que foi aquilo? — pergunta ele, com cara de curioso.

— Foi bem aqui que eu quase beijei o menino da outra vez. Aquilo ali foi eu e minha mãe fazendo piada com o momento mais constrangedor do mundo.

Ele fica surpreso, porém se mantém calado.

— Que foi? Tá com ciúme? Foi quase um ano atrás... — começo, mas ele me interrompe:

— Não tô com ciúme. Quer dizer... só um pouquinho. Mas eu acho que...

— Oxe! Pra onde você tá indo?

Começo a correr atrás dele, que disparou para a primeira escada que levava a um restaurante chique na calçada.

— Tá ouvindo? — pergunta Alex, ofegante.

Está tocando "Love Love", de Gilsons.

— Mentira... — Fico olhando para cima e para os lados, desacreditado. — Nossa música!

— Igual todas as outras — diz ele, sorrindo.

— É! Igual todas as outras.

Eu apoio os braços nos ombros dele e foco o olhar em sua boca.

— Pê... Sua mãe tá na mesma praia — lembra Alex, arregalando os olhos, preocupado.

— Tô nem aí.

Eu o puxo para perto de mim, no beijo mais espontâneo, apaixonante e intenso que já demos.

Ele retribui.

E nunca me senti tão corajoso por ser eu mesmo e fazer o que quero.

Amor
É onde eu queria estar com você
E amar
Espalha brisa em alto mar

AGRADECIMENTOS

Eu já passei por diversas situações em que precisava fazer algo, mas uma voz dentro de mim dizia que eu não era capaz. Escrever *Quase exemplar* foi, provavelmente, a maior dessas situações. Então, antes de tudo, eu gostaria de agradecer a mim mesmo por ter ido até o fim.

Além disso, seria um absurdo se eu não agradecesse à quem me estimula a abrir meus horizontes desde criança. Família! Neide, Nanda, Gilberto (os dois), tias e tios, muito obrigado!

Agradeço também à família que escolhi durante a vida e esteve comigo neste processo: Mel, Isa, Louie, o grupinho Nakadamia, e mais nomes que não vão caber nesta página, amo vocês!

Por fim, agradeço a todo mundo que fez este livro acontecer. Ao pessoal da HarperCollins que confiou em mim para escrever isto aqui, obrigado! A Julia e Chiara, obrigado por me mostrarem que essa história poderia ser ainda mais profunda. Aos colaboradores que diagramaram, ilustraram, revisaram... Valeu demais! E a Alba Milena, que se não me orientasse durante a escrita de *Quase exemplar*, ele não existiria. Você me ajudou a dar estrutura, cor e vida a esses personagens incríveis, obrigadasso!

foi impresso pela Cruzado, em 2024, para
rCollins Brasil. O papel do miolo é Pólen
70 g/m², e o da capa é cartão 250 g/m².